シャーロック・ホームズ
完全ナビ

シャーロック・ホームズ
完全ナビ

ダニエル・スミス 著

日暮雅通 訳

国書刊行会

ロージーとみんなへ

謝辞

本書の執筆に際しては、数多くの方々が時間と専門知識を提供してくださった。以下のみなさんに、この場を借りてお礼を申し上げたい。

まず第一に、オーラム・プレスのメリッサ・スミス、グレアム・コスター、ナターシャ・マーティン、ピアズ・バーネット、カレン・イングズ。写真の調査をしてくれたサラ・ハヴロック、そしてマーリン・コックスとロバート・アプデグラフに。また、ホームジアン（シャーロッキアン）の広大なコミュニティからも、支援を受けたことに感謝したい。特にマリルボン図書館のキャサリン・クック、マイク・クート（とりわけ彼と奥さんのすばらしいもてなしに！）、日暮雅通、ペギー・パーデューに。さらには、ユニークな見識を惜しげもなく披露してくださったデヴィッド・バーク、ケイレブ・カー、バート・クールズ、フィリップ・フランクス、エドワード・ハードウィック、ロジャー・ルウェリン、ダグラス・ウィルマー、マーク・ゲイティスのみなさんと、リチャード・マッキャン、エリック・コンクリン、ニス・イェッセン、チェリー・リュー、パトリシア・マクラッケン、バリー・モーザー、ラッセル・スタトラー、ジョージ・ヴァンダーバーグに。

最後に、限りない支援と励ましをくれた私の家族に、最大級の感謝を。そしてアイリーン・アドラーのようにつねに私にとっての"ジ・ウーマン"（あの女性(ひと)）であるロージーに。もちろん、こうした支援があったにせよ本書に間違いがあれば、それはすべて私自身の責任である。

ダニエル・スミス

画像出典

Michael Coote: 1, 2, 4, 7, 61, 72, 74, 79, 81, 101, 112, 113 (bottom), 121, 129, 141, 147, 148, 155; **Alamy:** 3, 53, 63, 82, 117, 125, 139, 146, 179, 196–7, 199 (top), 212, 221; **TopFoto:** 8, 16, 24, 53, 89, 106, 166, 180; **Rex Features:** 10, 83, 110, 111, 122, 199 (bottom), 202; **Getty Images:** 12, 18, 21 (bottom), 23, 26, 30 (top), 52, 54, 55, 71, 76, 85, 95, 96, 105, 177, 187; **Westminster Libraries: Sherlock Holmes Collection, Marylebone Library:** 20, 34, 39, 113 (top), 118, 157, 158 (top), 171, 172 (middle and bottom), 184; **The Langham, London:** 21 (top); **Richard McCann:** 22, 51 (all), 50, 51 (left), 91 (courtesy of MC Art), 153 (top), 175; **D. M. Smith:** 15, 23, 29 (top), 30 (bottom), 32, 38 (top right), 40, 43, 45, 56, 62, 67, 73, 77, 80, 104, 119, 120, 124, 127, 130, 136, 140, 144, 152, 154, 158 (bottom), 159, 164, 167, 168 (top row), 170, 172 (top), 173, 178, 185, 189, 194 (bottom), 211, 220; **Punch Cartoon Library:** 27; **Jiangsu People's Publishing House:** 29 (bottom); **Kobal Collection:** 31, 205, 206; **Barry Moser:** 35, 41, 46, 66, 142; **Nis Jessen (www.mr-holmes.com):** 36–7, 57, 222; **Mary Evans Picture Library:** 38 (middle); **Arthur Conan Doyle Collection, Toronto Public Library:** 38 (bottom); **Corbis:** 44, 65, 70, 88, 102, 109, 163, 165, 167, 198, 209, 210, 219; **Roger Llewellyn:** 47; **British Film Institute:** 49, 175, 193 (bottom), 194 (top), 200 (top and bottom); **Russell Stutler:** 50; **Eric L. Conklin USA (www.ericconklin.com):** 58; **The Arthur Conan Doyle Collection Richard Lancelyn Green Bequest, Portsmouth City Council:** 64, 186, 190, 191 (bottom), 193 (top); **Robert Workman:** 69; **John Murray (Publishers):** 75, 145; **Tom Richmond (Richmond Illustration Inc.):** 78; **The Battered Tin Dispatch Box/George McCracken:** 128; **MGM Pictures:** 132–3; **Bantam Books, a division of Random House, Inc,:** 134; **Conway Van Gelder Limited:** 149; **Larry Gosser:** 162, 169; **Tony Davis & Art Meets Matter Ltd:** 168 (bottom left); **Butlers (www.butlers.de):** 168 (bottom right); **Penguin Books:** 183; **The Advertising Archive:** 191 (top); **Hartswood Films:** 207, 208, 213.

THE SHERLOCK HOLMES COMPANION by Daniel Smith.
This updated edition first published 2014 by Aurum Press Ltd.
Copyright © Daniel Smith 2009, 2014
Japanese translation published by arrangement with
Aurum Press Limited, a subsidiary of Quarto Publishing plc
through the English Agency(Japan) Ltd.

Printed in China

目次

1879〜1903年の社会・政治年表.................................11

はじめに.................................17

サー・アーサー・コナン・ドイル.................................19

正典(キャノン).................................28

正典 緋色の研究.................................29

シャーロック・ホームズ.................................30

正典 四つの署名.................................38

ジョン・H・ワトスン博士.................................39

正典 ボヘミアの醜聞(スキャンダル).................................43
正典 赤毛組合.................................44
正典 花婿の正体.................................45
正典 ボスコム谷の謎.................................46

ホームズと私 ロジャー・ルウェリン.................................47
ハドスン夫人.................................49
ベイカー街221番地B.................................50
ベイカー街不正規隊(イレギュラーズ).................................52

正典 オレンジの種五つ.................................53
正典 唇のねじれた男.................................54
正典 青いガーネット.................................55
正典 まだらの紐.................................56

科学者探偵としてのホームズ..........57

正典　技師の親指..........64
正典　独身の貴族..........65
正典　緑柱石の宝冠..........66
正典　ぶな屋敷..........67

ホームズと私　フィリップ・フランクス..........68
スコットランド・ヤードと警察官たち..........70

正典　名馬シルヴァー・ブレイズ..........74
正典　ボール箱..........75
正典　黄色い顔..........76
正典　株式仲買店員..........77

ホームズの愉しみ..........78
ジョゼフ・ベル博士..........82

正典　グロリア・スコット号..........84
正典　マスグレイヴ家の儀式書..........86
正典　ライゲイトの大地主..........87
正典　背中の曲がった男..........88

ホームズと私　ダグラス・ウィルマー..........89
都会のホームズと田舎のホームズ..........92

正典　入院患者..........97
正典　ギリシャ語通訳..........98
正典　海軍条約文書..........99
正典　最後の事件..........100

文学的系譜..........103

正典 バスカヴィル家の犬	112
ホームズと私　ケイレブ・カー	114
正典 空き家の冒険	117

正典　ノーウッドの建築業者...118
正典　踊る人形...119
正典　美しき自転車乗り...120

ホームズと私　デヴィッド・バーク..122

正典　プライアリ・スクール..124
正典　ブラック・ピーター...125
正典　恐喝王ミルヴァートン..127
正典　六つのナポレオン像...128

ホームズと失われた女性たち..129
モリアーティ教授..137
ホームズの強敵たち..141

正典　三人の学生..144
正典　金縁の鼻眼鏡..145
正典　スリー・クォーターの失踪...146
正典　アビィ屋敷..147
正典　第二のしみ..148

ホームズと私　バート・クールズ..149
ストランド・マガジン..153
シドニー・パジェット..155

正典　恐怖の谷...158

ホームズと政治...159

正典　ウィステリア荘..165
正典　ブルース・パーティントン型設計書................................166
正典　悪魔の足...167

名探偵の遺産..168

正典	赤い輪団	177
正典	レディ・フランシス・カーファクスの失踪	178
正典	瀕死の探偵	179
正典	最後の挨拶	180

ホームズと私　キャサリン・クック..................................181

正典	マザリンの宝石	183
正典	ソア橋の難問	184
正典	這う男	185
正典	サセックスの吸血鬼	186

ホームズと私　エドワード・ハードウィック..................................187
演劇・映画・ラジオのホームズ..................................189

正典	三人のガリデブ	209
正典	高名な依頼人	210
正典	三破風館	211
正典	白面の兵士	212

ホームズと私　マーク・ゲイティス..................................213

正典	ライオンのたてがみ	219
正典	隠居した画材屋	220
正典	ヴェールの下宿人	221
正典	ショスコム荘	222

訳者あとがき..................................223

1879〜1903年の社会・政治年表

以下に記すのは、ホームズがプロとして初めて手がけたとされる事件〈マスグレイヴ家の儀式書〉から、正式に引退生活に入るまでの期間に起きた出来事を選んで、年表にしたものである。

1879年

1月11日
英国とズールー王国間のズールー戦争が南アフリカで勃発。7月4日に英国軍がウルンディの戦いでズールー軍を下して終結した。

5月26日
ガンダマク条約により、アフガニスタン首長が多大な権力を英国に譲渡する。

8月21日
ヨーロッパで最初の電話交換局がパリに開設される。

10月7日
ドイツとオーストリア=ハンガリー帝国が相互防衛協定を締結する。

10月21日
トマス・エジソンが電球の試験を行う。

12月28日
スコットランドのテイ鉄道橋が崩落して75人が命を落とす。

1880年

4月15日
保守党のベンジャミン・ディズレイリに替わり、自由党のウィリアム・グラッドストンが英国首相となる。

9月6日
ロンドンのクリケット場「オーヴァル」において、イングランド対オーストラリアの初となるクリケットのテストマッチが行われる。

11月2日
共和党のジェイムズ・ガーフィールドがアメリカ大統領に選出される。

11月11日
盗賊のネッド・ケリーがオーストラリアのメルボルンで絞首刑となる。

1881年

3月13日
ロシア皇帝アレクサンドル2世がサンクトペテルブルクで暗殺される。

3月23日
ボーア人にトランスヴァールの自治を与える講話条約が締結された4カ月後に、第1次ボーア戦争が終結する。

4月18日
ロンドンに自然史博物館がオープンする。

4月19日
保守党で前英国首相のディズレイリが亡くなる。

7月14日
パット・ギャレット保安官がニューメキシコ州フォート・サムナーでビリー・ザ・キッドを射殺する。

9月19日
アメリカ大統領ガーフィールドがワシントンで暗殺される。

1882年

1月17日
アレッタ・ヤコブスが世界初の避妊診療所をアムステルダムに開く。

5月6日
英国のアイルランド担当大臣キャヴェンディッシュ卿が、ダブリンのフェニックス・パークで民族主義団体に暗殺される。

5月20日
オーストリア=ハンガリー帝国、ドイツ、イタリアが三国同盟を締結して、相互軍事支援を約束する。

11月6日
リリー・ラングトリーがニューヨークで初舞台を踏む。

1883年

3月17日
『共産党宣言』の執筆者の1人、カール・マルクスがロンドンで亡くなる。享年64。

5月25日
ニューヨークのブルックリン橋が開通する。

8月28日
ジャワ島のクラカタウ火山が噴火し、3万人以上の命を奪う。

1884年

4月24日
ドイツ宰相ビスマルクが南西アフリカをドイツ領と宣言する。

7月11日
カメルーンがドイツの植民地となる。

8月1日
ベルギー王レオポルド2世がみずからをコンゴ自由国の国王と宣言する。

1885年

1月26日
英国の伝説的な将軍ゴードンが、アングロ・エジプト軍をスーダンから撤退させようとしていた際に、マフディー軍によってハルツームで殺される。

3月30日
ロシア軍がアクテペでアフガン軍を制圧し、ロシアとアフガニスタンと英国間の合意を求める。

6月19日
自由の女神像がパリからニューヨークに届く。

11月
英国軍1万人が下ビルマから内陸の上ビルマへ向かい、同地域に前進してきたフランス軍を阻止したのち、首都マンダレーを制圧する。

12月28日
インド国民会議派がボンベイ（ムンバイ）で結成される。

1886年

5月8日
アトランタのジョン・スティス・ペンバートン博士により、コカ・コーラが発売される。

6月8日
アイルランド問題により、グラッドストンが英国首相の座を降りる。

7月3日
カール・ベンツがドイツのマンハイムで、世界初の商業自動車モトールヴァーゲンを発表する。

7月10日
ロンドンで王立ニジェール会社がナイジェリアを植民地化するための勅許状を得る。

1887年

5月26日
帝国イギリス東アフリカ会社がケニアとウガンダを植民地化するための勅許状を得る。

6月22日
ヴィクトリア女王即位50周年祭。

11月13日
警官隊と軍隊数百人がトラファルガー広場で抗議者数千人と衝突、「血の日曜日」として知られることになる。この抗議にはアイルランドにおける英国支配に反対する一団が関与していた。

12月
シャーロック・ホームズが《ビートンのクリスマス年刊誌》掲載の〈緋色の研究〉で初登場を果たす。

1888年

6月15日
ドイツ皇帝ヴィルヘルム2世が即位する。

8月31日
メアリ・アン・ニコルズが、ロンドンのイースト・エンドで起きた切り裂きジャック事件の最初の被害者と確認される。

9月8日
イングランド・フットボール・リーグが創設される。

11月6日
アメリカ大統領選挙で共和党候補のベンジャミン・ハリスンが勝利を収める。

1889年

5月6日
パリのエッフェル塔がオープンする。

5月31日
ロシアとフランスによる海軍力の増強を受けて、英国政府が海軍法を可決する。

6月22日
ドイツ宰相ビスマルクが社会保険法を可決する。

8月19日
ロンドンの港湾労働者3万人が1カ月に及ぶストライキを始める。

10月29日
スエズ運河の中立が宣言され、自由航行となる。

11月15日
ブラジルがポルトガルの支配から脱却して、共和国となる。

1890年

3月18日
ドイツ皇帝ヴィルヘルム2世がビスマルクの辞任を求める。

7月1日
英国とドイツが東アフリカの領土権の主張に関して合意する。英国はザンジバルと北側の領土を獲得し、ドイツは南側の領土と北海のヘルゴラント島を獲得した。

7月17日
セシル・ローズがケープ植民地の首相となる。

11月15日
アイルランド自治運動の指導者チャールズ・パーネルがキティ・オシェアの離婚問題絡みで召喚され、政界で一気に失速する。

1891年

6月1日
英国のエドワード皇太子が賭博スキャンダルのトランビー・クロフト裁判で、検察側の証人として出廷する。

7月31日
英国がザンベジ川とコンゴ盆地間の地域の領有を主張する。

10月
ドイツ社会民主党がマルクス主義を採択する。

1892年

4月15日
アメリカでゼネラル・エレクトリック社が設立される。

7月6日
アメリカのピッツバーグでピンカートン探偵社の探偵がストライキ中の製鋼所工員と衝突して勝利を収める。

8月18日
英国でグラッドストンが4度目となる自由党内閣を組閣する。

11月8日
民主党候補のグローヴァー・クリーヴランドがアメリカ大統領に選出される。

11月17日
フランスが西アフリカのダホメ王国を支配下に置く。

1893年

1月13日
独立労働党が英国で初めての会議を開く。

2月23日
ルドルフ・ディーゼルが初のディーゼル内燃機関の特許を取得する。

3月10日
コートジボワールがフランスの植民地となる。

7月13日
ドイツ陸軍法によりドイツ軍の大幅な拡大への道が開かれる。

9月
グラッドストンのアイルランド自治法が下院で可決されるも、上院では敗北を喫する。

9月19日
ニュージーランドが女性に参政権を与えた最初の国となる。

1894年

3月3日
アイルランド自治法が可決されなかったことを受けて、グラッドストンが英国首相の座を降りる。後任はローズベリー卿。

6月24日
フランス首相サディ・カルノーがイタリアの無政府主義者に刺殺される。

6月30日
ロンドンのタワー・ブリッジの通行が始まる。

8月1日
中国と日本が互いに宣戦布告する。

11月1日
父のアレクサンドル3世の死を受けたニコライ2世が、ロシア皇帝に即位する。

12月22日
ユダヤ人将校アルフレド・ドレフュスがドイツのためにスパイ行為を働いたとして、フランスで終身刑に処せられる。この事件は誤審として悪名高いものとなった。

1895年

4月17日
中国と日本が下関で講和条約を結ぶ。中国は韓国の独立を承認し、台湾を日本へ譲渡する。

5月25日
オスカー・ワイルドが「男色および極度の猥褻」の罪で、レディング監獄に2年間収監される。

6月25日
英国でソールズベリー卿が保守党と自由統一党による内閣を組閣する。

11月8日
ヴィルヘルム・レントゲンがX線を偶然発見する。

12月17日
英領ガイアナとベネズエラの国境紛争により、英米の関係が脅かされる。

12月28日
パリでリュミエール兄弟が初めて映画を一般公開する。

1896年

3月1日
メネリク2世率いるエチオピア軍がティグレ地方でイタリア軍を打ち負かす。

4月6日
近代オリンピックがギリシャのアテネで開催される。

6月15日
日本で「明治三陸地震」が発生し、2万5000人以上が命を落とす。

8月6日
マダガスカルがフランスの植民地となる。

8月12日
カナダのクロンダイク川の支流で金が発見される。

10月26日
イタリアとエチオピアが条約を締結し、エチオピアの独立を保証するとともに、エリトリアがイタリアへ割譲されることになる。

11月3日
共和党のウィリアム・マッキンリーがアメリカ大統領に選出される。

1897年

5月14日
イタリアのグリエルモ・マルコーニが初の無線電信を成功させる。

6月12日
カルカッタ（コルカタ）に世界初の指紋局が設立される。

6月22日
ヴィクトリア女王即位60周年祭。

7月21日
ロンドンにテート・ギャラリーがオープンする。

12月4日
ギリシャがオスマン帝国と和平条約を締結し、クレタ島の所有権をめぐる争いに終止符が打たれる。

1898年

7月1日
英国が99年間の租借期間で香港の支配権を得る。

9月2日
英国軍を率いたハーバート・キッチナー卿がマフディー軍相手にスーダンのオムドゥルマンで勝利を収め、ハルツームを奪還する。

11月3日
フランス軍がスーダンのファショダから撤退して、英国軍との対立を終わらせる。

12月10日
和平条約が結ばれ、5月に始まったアメリカとスペイン間の戦争が集結する。スペインは2000万アメリカドルと引き換えに、キューバ、プエルトリコ、グアム、フィリピンをアメリカに割譲する。

12月26日
マリーとピエールのキュリー夫妻がラジウムの発見を発表する。

1899年

6月15日
ドイツが東アフリカのルワンダ王国の支配権を主張する。

7月29日
初のハーグ平和会議が調印され、戦争の遂行に対して法的枠組みをもたらす。

9月19日
アルフレド・ドレフュスがフランスで恩赦を与えられる。

10月11日
第2次ボーア戦争が南アフリカで勃発する。

1900年

1月1日
ナイジェリアがイギリスの保護国となる。

3月19日
イギリスのアーサー・エヴァンズ卿率いる遺跡発掘が、クレタ島のクノッソスで始まる。

7月2日
ツェッペリン型飛行船がドイツ国境のコンスタンス湖上で初飛行を行う。

7月30日
イタリア王ウンベルト1世が無政府主義者に暗殺される。ヴィットーリオ・エマヌエーレ3世が王位を引き継ぐ。

10月14日
ジークムント・フロイトが『夢判断』を出版する。

10月17日
英国のソールズベリー卿の保守政権がさらなる任期を獲得する。

11月6日
共和党のマッキンリーがアメリカ大統領に再選される。

1901年

1月1日
オーストラリア連邦が成立。

1月22日
治世64年に及んだヴィクトリア女王が亡くなる。後継は息子のエドワード7世。

9月7日
中国の義和団の乱が平定される。義和団は1899年末から、国内のさまざまな国外勢力に対して暴力行為を働いていた。

9月14日
アメリカ大統領マッキンリーがポーランドの無政府主義者によって暗殺される。後継にセオドア・ルーズベルトが就任する。

12月10日
ノーベル賞の授与式が初めて行われる。

1902年

4月7日
テキサス・オイル・カンパニー(現在はテキサコとして知られる)が設立される。

5月31日
フェリーニヒング条約が締結され、第2次ボーア戦争が終結する。英国の統治権が全面的に認められた。

6月23日
オーストリア=ハンガリー、ドイツ、イタリアが三国同盟の12年間の延長に合意する。

7月12日
保守党のアーサー・バルフォアが英国首相に就任する。

12月10日
エジプトのナイル川にアスワン・ダムが完成する。

1903年

1月22日
アメリカとコロンビアがパナマ運河の建設に合意する。

8月4日
25年間在位したローマ教皇レオ13世の死を受けて、ジュゼッペ・サルトがピウス10世となる。

10月10日
エメリン・パンクハーストによる婦人社会政治同盟が英国で設立される。

11月15日
アメリカの支援を受けたパナマが、コロンビアからの独立を宣言する。

11月17日
ウラジーミル・レーニンがボリシェヴィキ運動の指導者となる。

12月17日
ライト兄弟がノースカロライナ州で重航空機を12秒間飛ばす。

はじめに

　私が初めてホームズ物語を読んだのは、9歳のころだった。まず〈まだらの紐〉から読みはじめ、なぜかはわからないが、この恐ろしい出来事はそこにいたロマたちのしわざに違いないと思っていたので、スリル満点の終幕に驚かされた。やみつきになったのだ。ちょうどそのころ、ジェレミー・ブレットのホームズ・シリーズがテレビで放映されていた。たいへんな数の視聴者がみな同じ気持ちだったと思うが、非の打ちどころのないホームズと番組のかもし出すあの時代の雰囲気を、私は見飽きることがなかった。つまり私は、コナン・ドイルが書いた文章と、その翻案である映像化作品という2つのものを通じてホームズというキャラクターを知ったことになる。

　この名探偵ほど息長く活躍している人物はほとんどいないし、何らかのかたちで彼を知る機会をもたない人も、ほとんどいないだろう。とはいえ大半の人は、コナン・ドイルの原作を読もうと思ったことがなく、ほかの媒体経由で知識をかき集めたと言っても、あながち間違っていないのではないか。推理作家のイアン・ランキンは、かつてこう言っていた。「彼は今なお通用する、偉大ですばらしい架空のキャラクターだ。彼には実在感がある。……そして、本の中だけに収まりきれないほど大きな存在になった」

　もともとの作品から実質的に独立したかたちで、これほどうまく大衆文化に生き残ってきた文芸作品キャラクターは、ほかに思いつかない。だからこそ私は、ホームズを作中人物として、また文化的現象としてとらえなおすために、本書の執筆を思い立ったのだ。コナン・ドイルが書いた長篇4作と短篇56作すべての概要を紹介し（ただし結末をばらさずに）、ホームズやワトスンほか、この探偵物語に登場する主要人物についてプロフィールを紹介する。そして、一連の小論で原作にあるホームズに特有の要素を詳しく掘り下げつつ、そのほかの記事でホームズをより幅広い文化的コンテクストに置く。さらには、それぞれの人生がホームズ伝説と切り離せないものとなった人物へのインタビューをまとめて、そのすぐれた見識をすくい上げる。それが本書の構成だ。

　シャーロック・ホームズという不可解な人物の謎を、本書がいくらかでも解きほぐすことになれば幸いである。そして何よりも、読者がホームズの"マジック"に気づくきっかけとなれば、本望だ。最後にはやはり、あの不朽の言葉を引用しよう。さあ、獲物が飛び出したぞ！（ザ・ゲーム・イズ・アフット）

ダニエル・スミス

シャーロック・ホームズ 完全ナビ

サー・アーサー・コナン・ドイル

　多くの人が、サー・アーサー・コナン・ドイルは彼が生きた時代の典型的人物だったと言う。医学者にして文学者。英国の勲爵士(ナイト)。W・G・グレース［1848～1915年。英国のクリケット選手］の投球に立ち向かったばかりか、ポーツマスAFC（ポーツマス・サッカー・クラブの前身）で初代ゴールキーパーをつとめ、スキーの普及にも一役買った有名なスポーツマン。社会改革と反不正裁判の闘士。自宅で安穏としていてもおかしくないような年齢でも、進んで前線で義務を果たそうとする大英帝国の男。
　ところが、コナン・ドイルは複雑にからみ合った矛盾のかたまりで、生涯決して混迷から遠ざかれなかった。子供時代は、心身ともに衰弱した父親と自分自身の信仰喪失によって暗い影に覆われた。成人してからは、経済的安定を求めつつも後世に名を残すりっぱな作家として認められたい思いにあらがいがたく、みずからの生んだ名探偵がいやになってしまう。私生活では、愛していた（だがその愛は冷めた）妻に対する義務感と、心を奪われた女性と一緒になりたいという願いの板挟みに苦しんだ。晩年には、国内屈指の裕福な著名人となりながら、何もかも顧みず心霊主義にのめりこんで、もの笑いの種となった。世間によく知られている肖像のまじめで高潔なイメージからは、彼が実際に生きたドラマチックで情熱的な波乱の人生はうかがうよしもない。
　アーサー・コナン・ドイルは1859年5月22日にエディンバラで誕生した。てんかんの持病と酒を飲み過ぎる傾向がある製図工チャールズ・ドイルと、誉れ高い軍人一家の生まれで意志が強く知的なメアリ・フォーリーとのあいだに生まれた、9人の子（うち2人は幼くして死亡）のひとりだった。ランカシャーでイエズス会が運営するストーニーハースト校へ送られたドイルは、その厳格で決まりきった生活を楽しめず、在籍中は特にマコーリー、サー・ウォルター・スコット、エドガー・アラン・ポーなど、文学への愛着をつちかった。
　この学校は、ドイルの内に信仰の危機を呼び起こす役割を果たした。まだティーンエイジャーのうちに彼はカトリック信仰に背を向け、それが母親をいつまでも悲しませることになった。とはいえ、ストーニーハーストのあとも、オーストリアのフォーラールベルク州にあるフェルトキルヒという、やはりイエズス会の学校で1年間過ごしている。そこははるかに居心地がよかったらしく、こう記している。「ストーニーハーストよりもはるかに人情に篤い環境にあったため、怒りっぽい反抗者であることをやめて、法と秩序の柱石となった」
　ドイルはその後医学の道を志し、進学のため1876年にエディンバラに戻る。大学ではジョゼフ・ベル博士付きの助手をつとめることになった。ごく大ざっぱに診察しただけで患者の生活についていろいろなことを推理するベル博士の驚くべき能力が、のちにシャーロック・ホームズの姿をとって不朽の名声を得ることになる。そして学生時代、《チェンバーズ・エディンバラ・ジャーナル》に最初の作品を発表した。父親の健康状態が急激に悪化したのは、彼がまだ学士課程にいる

左ページ：1925年ごろスタジオで撮影した、コナン・ドイルの肖像写真。このころには国の重要人物としての名声を確立していた。

ころだった。父チャールズは有名な画家や挿絵画家の一族に生まれ、ドイルの伯父ヘンリーはアイルランドのナショナル・ギャラリー創設責任者だ。ドイルによれば、父チャールズは「すばらしさを正当に評価されない天才的画家」だが、「実生活を正しく認識していなかった」。情緒不安定とアルコール依存症が進んだ彼が、何年ものあいだ療養所を転々とすることになったため、大家族は経済的にひどく窮迫する。チャールズは1888年に、息子が著した『緋色の研究』の挿絵を描いたが、その散漫な線画に才能の衰えが露呈している。

ドイルの父チャールズ・ドイルは、『緋色の研究』1888年版にこの挿絵を描いたころ、すでに体調が思わしくなかった。

ドイルは、家族を養うという困難に対処しようと決めた。1880年、行けなくなった友人の代わりに、北極海捕鯨船ホープ号に船医として乗り組む。その職は報酬がよかったし、彼の中の放浪癖や冒険願望をいくらか満足させてくれた。実家への手紙にはごくさりげなく書いたものの、流氷の海に落ちて命を危険にさらしたこともあった。この長旅に続いて、西アフリカへ積み荷と乗客を運ぶ汽船マユンバ号に乗船勤務。今度の航海はいろいろな点でさらにドラマチックなものとなった。嵐で船が危うく難破しそうになったり、病気が蔓延したり、ドイル自身も腸チフスに感染して寝込んだのだ。1882年にリヴァプールへ帰港しようというときには、火事騒ぎまで起きた。

エディンバラ大学時代の友人ジョージ・バッドから、プリマスで新規開業した医院の共同経営者に誘われたとき、好条件であったためドイルは断れなかった。しかし、これは大失敗だった。患者は大勢いたが、医者2人の生活に充分な収益があげられなかったのだ。以前からずっと無節操なところのある人物だったバッドとの友情にもひびが入り、関係は二度と修復されなくなる。提携を解消したドイルは、ポーツマス郊外のサウスシーで開業した。だが、医院の仕事はうんざりするほど低調だった。1883年、納税申告書に記入し、所得税の納税義務なしとして提出したところ、内国歳入庁から「はなはだ不満」というコメントが添えられて戻ってきた。彼はそこに「まさに同感」と書き加え、送り返したという。そのころ、彼は母親への手紙に文筆活動の成果についてこう書いている。「数字が三桁の小切手が欲しいですし、その夢は絶対に果たすつもりです。将来、文学の道で成功することだって必ずしも夢ではありません」[ダニエル・スタシャワーは か著、2012年、東洋書林]。まだ作品の引き受け先を見つけるのに苦労している駆け出し作家の、勇ましい言葉だ。また彼の文筆業が、自分にどこまで経済的価値があるのか知りたいという強い願望に支えられていたこともうかがえる。

医業のほうは文句なく順調というわけでもなかったが、その仕事によって妻を得ることにもなった。患者の姉だったルイーズ・ホーキンズと、1885年の夏に結婚したのだ。また、シャーリンフォード・ホームズとオーモンド・サッカーの物語の第1話を書きはじめ、この2人がやがて推理小説中最高の名コンビに育っていくことになる。シャーロック・ホームズが初登場する〈緋色の研究〉は、1887年に《ビートンのクリスマス年刊誌》に掲載された。雑誌の発行者は有名な料理書の

生みの親ミセス・ビートンの残された夫だったが、彼は25ポンドで版権を買い取った。あまり評判にならず、ホームズは短命な目立たない存在で終わるかと思われた。ところが、1889年8月30日、ロンドンの豪勢なランガム・ホテルでのディナーの席で、ドイルとシャーロックに新たな活躍の場が与えられる。アメリカの月刊誌《リピンコッツ》の編集者、J・M・ストッダートに招かれたのだ。ほかの招待客たちの中にはオスカー・ワイルドもいた。2人に執筆を依頼したことで、ひと晩の仕事としてストッダートには満足のいく結果となったはずだ。ドイルは〈四つの署名〉を著し、ワイルドは『ドリアン・グレイの肖像』を生み出すことになる。

　コナン・ドイルはホームズを、目的を達するための単なる手段くらいに考えていた。文筆業にはずみをつけ、どうしても必要な資金を稼ぐための、ひとつの方法だ。だが、やがて自分が当時まだ安っぽいイメージを払拭しきれずにいた探偵小説作家と見られるようになろうとは、思ってもみなかった。ウォルター・スコットのような作風の大河歴史小説の書き手だと自負していたのだ。すでに17世紀の「モンマスの反乱」［ジェイムズ2世に対して先代国王の庶子モンマス公が継承権を主張して起こした反乱］に基づく作品に取り組んでいて、その『マイカ・クラーク』は1889年に出版された。続いて、『白衣の騎士団』という、百年戦争中の冒険譚を書き上げる。

　ルイーズ（愛称トゥーイ）が1889年1月に娘メアリ・ルイーズを出産。1891年、ドイルはトゥー

上：ロンドンのランガム・ホテル。1889年、コナン・ドイル、オスカー・ワイルド、J・M・ストッダート（月刊誌《リピンコッツ》の編集者）が顔を会わせた、伝説的会合の舞台となった。

左：コナン・ドイルと最初の妻トゥーイが、愛用のタンデム・トライシクルで走りに出かけるところ。1895年撮影。

イとウィーンで数カ月過ごし、眼科医療の分野で最高の権威者たちに混じってその方面の知識を深める機会を得た。帰国すると、サウスシーに見切りをつけてロンドンへ移り住んだ。文筆業でささやかな蓄えがあった彼は、その一部を投じてアッパー・ウィンポール街に医院を構えた。しかし、自分が医者の仕事で大きな財産を築く見込みはあまりなさそうだと早々に思い知る。首都で開業して以来6カ月というもの、患者がひとりも来なかったと認めているのだ。ただ、ひとついいこともあった——彼には執筆する時間が存分にあったのである。

急成長する雑誌の市場に月刊誌《ストランド》が新しく投入され、ドイルにチャンスが到来する。読者の興味をつかむキャラクターを登場させて、回を重ねてはまたそのキャラクターで読者を呼び戻すという妙案を思いついたのだ。シャーロック・ホームズにさして愛着があるわけではなかったが、この案にはぴったりのようだった。そこで、いささか長めの〈緋色の研究〉と〈四つの署名〉に登場した名探偵が抜擢され、新たに短篇で活躍することになる。これがたちまち当たりをとって、《ストランド》の販売部数増強に大きく貢献した。最初の6篇ではそれぞれ35ポンドという原稿料だったが、それが続く6作では1篇につき50ポンドという気前のいい額にはねあがった。手紙の中でドイルは、4本の短篇をたった2週間で書き上げたと言っている。1892年には、1000ポンドでもう12本書くという契約を結ぶ。大成功だったのだ。

1892年末には息子キングズリーが生まれ、一家はロンドン郊外の高級住宅地サウス・ノーウッドに引っ越した。ところが、トゥーイの健康が衰えていく。ドイルはトゥーイを連れてスイスに一時逗留したが(そこで有名なライヘンバッハの滝を見た)、効果ははかばかしくなかった。彼女は肺病を患っていた。そして1893年10月には父チャールズ・ドイルが他界。ドイルは気落ちし、ホームズにかまけて歴史小説という"高尚な"作品を書けずにいるのが心配で、探偵を死なせることにした。ホームズはライヘンバッハの滝で死の淵に落ちていく。《ストランド》の経営陣も一般大衆も大騒ぎになり、怒った群衆が《ストランド》の社屋を取り巻いたという。

コナン・ドイルが1891年に医院を開業した場所と思われる、アッパー・ウィンポール街2番地の建物正面。このころ、ホームズ物語の傑作が次々生み出されていった。

それでもドイルは決心を変えなかった。経済的余裕があり、心霊現象も含めて数ある関心事を追求できる立場にもあった。1893年10月の父の死後からひと月とたたぬころ、あるいはコナン・ドイルの伝記作者アンドルー・ライセットによるもっと早いその年の1月だったかもしれないが、彼は心霊研究協会に入会し、心霊主義との関わりに大きく第一歩を踏み出した。また時間を捻出しては、(スイスで覚えたスキーも含めた) スポーツという楽しみに熱中し、文学界の著名人としてジェローム・K・ジェロームやJ・M・バリーらと友情を温めた (バリーとはコミック・オペラ *Jane Annie; or, The Good-Conduct Prize* を共作している)。1895年には、一家の新居、アンダーショー荘の建築が始まる。ひ弱なトゥーイの体によかれと、空気のきれいな場所へ移ることにしたのだ。彼は対話劇を書きはじめ、*Waterloo* が当たりをとった。また、ナポレオン戦争で騎兵隊を指揮するジェラール准将を主人公に、軽い冒険物語シリーズに着手した。

Hindhead, "Undershaw."

コナン・ドイルは1897年、衰えていくトゥーイの体調がいい空気でもち直すよう願って、サリー州ハインドヘッド付近にアンダーショー荘を新築。トゥーイの亡くなった1年後の1907年までそこに暮らした。

　やっと世間に確たる立場を築いたかに思えたそのころ、ミス・ジーン・レッキーの出現がすべてをくつがえしてしまう。ブラックヒースで両親とともに暮らしていた、若く美しいジーンがドイルと出会ったのは1897年3月。2人はたちまち惹かれ合った。しかし、トゥーイが生きているうちに親密な関係になるわけにはいかないと2人は考えていた。ただ、ドイルの母親や彼の仲間うちにはこの「恋愛沙汰」は知られていたし、何も知らされなかったトゥーイも、うすうす感づいていたのではないかと推測されている。それにしても、二重生活を送るドイルはさぞや苦痛にさいなまれただろう。

　1899年、英国軍は第二次ボーア戦争のまっただ中に突入していた。愛国心では誰にもひけをとらないドイルは、本分を尽くそうと決意する。だが正規軍に入るには年齢が高すぎるため、1900年、ブルームフォンテーンの野戦病院に3カ月間配属された。そこで彼は、負傷だけでなく腸チフスの蔓延によっても1日に60人が命を落とす惨状を目にする。この体験に大きな衝撃を受けたドイルは、帰国すると The War in South Africa という小文を書いて、英国の軍事行動を擁護した。彼はもはや、ただ名のある作家というだけではなく、国を代表する人物となっていたのだ。1902年には、勲爵士（ナイト）に叙せらることになった。彼は辞退したかったが（母親は辞退することに反対した）、最終的には受勲して、将来エドワード7世に謁見してもばつの悪い思いをせずにすむようになった。ドイルが逡巡したのは、名誉そのものに反感があるからというより、受勲が仲間たちの目にどう映るか気にしていたからだと言っておくべきだろう。彼はこう記している。「ローズや

〈スリー・クォーターの失踪〉の、コナン・ドイル直筆原稿。きちょうめんな字で読みやすく書かれている。

チェンバレンやキプリングがそんなものを受けるでしょうか！ だとしたら、ぼくの基準を彼らのそれより低くすることはできません」[コナン・ドイル書簡集]

　1902年、〈最後の冒険〉でホームズが転落死したことで彼と作者の不安定な関係も終わったと思われてから、8年たった。ドイルにとってこの探偵はつねに、文名のためというよりは経済的恩恵のために魅力がある存在だった。早くも1891年にはホームズを死なせてしまおうとして、母親に止められてかろうじて思いとどまっているのだ。「彼のせいで、もっとましな仕事に頭を使えない」と彼は言っている。1892年、《ザ・ブックマン》のインタビューでは、「シャーロックはとことん非人間的で、情けを知らないが、みごとに論理的な知性の持ち主だ」と断言している。その

1年後には、「彼の名前にはうんざり」していると言い、ライヘンバッハの滝での出来事のあとに、「もし私がシャーロック・ホームズを殺さなかったら、きっと彼が私を殺していたと思う」ともらした。

　ほかにもそうした作家はいたが、ドイルは自分の才能をよくわかっていなかった。彼の最大の強みは、彼があってほしいと望んだところにはなかった。その自己イメージは、その時代の人々の好みに合っていなかったのだ。彼は壮大な歴史小説を書きたかったのだが、彼の作る緊密なプロットは、短篇でこそ最大の効果をあげられるのだ。ほかの長篇小説では、ともすると大げさな文体になりがちだが、ホームズに対しては愛着がないぶんのびのびとした書きぶりで、その物語は申し分なく読みやすいものになっている。60にのぼる作品を書くあいだに、ドイルはホームズのキャラクターに層を重ねるようにして厚みを加えていった。彼のペンからこぼれた不注意による矛盾や不整合もみな、かえってすばらしい効果を生み出しているのである。

　どんなにホームズを忘れてしまおうと思っても、ドイルの頭から実利的な動機がすっかり払拭されることはなかった。1899年、出版元をどう選ぶかについて彼はこう説明している。「私が何のために書くかというと、全面的にお金の問題です。私は全力でいいものを書こうとする。相応の報酬を払ってもらえさえすれば、掲載される場所がいいところかどうかはどうでもいい」。したがって、1902年の新作の登場は、それほど衝撃的でもない。ホームズの"死"以前という設定のその物語は、今も全作品中で最も有名な〈バスカヴィル家の犬〉である。もともとは、彼に魔犬伝説を教えてくれたジャーナリストの友人、フレッチャー・ロビンソン（その御者はハリー・バスカヴィルという名だったらしい）と組んで仕事をすることになっていた。1901年3月、ドイルはその共作のことを、「ちょっとした本……心底ぞっとするような物語」と言っている。当初ホームズを出す予定はなかったのだが、アメリカの雑誌《コリアーズ・ウィークリー》のノーマン・ハプグッドがもっとホームズ物語を書くようにしつこくせがみはじめていた。途中からホームズとワトスンを無理に押し込むようなかたちになり、ドイルは「思っていたようにはうまくいかなかった」とコメントしている。

　その翌年、熱烈なファンたちが"大空白時代"と呼ぶようになった不在の時を経て、ホームズは奇跡的に生還する。ドイルは〈空き家の冒険〉を発表して、1891年に死んだかと思われた探偵はその後3年間放浪の旅に出ていたのだと弁明した。《コリアーズ》は、長さに関わりなく13作で4万5000ポンドという前代未聞の額を申し出たのだった。1899年にドイルは、「まったく新しいことを試みて失敗したとしても、過去に成功したことを意気地もなく繰り返すよりはましだ」と書いている。だが、明らかに限界はあった。一般読者は大喜びで新作に飛びついたが、以前の物語のような切れ味がなくなったと感じる向きもあったのだ。ドイル自身、「似たような趣向の繰り返しを避けて新鮮さを失わずにいることは不可能だ」と認めている。それどころか、コーンウォールのボート屋が、「ミスター・ホームズが滝に落ちたとき、死にはしなかったろうが、きっと怪我したに違いない、あれから別人になりましたからね」と彼に言ったという一件を、

いかにもうれしそうに書いているのだ。

　1906年、13年の闘病のちトゥーイが息をひきとった。ドイルはその翌年9月にジーン・レッキーと結婚し、サセックス州クロウバラのウィンドルシャムという屋敷に移り住んだ。そして夫婦は3人の子供に恵まれる——1909年から1912年にかけて生まれたデニス、エイドリアン、ジーンだ。いつも社会意識が高く献身的なドイルだが（国会議員に2度立候補して落選した）、トゥーイが亡くなってから底知れぬ倦怠に沈んでいた。その暗鬱な場所から抜け出そうとしてだろうか、いくつもの大義を引き受けて、ときには自分が支持するものへの喝采を勝ち取り、またときにはただもの笑いの種になった。たとえば、何頭もの馬を殺したとして、確たる証拠がないにもかかわらず罪に問われたインド系の事務弁護士、ジョージ・エイダルジの嫌疑を晴らすべく闘った。この事件は、ジュリアン・バーンズの小説『アーサーとジョージ』（2005年）に生き生きと再現されている。また、殺人の濡れ衣を着せられたオスカー・スレイターのためにも闘った。怪しげな過去

1922年に撮影されたコナン・ドイル一家。妻ジーンと、3人の子供たち——デニス（当時13歳）、エイドリアン（12歳）、ジーン（10歳）。

のあるスレイターを、おおかたの人々は同情するに値しない人物だと思っていたのだが。だが3番目の、ドイツに協力したとして反逆罪に問われたアイルランド民族主義者、サー・ロジャー・ケイスメントの恩赦を求める運動は、失敗に終わる。ケイスメントは1916年に処刑された。

政治的な場では、ベルギー領コンゴにおける領主国のやり方を非難する小冊子を書いた。さらに、先頭に立って米国との強い連携を提唱し、英米協会〈アングロ・アメリカン・ソサエティ〉設立を提案。また、大いにペンをふるって英国社会にドイツの脅威への警戒を呼びかけた。第一次世界大戦はドイルに大きな犠牲を強いた。従軍するには年をとりすぎていたのに、それでも前線に出ていったのだ。身内が何人も命を落とし、1916年に「わが一族の分担は充分に払った」と書いている。だが、彼を打ちのめす最大の痛手が、まだそのあとに控えていた。1917年のスペイン風邪流行中に、大切な息子キングズリーが死んでしまうのだ（ドイルの弟イネスも同じ病気に命を奪われた）。

「鎖につながれる」——《パンチ》1926年5月12日号に掲載された、バーナード・パートリッジによる風刺漫画。作者と、彼が生み出した非常に有名なキャラクターとの、やっかいな関係を描いている。

表だって心霊主義運動の先頭に立つようになったのは、そのころだった。しかし、相当数のペテン師や奇人たちが関わっていることもあり、世間は心霊主義を懐疑の目で見ていた。ドイル自身、1917年、実在する妖精が映ったという写真を本物だと主張し、それが少女2人のいたずらだったと判明したコティングリー妖精事件で、信用失墜のうきめにあった。それでも彼は、大量の金と時間を心霊主義という大義に費やしつづけ、1919年9月、亡きキングズリーからコンタクトがあったと言い出す。戦争で荒廃した国では、誰もが親しい人を亡くしているわけで、同情の余地はあった。しかし、立場上彼は相当な批判を買い、のちに振り返ってみると、非凡な生涯に意外なひねりが加わることとなったのだった。

最後のホームズ物語〈ショスコム荘〉が1927年に発表され、ドイルはこう記した。「わたしはシャーロック・ホームズ氏が、『かつては人気のあったテノール歌手』のようになってしまうのを、おそれている。……そういう事態は避けなければならないし、生身の人間であれ想像上の人物であれ、本来行くべき道をたどり、舞台を去るべきなのである」［シャーロック・ホームズの事件簿 まえがき］。そして本人に死が訪れたのは1930年7月7日だった。心霊主義者としての墓には、「真実の剣〈つるぎ〉、正直〈せいちょく〉の刃〈やいば〉」と墓碑銘が刻まれている。

コナン・ドイルは文学の世界にりっぱな遺産を残した。ほんの少し例を挙げれば、『マイカ・クラーク』、『白衣の騎士団』、『ロドニー・ストーン』、『ナイジェル卿の冒険』、『失われた世界』などの作品である。それにしても、彼の生涯最大の悲劇は、自身が生み出した最大の人気キャラクターにどうしても愛着がわかず、高く評価する気にもなれなかったことかもしれない。ホームズの大ファンだと断言していた推理作家のドロシー・L・セイヤーズは、こう書いている。

「世界中のどこでも、そしておそらくいつの時代も、コナン・ドイルの名声は必ずシャーロック・ホームズという名とともにある」

正典(キャノン)

　アーサー・コナン・ドイルが書いたシャーロック・ホームズ物語は全部で4つの長篇と56の短篇から成り、これらは"正典"と呼ばれている。短篇はまず雑誌や新聞に掲載され（英国の《ストランド・マガジン》や米国の数々の雑誌・新聞）、その後、5巻の短篇集に収められた。下の表に正典の出版履歴をまとめてある。

　物語の大多数は、ホームズの相棒であるワトスン博士によって語られる。ただし、いくつかは例外的にホームズみずからが語り手となっている。また、三人称で書かれた作品もひとつある。

　コナン・ドイルは物語を時系列に沿って書いてはいない。物語中でそれがいつの話か特定の日付が示されることもあれば、歴史的な出来事やほかの物語への言及から正確に日付が特定できそうな場合もある。だが、ただ推察するしかないものが多い。年代学の問題には昔からかなりのシャーロッキアン／ホーメジアンがのめりこみ、かの名探偵も感心するほど熱心に物語を相互参照してきた。それでも、特にワトスンがいささか信頼できない語り手であって、物語中に矛盾や時間的にみて不可能なことが散見されるため、ホームズの年代学という野原(フィールド)は落とし穴だらけだ。

　本書では、あらすじのページに各物語の"時代設定"を入れたが、はっきりしない事件の場合は *The New Annotated Sherlock Holmes*（レスリー・クリンガー編、W・W・ノートン社、2004〜2005年）を参照した。同書の結論に異論を唱えるホームズ研究家がいることは確かだが、しっかりした判断のもとに選択し、もっともな結論を出していると思われる。本書は特定の年代学上の問題を議論する場ではないが、そういう論争が確かにあって白熱した議論となりかねないのだということを、読者にはご承知おきいただきたい。

『緋色の研究』	1887年	
『四つの署名』	1890年	
『シャーロック・ホームズの冒険』	1892年	（収録作品初出は1891〜1892年）
『シャーロック・ホームズの回想』	1894年	（収録作品初出は1892〜1893年）
『バスカヴィル家の犬』	1902年	
『シャーロック・ホームズの生還』	1905年	（収録作品初出は1903〜1904年）
『恐怖の谷』	1915年	
『シャーロック・ホームズ最後の挨拶』	1917年	（収録作品初出は1908〜1913、1917年）
『シャーロック・ホームズの事件簿』	1927年	（収録作品初出は1921〜1927年）

注：〈ボール箱〉は、英国では『回想』に、米国では『最後の挨拶』に収録されることが多い。

緋色の研究

初出:1887年11月の《ビートンのクリスマス年刊誌》
時代設定:1881年

　長篇というよりは中篇程度の長さであるこの話で、犯罪と闘う史上最も有名な2人組が出会うことになる。第二次アフガン戦争で肩に（それとも脚か？）銃弾を受けたジョン・ワトスン博士は、ロンドンへ戻ってきていた。セント・バーソロミュー病院時代の同僚スタンフォードと出会った彼は、部屋を探していると告げる。するとスタンフォードはちょうどいいと思ったらしく、ワトスンにシャーロック・ホームズを紹介したのだった。諮問探偵だというホームズは、初めて姿を見せたとき、血痕を確実に判断する方法を完成させたばかりだった（刑事司法制度に大変革をもたらすと、本人は確信していた）。ものの数分もしないうちに、ホームズはワト

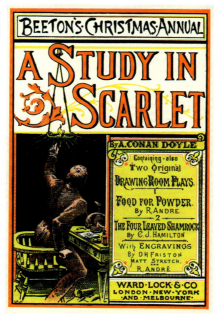

1981年に中国・江蘇省の総合出版社が発行した、この話のコミック版。

ホームズとワトスンが初登場した、1887年の《ビートンのクリスマス年刊誌》の表紙。この原本は極めて珍しく、世界中のシャーロッキアンにとっていわば聖杯となっている。

スンの人生の大半を、まるで魔法のように見抜いていた。世界最高の推理の知性が初お披露目されたのである。
　程なくホームズは、スコットランド・ヤードのグレグスンとレストレードの両警部の依頼で、ある捜査に関わることになり、彼はすぐにワトスンを助手として同行させた。イーノック・ドレッバーというアメリカ人の死体が、ブリクストンにあるローリストン・ガーデンズの空き家で見つかったのである。被害者は立派な身なりをしていたが、その顔は恐ろしい最期を物語っていた。死体が発見された部屋の壁には、濃い赤色で「RACHE」と殴り書きされていた。死体のそばには、女性用の結婚指輪もあった。ドレッバーは死ぬ間際に、殺害犯の名前を伝えようとしたのだろうか？　これこそ典型的な、"事件の裏に女あり"なのだろうか？
　すべては見た目どおりでないと見破ったホームズは、手助けとして自身の忠実な協力者たちであるベイカー街不正規隊を利用する。彼は現場で見つけた結婚指輪を活用する一方、スコットランド・ヤードが捜査でしくじるのを見ていた。やがて彼は解決策に思い至るが、ドレッバーの秘書ジョゼフ・スタンガスンにとっては遅すぎた。ホームズが謎解きを披露する前に、アメリカでの過去のストーリーが物語られる。

シャーロック・ホームズ

　もしホームズというひとりの男性がベイカー街221Bの居間を訪れたとしたら、そこにいる探偵のほうのホームズが相手をさっと眺め回して、経歴その他を解き明かしてくれることだろう。だが、名探偵ならぬ私たちにとって、ホームズという人物についての情報はそもそも乏しい。

　1914年という設定の〈最後の挨拶〉に、そのときホームズは60歳だと考えられる記述があるため、生まれたのは1853年か1854年だと推定できる。〈ギリシャ語通訳〉では、それまでの彼の人生についてもっと詳しいことがわかる。彼の一方の家系は代々地方の地主で、祖母はフランスの画家ヴェルネの姉妹だったという。アントワーヌ・シャルル・オラス・ヴェルネ（1758〜1835）なのか、その息子のエミール・ジャン・オラス・ヴェルネ（1789〜1863）なのかはっきりしないが、息子のほうが候補として有力に思える。また、シャーロックに7歳年上の兄がいることもわかる。その兄マイクロフトは、〈ブルース・パーティントン型設計書〉にも登場する。相当な肥満体ながらシャーロックよりさらにすぐれた知力の持ち主であるマイクロフトが、俗世から切り離された居場所としているのは、ペルメル街のディオゲネス・クラブ（「ロンドンでもいちばん人づきあいが悪く、いちばん社交嫌いの人間たちが集まる」クラブ）だ。やがて、マイクロフトが政府中枢に非常に近いところにいて、「この国の政策が彼のひとことで決まったことも一度や二度ではない」のだと判明する。

　一時期、シャーロック・ホームズにはまったく違う名前が用意されていた。〈緋色の研究〉の初期草稿に、コナン・ドイルは「シャーリンフォード・ホームズ」という名を書きとめているのだ。

上：フランスの偉大な画家にしてローマのフレンチ・アカデミー学長、エミール・ジャン・オラス・ヴェルネ（1789〜1863）の肖像。1839年画。ホームズは彼の血をひくという。

右：ペルメル街のカールトン・クラブは1832年にオープンし、保守党員たちが入り浸る隠れ家となった。シャーロックの兄マイクロフトが会員になっているディオゲネス・クラブから「あまり遠くない」ところにある。

どういう経緯でシャーロック・ホームズと決まったのかは、よくわからない。姓の選択には、アメリカの医師で作家、哲学者でもあるオリヴァー・ウェンデル・ホームズに関心をもっていたことが影響したらしい。アンドルー・ライセットは *Conan Doyle: The Man Who Created Sherlock Holmes*（2007年）という伝記の中で、シャーロック（語源は古英語で"金髪の"という意味）というのは昔ストーニーハースト校で級友だったパトリック・シャーロックからもらった名前だと書いている。ところが、ホームズの無声映画シリーズで主演し、コナン・ドイルに絶賛されたエイル・ノーウッドは、作者からホームズは2人のクリケット選手にちなんで名づけたと聞かされたと言っている。

ホームズが大学に行ったことは間違いない（どこの大学かは推察するしかない）。2年間でできた親しい友人はたったひとり、ヴィクター・トレヴァだ。この友人とのつきあいから、ホームズは〈グロリア・スコット号〉事件（1875年ごろ）に関わることになり、それによって諮問探偵としての人生を歩むことになる。友人をつくるのが苦手な傾向はその後も変わらず、〈オレンジの種五つ〉でワトスンに対し、「ぼくにはきみのほかに友だちはいないよ」と言っている。

大学を出たあと、ホームズはロンドンにやって来て、大英博物館に近いモンタギュー街に下宿した。専門職の諮問探偵として彼が関わった事件で記録された最も古いものは、1879年の〈マスグレイヴ家の儀式書〉だ。医学生でもないのに、セント・バーソロミュー病院でかなり型破りな科学実験をするのを認めてもらったらしい。もちろん、そこで1881年にワトスンを紹介されることになる。そこからベイカー街221Bで黄金時代の幕が開けるが、やがてワトスンがあっさりと結婚し、1889年ごろ新しい住まいに引っ越していってしまう。

マイクロフト・ホームズ

年だけでなく肉付きのよさと頭のよさでシャーロックの上をいく兄（7歳上）マイクロフトは、2つの短篇、〈ギリシャ語通訳〉と〈ブルース・パーティントン型設計書〉に登場する。行動力も功名心もなくて探偵という仕事には向かないと言いながら、英国社会の枢軸たる人物となっているのは、彼が"博識"という特殊なことを専門としているせいに違いない。

「大きな体」で「運動神経は鈍いのではないかという感じを受ける」マイクロフトは、のらくらしているような印象を与える。ところが、すばらしい知性の持ち主で、ホームズもこう言っている。「兄の頭脳は人並みはずれて整然と秩序正しく、人間わざとは思えないくらい多くの情報を蓄えておける」

マイクロフトの心のより所は、「ロンドンでもいちばん人づきあいが悪く、いちばん社交嫌いの人間たちが集まる」、「ロンドンでいちばん変わったクラブ」、ペルメル街のディオゲネス・クラブだ。職場はホワイトホールで、住まいもその官庁街にある。毎日夕方4時45分前から7時40分前までいるクラブのすぐ向かいだ。この三角形だけで、彼が長年変わらずめぐっている軌道が実質的に完結する。ホームズは、「マイクロフトってのは、自分でレールを敷いて、そのレールの上を走っているような人間でね」と言っているのだ。〈ギリシャ語通訳〉では、マイクロフトは数字に強くて、政府のいろいろな部署の会計監査の責任者なのだ、とホームズはワトスンに説明している。だが〈ブルース・パーティントン型設計書〉のころになると、「むしろ、兄は英国政府そのものなのだと言っても、ある意味では正しい」とまで言っている。彼は「この国はかけがえのない人物」であり、「この国の政策が彼のひとことで決まったことも一度や二度ではない」のである。

1891年5月4日、ホームズ伝説は終焉を迎えたかに思われた。名探偵は輝く名声に包まれてライヘンバッハの滝へ転落したのだ。ところが1894年、ワトスンとハドスン夫人の2人をひどく驚かせてロンドンに生還、活動を再開する。姿を消し、死んだものと思われていた3年のあいだ、ホームズが何をしていたのかについては、さまざまな推測が飛び交ってきた。〈空き家の冒険〉でワトスンに聞かせた本人の説明は、真実を隠すための作り話にすぎないと見なすファンが多いのだ。だが、正典を読む限りでは、さぞ魅力的な冒険の数々があったことだろうと言えるだけだ。彼は並はずれた変装術をもってノルウェーの探検家シーゲルソンなる人物になりきり、その「おもしろい探検記」が広く伝わった。彼はラサでひと休みして（当然ながら、そこで高僧ラマと知り合いになる）、チベットに2年いたあと、ペルシャ経由でメッカを訪問、「ハルトゥームでは短いあいだだがカリフと会って、興味深い体験をした」。そのままヨーロッパへ戻り、しばらくはモンペリエの研究所で実験をして過ごしたのだった。

セント・バーソロミュー病院のヘンリー8世門。スタンフォードがホームズとワトスンの出会いをとりもった、病院の化学実験棟にある。

そのころワトスンは妻を亡くしていたので、その後の何年か、事件の多かった時期に、221Bでの昔ながらの共同生活が始まる。だがそれも、1902年ごろワトスンがもう一度独立しようとするまでのことだった。同じ年にホームズは、「ナイトの爵位を辞退」し、その翌年、本格的な引退生活に入り、サセックス州のイーストボーンに近い海岸部へ移住して、養蜂に情熱を注いだ。それでも、探偵をきっぱりとやめることはできず、1907年に〈ライオンのたてがみ〉事件を解決し、その後1912年から1914年にかけては外務省のために重要な任務を遂行する（〈最後の挨拶〉）。彼の最期をコナン・ドイルは記録していない。

身体的外見という点では、コナン・ドイル描くホームズは堂々とした見映えのする男だが、たとえばエルキュール・ポアロのような凝りすぎたところはない。ホームズは「背の高いやせた姿」、「身のこなしのすばやい体」、「鉄のように頑丈な体」など、さまざまに描写されている。身体能力にすぐれているのは確かで、〈まだらの紐〉でねじ曲げられた火かき棒をもとどおりにまっすぐにする場面や、〈バスカヴィル家の犬〉で印象的な走りっぷりが、それを証明している。ホームズはまた、着こなし下手でもない。粋な水夫風ピージャケットだろうと、スカーフをあしらった服、伝統的なツイードのスーツ、労働者風の服だろうと、何を着ても、また、くつろいだときのドレッシング・ガウン姿さえ、さまになるのだ。

ホームズの知力のほどについては、〈緋色の研究〉でワトスンが初めのころ、ホームズが「（博識ぶりと同じくらい）あまりにも無知なことでも突出していた」ので感心したところから、かなりのことがわかる。そこで、この探偵の得手不得手を並べ、徹底ぶりでは正典随一の一覧表が示されるのだ。

シャーロック・ホームズの知識と能力

1. 文学の知識 —— ゼロ。
2. 哲学の知識 —— ゼロ。
3. 天文学の知識 —— ゼロ。
4. 政治学の知識 —— きわめて薄弱。
5. 植物学の知識 —— さまざま。ベラドンナ、アヘン、その他有毒植物一般にはくわしいが、園芸についてはまったく無知。
6. 地質学の知識 —— 限られてはいるが、非常に実用的。一見しただけでただちに各種の土壌を識別できる。たとえば、散歩のあとズボンについた泥はねを見て、その色と粘度から、ロンドンのどの地区の土かを指摘したことがある。
7. 化学の知識 —— 深遠。
8. 解剖学の知識 —— 正確だが体系的ではない。
9. 通俗文学の知識 —— 幅広い。今世紀に起きたすべての凶悪犯罪事件に精通しているらしい。
10. ヴァイオリンの演奏に長けている。
11. 棒術、ボクシング、剣術の達人。
12. イギリスの法律に関する実用的な知識が豊富。

ただし、この一覧表をあまり信用するのも要注意である。たとえば、文学の知識はゼロというが、1948年に《パンチ》の編集者E・V・ノックスは、ホームズが「ゲーテを二度引用し、中世の奇跡劇について論じ、リヒターやハーフィズやホラティウスを論評し、アセルニー・ジョーンズのことを『あの男でも……たまには、かすかに推理の光がちらつくくらいのこともあるとみえる。小才のきく馬鹿ほど始末の悪いものはないっていうじゃないか』と言っている」と指摘している［この引用はフランスの文学者フランソワ・ド・ラ・ロシュフコーの言葉］。そのほかに、タキトゥス、ジャン=パウル、フローベール、ソロー、ペトラルカにも言及している。間違いなく、若いころのワトスンが思っていたほどの能無しではまったくなかった。また、天文学の知識がゼロのはずのホームズが、〈ギリシャ語通訳〉では「黄道の傾斜角度が変わる原因」について弁じている。

ホームズ自身は、自分の知らないことがあるのを楽しんでいるようだ。〈独身の貴族〉では、「ぼくは犯罪記事と私事広告欄しか読まないんだ」と自慢そうに言っているし、〈緋色の研究〉では、太陽系の知識がないのを「そんなものが、ぼくの役に立つかね？」というふてぶてしい言葉で弁解している。それでも、ホームズは内心、博覧強記に自信をもっている。重要なこと以外は何も気にしないふりをしているのだ。〈マザリンの宝石〉ではこう言っている。「ぼくは頭脳なんだよ、ワトスン。ほかの部分はただの付け足しだ」

前述の言葉には、人間として欠けているものがあるという自覚が表れていて、この探偵のせりふのうちで最も悲しい部類に入る。長く続く人間関係を結べないことから、薬物への依存、意気消沈して鬱状態に陥りがちなことまで、いくつかある彼の欠点も、そういう欠陥意識に端を発しているのだろう。確かなのは、ホームズが自己を定義しようとして仕事に向かうことだ。「満足のいく成果があげられないと暗く落ち込むホームズだが、反対にうまくいくと、真の芸術家のものとでも言うべき喜びにひたるのだった」と、〈恐怖の谷〉でワトスンは書いている。時には、完璧を求めるあまり行き詰まった彼が苦しみ抜く様子を見せることもある。たとえば、〈唇のねじれた男〉ではこうだ。「彼は未解決の問題が頭からはなれないと、何日でも、いやときには一週間でもその問題に思いをめぐらせ、事実を整理しなおしたり、あらゆる角度から検討したりする。そして、ついに真相を突きとめるか、あるいは材料不足だという結論に達するまで、決してあきらめないのだ」

ホームズは自分の才能を謙遜したりしない。〈緋色の研究〉でも、自分は探偵という仕事のためほかの誰よりも「研究」を積んできたし「天分」も備えていると豪語している。ひどいうぬぼれかもしれないが、そういう自己信頼には間違いなくかなりの重圧がともなう。同じ作品中で彼は、他人にあまり手の内を見せてしまうと、「なあんだ、結局はふつうの人間じゃないか」と思われてしまうと言っているが、実際そんなことは少しも思っていないのではないか。自分の才能を世界のために役立てなければという義務感を、彼は心にずっしりと受けとめているのだ。

暗鬱な気分に落ち込みがちなホームズではあるが、犯罪を解決するという知的難問以外に人生に楽しみを見出せないと考えるのは、間違いだろう。彼には「悪ふざけをする子供っぽい癖」があり、「突飛で、ときとして気にさわる」ユーモアのセンスを漂わせている。また、芝居がかったことが大好きでもある。容疑者を部屋に集め、劇場効果を高めてから事件の犯人を告発するというポアロ流のやり方は差し控えているが、ときどき見せ場をつくることもある。〈恐怖の谷〉では、「むらむらと芸術家精神が湧いてきて、いつも芝居がかった演出をしないではいられないんだ」と認めている。そしてもちろん、変装でメーキャップするチャンスは決してのがさない。変装するときの彼は、人生を大いに楽しんでいるように見える。

何はともあれ、ホームズは実は大いに楽しむたちだったのだ。一般に認知されている、ディアストーカーをかぶりパイプをくわえて推理する思考機械というイメージよりも、はるかに複雑で厚みのあるキャラクターだ。彼の関心、考え方、性格については、本書の別のところで改めて詳しくとりあげよう。

右ページ：内省的な表情のホームズ。アメリカ、ハーパー・コリンズ社の『シャーロック・ホームズの冒険』Books of Wonder 版（1992年）に掲載された、バリー・モーザーのイラスト。

ウォード・ロック社は、ホームズの初代イラストレーターにD・H・フリストンを選んだ。1887年《ビートンのクリスマス年刊誌》掲載、〈緋色の研究〉の挿絵。

シャーロック・ホームズ 完全ナビ 暑

このホームズとワトスンを描いた
すばらしい絵は、デンマークの
アーティストであるニス・イェスン
が挿絵入り『緋色の研究』（ホー
コン・ホルム社、2005年刊）
のために描いたもの。

四つの署名

初出:月刊誌《リピンコッツ》1890年2月号
時代設定:1888年

ホームズの2番目の話も中篇小説の長さだ。冒頭でホームズは、職業上問題を抱えており、コカインに逃げ込んで、塞ぎ込んでいる。そこへ幸運にも、おあつらえ向きの複雑な問題が現れて、彼は心を集中させた。この話の前半は魅力的なミス・メアリ・モースタンにまつわる謎で、インド陸軍の大尉だった彼女の父親が、10年前にロンドンで消息を絶ったという。それからの数年間、彼女は匿名の主から真珠の贈り物を毎年手にしていた。今年の贈り物にはメモが添えられていた。ライシアム劇場で会おうというもので、彼女と──都合のいいことに──友人2人を連れてきていいという。その招待状には、彼女は「不当な目にあわれているので、その埋め合わせをいたします」と記されていた。ミス・モースタンはホームズとワトスンに同行を求めた。

3人が招かれたのはサディアス・ショルトーの家だった。風変わりな東洋学者で、バーソロミューという双子の兄がいるという。この兄弟は、モースタン大尉の古い友人だったショルトー少佐の息子たちだった。父親のショルトーは、メアリが最初の真珠を受け取ってから1週間たたぬうちに死んだという。少佐は死の間際に、メアリこそ高価なアグラの財宝を正当に相続する人物だと明かした。この財宝をめぐって少佐と大尉のあいだで言い争いとなり、卒中の発作を起こした少佐が命を落としたのである。サディアスを含む4人がメアリに遺産を引き渡すためバーソロミューの住まい(アッパー・ノーウッドのポンディシェリ荘)へ行ったところ、バーソロミューは死んでいて、財宝も消えていた。

この話の根底にはジョナサン・スモールと、彼の忠実な仲間であるアンダマン諸島のトンガの悲話があった。前回の話と同じく、今回もベイカー街不正規隊は貴重な存在であることを示した。

明るい側面としては、ワトスンとミス・モースタンが生涯の愛を見つけた点が挙げられる。

上:セポイの乱に巻き込まれたヨーロッパ人たちが集まったアグラの砦。

左:《ストランド》のオーナーであるジョージ・ニューンズが発行した、1892年版の『四つの署名』。

下:この話は1890年、フィラデルフィアが拠点の月刊誌《リピンコッツ》に初登場した。

ジョン・H・ワトスン博士

ホームズがそれぞれの物語の推進力となる技能を備えた偉大な天才だとしたら、ワトスンは物語に温もりと人間らしさを与える凡人である。

ワトスンは当初オーモンド・サッカーという名前になる予定だったが、コナン・ドイルはその後、あまり凝っていない"ジョン・ワトスン"のほうがこのキャラクターにははるかに合いそうだと考え直した。ホームズもそうだが、ワトスンの場合もそれまでの人生についての情報はあまりない。〈四つの署名〉でホームズが推理力を発揮してみせる場面から、ワトスンの父親はずいぶん前に亡くなり、ワトスンには「将来有望だったのに、何度もチャンスをのがして、貧乏したかと思うと、ときには金まわりがいいこともあったが、結局、酒に溺れて亡くなった」、「不幸な兄貴」がいたとわかる。その兄の哀れな人生が具体的にどんなものだったのかは、不明のままだ。

ワトスンは1878年に、ロンドン大学で医学博士号を取得した。スタンフォードと面識ができたのはこの時期、セント・バーソロミュー病院での仕事中で、のちにそのスタンフォードがホームズとの運命の出会いをとりもつことになる。博士号取得後、ワトスンはネトリー陸軍病院で軍医研修をした。第五ノーサンバーランド・フュージリア連隊に軍医補として配属され、第二次アフガン戦争勃発直後のインドに着任。ボンベイ[現在のムンバイ]に上陸したかと思うと、そのままカンダハルへ送られ、波瀾万丈の目にあう。

理由はわからないが配属先をバークシャー連隊に移されて、彼はマイワンドの激戦に加わる。そこでジェザイル銃で撃たれたのだが、被弾した場所ははっきりしない。〈緋色の研究〉では銃弾を肩に受けたとあるが、〈四つの署名〉になると傷が脚まで下がってきている。〈独身の貴族〉では「四肢のひとつ」と、もっとあいまいな言い方をしている。いずれにせよ、当番兵マリィが荷馬に乗せて連れ帰ってくれなかったら、確実に死んでいるところだった。

ワトスンはマイワンドからペシャワールの本隊病院へ移されて回復したかと思うと、今度は腸熱[腸チフスのこと]にかかって倒れる。快方に向かって英本国へ戻ったものの、「回復できるか危ぶまれるほどぼろぼろの身体」で、彼の帰りを待つ家族とてなく、1日につき11シリング6ペンスというささやかな支給金があるだけだった。ストランドに仮住まいし、手もとの金で散財した(少なからず大好きなギャンブルに使った)あげく、生活のしかたをあらためる必要があると気づ

W・H・ハイドは、アメリカの《ハーパーズ・ウィークリー》に掲載されたホームズ物語のいくつかに挿絵を描いた。1893年2月号の〈黄色い顔〉の挿絵。

かされる。散財のしおさめとばかり奮発してクライテリオン・バーへ行ったのは、スタンフォードと再会させようとする運命の女神の采配だったのかもしれない。

ワトスンの身体的外見について、最大の手がかりとなるのは〈恐喝王ミルヴァートン〉だろう。レストレード警部が、容疑者は「中肉中背、がっしりした身体つき――顎は角張っていて首が太く、口髭の男」と描写してみせると、ホームズが「それじゃ、このワトスン君の人相書きみたいじゃないか！」と返すのだ。

ホームズの相棒で記録者という役割を、ワトスンは熱意を込めて、かなりの技能をふるって引き受ける。ホームズ自身も、「ぼくのボズウェルがいてくれないと、お手上げだよ」と認めている。ところが〈ぶな屋敷〉では、「推理学の連続講義になったはずのものを、たんなる小説にしてしまった」とワトスンをたしなめている。ホームズの言い方は辛辣かもしれないが、ワトスンはじゃまな事実よりもいい物語のほうを優先させ、そのせいで明らかに信頼できない語り手となっている――まさにジェザイル銃弾の問題が示すとおりだ。物語の年代学ははっきり言って混乱をきわめているし、彼の文章には明らかな無理や不整合が散見され、答えの出ない疑問が続出することになる。

〈緋色の研究〉の、姿を消す犬のエピソードにしてもそうだ。ワトスンはブルドッグの子犬を飼っているというが、この犬は正典に二度と姿を現さないのだ。著名シャーロッキアンであるジャック・トレイシーは、ヴィクトリア朝英国では気性が激しいことを指す一般的用法だったのではないかと推測している。ウィンストン・チャーチルが憂鬱を黒い犬(ブラック・ドッグ)と言ったのにならって、犬で感情を表すというのだ。ホームズもどうやら犬好きらしく、〈四つの署名〉でトビー、〈スリー・クォーターの失踪〉でポンピーという犬を捜査に使っている。だが、彼が必要とあらば犬を殺すのもいとわないことを、忘れるわけにいかない。顕著な例は、ダートモアの魔犬だ。だとしたら、ワトスンの子犬は確かにいたが、ホームズに会って本能的に取り乱し、安全なところへ逃げ出して物語からは姿を消したというのも、まったくありえないことではなさそうだ。それにしても、ワトスンはこのかわいそうな犬がどうなったか、すっかり書き忘れてしまっているわけだが。

今も取りざたされる興味深い疑問は、ワトスンの結婚のことである。彼が〈四つの署名〉でメアリ・モースタンと結婚したのはわかっている。ホームズが大空白時代を経て1894年ごろ姿を現したとき、メアリは亡くなっていた。ところが、〈高名な依頼人〉（1902年という設定）、〈白面の兵士〉（1903年という設定）にまた、ワトスンの妻への言及がある。ワトスンが単に年代を取り違えただけということはあるまい。メアリのほかにひとり以上の妻がいたのだろうか？　まる1冊の研究書をこの疑問に捧げたホームズ研究者もいる。何と言っても、ワトスンは〈四つの署名〉で「三つの大陸でさまざまな国の女性を見てきた」と主張しているのだから。

ホームズとワトスンはたびたびドラマ化されているが、あまりにもよくあるのは、ワトスンが探

1923年、アレクサンドル・ボグスラフスキー社のシガレットカードに描かれたメアリ・モースタン。〈四つの署名〉でホームズの依頼人になり、その後ワトスン博士の妻となった。

バリー・モーザー描くイラストのワトスンは、落ち着いた雰囲気が、晩年のコナン・ドイル本人の肖像写真にどことなく似ている。

偵のあとをちょっと間抜けな子犬か何かのようについて回るような描かれ方だ。それどころか、コナン・ドイル自身もテレビ放映されたインタビューで彼のことを、ホームズの「いささか間抜けな友人」呼ばわりしている。しかし、この2人の関係にはもっとずっと微妙な味わいがある――不安定でもあるのだが。時としてホームズは、特にワトスンの書いたものに関してかなり薄情になるが、ワトスンには才能がなきにしもあらずと認めることもある。それがいちばんよくわかるのは〈アビィ屋敷〉の、ひとことに侮辱と賞賛の両方をこめたホームズのコメントだろう。「ワトスン、どうやらきみは立派な目ききなんだな。語り口がまずくても、それで救われている」

ホームズは屈折した褒め方をすることが多い。たとえば〈白面の兵士〉の、「新しいことがあるたびに絶えず驚きを忘れない、未来のことはまだページを開いていない本だと思っている人物とくれば、支えてくれる人間にもってこいなのだ」という言い方のように。一方、〈瀕死の探偵〉の明らかに例外的な状況では、「なんといってもきみは、ごく限られた経験とそこそこの資格しかない一介の開業医にすぎない」と、容赦なくワトスンをこきおろしている。

　ワトスンのほうから、追従的な役回りをあまりにも安易に引き受けることもある。〈バスカヴィル家の犬〉でホームズを「師匠（マイ・マスター）」と呼んだり、〈恐怖の谷〉ではそれとなく「わたしは舞台裏にひっこんで」と言ってみたり。しかし、彼は実にみごとに、ホームズの「うぬぼれ」、「自己本位」、「人間らしい思いやり」の不足、「しゃくにさわる」ユーモア感覚などに対して、鋭い論評を下している。それに、ワトスンはよくいる腰巾着（ラップドッグ）でもなく、何度かホームズから離れて結婚生活や医業に専心している（仕事が多忙なこともあるが、「たいして忙しくない」）。〈株式仲買店員〉では、3ヵ月間顔を合わせることがほとんどなかったと語る。〈最後の事件〉になると、一緒に調査をする回数が「しだいに減って」いったと言い、〈這う男〉では、ホームズとつきあった日々の後年、2人の間柄が「いっぷう変わって」いたことを不満に思い、ワトスンは自分がそばにいることがホームズの「習慣」のひとつになってしまったような気がしている。〈ライオンのたてがみ〉ではホームズのほうが、「（ワトスンが）たまの週末に訪ねてくれるとき顔を会わせるのがせいぜい」だったと書いているのだ。

　すべて勘案のうえ最終的に評価するなら、2人はお互いに対する深い愛情と敬意をいだいていた。ホームズにとってワトスンは「友人で相棒」であり、「光を伝える力」をもった人物である。いざというとき、ほかの誰でもなくワトスンを頼りにするのは、「（一緒にいてくれれば）いざというときにこれほど心強いことはない」相手だからだ。〈瀕死の探偵〉では、ワトスンに向けた言葉に、仲間意識ばかりでなく当然のように信頼感がにじむ場面がある。「くれぐれも頼むよ、ワトスン。しくじらないでくれ。ぼくの期待を裏切ったことは一度もないきみだ」。ワトスンのほうにも、ホームズの役に立ってきたという自負があり、〈這う男〉でこう記している。「わたしはホームズの知性を研ぐ砥石（といし）だった。ホームズの刺激剤だった」

　コックス銀行の地下金庫室に眠る古いブリキの文書箱に保管してあるメモを掘り出せば、ワトスンにはまだまだたくさんの語るべきすばらしい物語があったことだろう。たまに記憶違いや誤りがあるものの、物語の中の彼は堅固ないしずえであり、読者とホームズの架け橋となる、しごくまっとうな良識人である。そのすべてをまとめるようなかたちで、〈最後の挨拶〉でホームズは、相棒にこう言っているのだ。「この有為転変の時代にあっても、きみだけは変わらないね」

ボヘミアの醜聞(スキャンダル)

初出:イギリスは《ストランド》1891年7月号／アメリカは1カ月後の同国版《ストランド》ほか
時代設定:1889年

　《ストランド》に掲載された最初の話であり、ホームズを永遠の存在たらしめたと言える作品。結婚生活を楽しむあまりか、ワトスンは旧友とあまり会わなくなっていた。ハドスン夫人も、女主人の地位をターナー夫人という人物に譲ってしまったようである。

　結婚によって体重が増えたワトスンについて、かなり意地悪く指摘したホームズは、ほどなく現れたボヘミア王（われらがヒーローよりは変装に慣れていない人物）の訪問を受ける。王が北欧の王家の娘と結婚する3日前のことだった。醜聞に発展することを避けるため、王はホームズにかつての恋人の証拠写真を取り戻すよう依頼したのである。その恋人とは、世に知れた美貌の持ち主で高名なオペラ歌手、アイリーン・アドラーだった。

　王は写真を取り戻すべく、人を使って何度か試みていたものの、いずれも失敗に終わっていた。ホームズは依頼を引き受け、彼が酔った馬丁と、当惑した牧師に扮する舞台が整うことになる。ワトスンと発煙筒という力強い助けもあり、ホームズは使命を果たしたかのように見えた。だが彼は、聡明で意志の強い、魅惑的な女性好敵手に出会うことになるのだった。ホームズにとって彼女は、「あの女性(ひと)」という名誉ある肩書きで常に呼ばれている、と言えば充分だろう。彼女に対するホームズの姿勢は、彼が隠そうともしない王に対する低い評価とは、まったく対照的だった。

　またこの話には、ホームズと「ぼくのボズウェル」が親密そうに散歩する場面が描かれている。長年にわたり、一部の評論家はこれを、名を明かせない恋人を連想させるものとしてきた。

有名な女優で、皇太子バーティー[のちのエドワード7世]の愛人だったリリー・ラングトリーは、アイリーン・アドラーのモデルとよく言われる。

赤毛組合

初出:イギリスは《ストランド》1891年8月号／アメリカは1カ月後の同国版《ストランド》ほか
時代設定:1890年

　実に奇怪で、注目せざるを得ない謎である。ジェイベズ・ウィルスンという名前の質屋が、ホームズのところにやって来ると、みずからが関わった異常な出来事の顛末を語った。彼によれば、助手でアマチュア写真家のヴィンセント・スポールディングから、ある新聞広告の話を聞いたという。それは、「赤毛組合」が志願者を募っているという内容で、同組合は驚くほど大金持ちのアメリカ人慈善家イジーキア・ホプキンズの遺産で設立されたものだった。完璧に資格を満たしているウィルスンは、その仕事を狙う競争相手たちを蹴散らした末に、仕事を始めることになる。ダンカン・ロスという人物に命じられた仕事は、『大英百科事典』を書き写すというものだった。報酬は1日4時間の作業で週4ポンドという気前のいいものであり、すべては順調に進むと思われた。ところがある日、事務所に出向いた彼は、「赤毛組合は解散した」という掲示を目にする。事務所が入っている建物の大家に相談したウィルスンは、謎めいたロスという人物について自分が何も知らないことに気づくだけだった。

　ホームズとワトスンは、さっそく舞台となった質屋に探りを入れる。助手のスポールディングについても調べたところ、彼の膝が汚れていることに気づいた。敷石を熱心に叩いていたホームズの心は、ある答えに向かって集中していた。そして、スコットランド・ヤードのジョーンズと、メリウェザーという男を呼び出すと、決着の場に同行させる。

　ホームズはこの事件を「パイプでたっぷり三服ほどの問題」と呼んでいる。すなわち、かなりの思考を要する事件というわけだ。コナン・ドイル自身は、この話を正典の中で2番目に好きだと述べている。

質屋は盗品を扱うというもっぱらの評判だったが、19世紀ロンドンの経済活動において、重要な役割を果たしていた。

花婿の正体

初出:イギリスは《ストランド》1891年9月号／アメリカは1カ月後の同国版《ストランド》ほか
時代設定:1889年

この事件のあったころ、ホームズは「十件あまり」の事件で忙しくしており、この一件は彼にとっては明らかに、ちょっとした些細な気晴らしに過ぎなかった。彼の元を訪れたメアリ・サザーランドが持ち込んだのは、婚約者のホズマー・エンジェルが結婚式へ向かう馬車からいなくなり、行方不明になったという話だった。彼女は母親と、ジェイムズ・ウィンディバンクという冷淡な義理の父親と暮らしていた。ニュージーランドにいる伯父のネッドから充分な遺産を手にして、裕福な生活をしていたが、母親とウィンディバンクは一緒に住んでいるあいだに、メアリの金に手を出していた。彼女はタイピストとして、さらなる収入を得ていた。

ウィンディバンクは家長としての役割を享受しつつ、メアリのことは家庭から出さずに外界と距離を置くべく、できる限りのことをしていた。ところが彼が出張した際に、メアリはガス管取り付け業界の舞踏会への招待を受け（亡くなった父親が鉛管工事店を経営していた）、そのときに謎めいたホズマーと出会ったのである。彼は内気な人物で、夜間の逢い引きとタイプ打ちされた恋文を好み、声はやさしくて——幼少時の病気によるという——色眼鏡をかけていた。メアリは彼の経歴については、レドンホール街の会社で働いていること以外、知らなかった。

2人の付き合いは、ウィンディバンクが家を空けているあいだに行われた。やがてホズマーは義理の父親が留守の機会をとらえて、ある金曜日に結婚しようと申し出る。それはメアリにとって喜ばしい日になるはずだったが、悲劇となった。ホズマーが姿を消したのである（何かが起こりそうという予感め

いたものはあったようで、彼は自分に何かあったときのために、メアリから忠誠の約束を取り付けていた）。

ホームズは実際に何があったかを難なく理解したが、メアリの弱い気質が気になり、真実を知れば打ちのめされるのではと恐れた。そこで、犯人は法の手の届かないところにいるという結論を出すことになり、理解できないほど不注意なヒロインが（「ぼんやりとした顔」と「非常識なほど派手な帽子」が特徴的）、満足のいく結論を知ることはなかったのである。

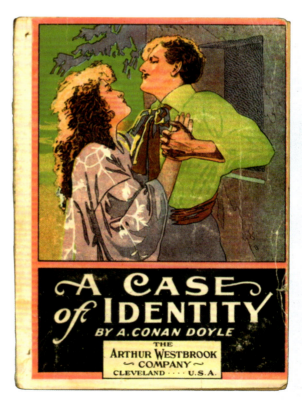

ややメロドラマ風な表紙の同作の海賊版。1900年にオハイオ州クリーヴランドのアーサー・ウェストブルック社が発行したもの。

ボスコム谷の謎

初出:イギリスは《ストランド》1891年10月号／アメリカは1カ月後の同国版《ストランド》ほか
時代設定:1889年

われらがヒーローらがロンドンの外で起きた犯罪を調査する、最初の話である。ホームズによってパディントン駅へと呼び出されたワトスンは、ヘレフォード州のボスコム谷へ向かう。人里離れた池のそばで、チャールズ・マッカーシーなる人物が死体で発見されたのだ。息子のジェイムズと現場で言い争っているところを目撃された直後だという。ジェイムズは、父親のあとをつけて池へ行くところも見られていた。この事件は単純明快なものと思われ、スコットランド・ヤードのレストレード警部も犯人はジェイムズだと確信していた。

だがホームズは、「明白な事実ほど誤解をまねきやすいものはない」という意見の持ち主である。まず、なぜジェイムズは口論の内容を明かそうとしないのか？ 極刑という運命が考えられる以上、彼に失うものはほとんどないようなのに。それに、父親と息子による「クーイー！」という不思議な叫び声と、死者の最期の言葉（ネズミに関するもののような単語）がある。そして、レストレードが思っているほど単純な事件ではないと疑っているのは、ホームズばかりではなかった。地元の地主の娘で、ジェイムズのことを深く愛しているアリス・ターナーも、自分の恋人は犯人でないと確信していたのだ。

獄中で意欲のないジェイムズを尻目に、ホームズはこの謎を解いていく。真犯人の望みに従って、すべての真相は秘密にされたが、それでもジェイムズが無実になるように、ホームズは充分につとめを果たしたのだった。

このときのホームズは「長い灰色の旅行用マントに身を包み、ぴったりした布の帽子をかぶっている」と描かれており、挿絵画家シドニー・パジェットは初めて鹿撃ち帽とインヴァネス・コート姿のホームズを描く機会を得ることになった。また、ホームズはペトラルカとジョージ・メレディスも読んでおり、文学の知識は「ゼロ」だというワトスンによる評価（〈緋色の研究〉）は、見当違いのようだ。

ボスコム池近くの木の下で死んでいるチャールズ・マッカーシー。犯人は息子のジェイムズなのか？（バリー・モーザー画）

ホームズと私 ロジャー・ルウェリン

ロジャー・ルウェリンは35年以上にわたって舞台や映画で幅広く活躍しており、1999年からは、ホームズものの一人芝居 *The Last Act* を世界中で公演している。2008年には新作となる *Sherlock Holmes … the Death and Life* の初公演も果たした。BBC放送は彼の演技を、「欠点がなく、最高級の系統に属するもの」と評している。名探偵を演じた回数は500回に迫っている。

私は俳優としてそこそこの成功を収めてはいたが、有名ではなかったし、金持ちでもなかった。奨学金を得てRADA(王立演劇学校)へ通い、そこでシェイクスピア賞を受賞したあと、テレビの仕事はたくさんしたし、映画にも2、3本出演した。だが、本当に楽しめるものはひとつもなかった。55歳くらいになったころだ。そのまま60歳になり、仕事のない俳優にまで身を落とすことになっていたかもしれない。それがホームズを演じたことで、何もかもが変わった。収入は3倍になったし、世界中をめぐることができて、舞台を何度も見に来てくれるファンまでできたんだ。

初めてホームズを演じたのは、1977年にマンチェスターで上演された *The Ruling Class* という芝居だった。私が演じたのはジャック・ガーニーという統合失調症の人物で、ピーター・オトゥールが演じて有名になった役だが、この男が思い込みでなりきる役のひとりが、ホームズだった。「彼のことなら知っている」と思ったが、きちんと考えたことはなかった。その後エクセター・レパートリーの仕事を受けると、ロン・ムーディー主演の *Sherlock Holmes: The Musical* で、レストレード役の依頼があった。この劇はロンドンのケンブリッジ劇場に移しても行われた。それから少ししたころ、ストーク・オン・トレントでホームズを演じてほしいと声をかけられ、これがかなりうまくいったんだ。

その劇にはロンドン・シャーロック・ホームズ協会の人たちが次々と見に来てくれて、公演後に会ってみたら、みんなとても褒めてくれた。その中のひとりと話をしたときに、私が一人芝居をしないのは残念だと言われたんだ。その当時、私の親友のギャレス・アームストロングが——今は私の演出家だが——自分で書いた *Shylock* という芝居で世界を回っていた。だから、一人芝居という考えは、私の中にもあったんだ。ただ、簡単にはできないんじゃないかという思いもあった。

2週間後、ホームズ協会の人が私に会いたがっている、という連絡がエージェントからきた。

ロジャー・ルウェリンはシャーロック・ホームズを魅力的に演じて10年以上になる。一人芝居ではホームズ以外に、正典に登場する多くの人物も演じている。

それがデヴィッド・スチュワート・デイヴィスで、のちに一人芝居 *The Last Act* となる話の第一幕を送ってきてくれたが、これがとてもいい出来だった。

　ただ、その脚本には少々手直しが必要だった。後半部分のかなりの量が〈バスカヴィル家の犬〉に割かれていたんだ。そこまでで 14 人を演じるのに、さらに 8 人が加わることになる。人ができる地方訛りには限度があるからね。だからデヴィッドに、第二幕では本当に驚くようなことがしたいと言うと、彼はすばらしいアイデアを考え出してくれ、そこからどんどん進めていけた。

　ソールズベリーでの初演後にエディンバラで公演すると、最高級の評価を得た。その後はアメリカ公演もしたし、カナダも 8 週間回った。本当にいろいろなところで演じたよ。中東、極東、ヨーロッパ各地、それに〈クイーン・エリザベス2〉の船上でもね。サウジアラビアのリヤドのイギリス大使館で演じたときは圧巻だったよ。国賓級の扱いで、チャールズ皇太子やトニー・ブレア首相が使ったスイートルームに泊まれたんだからね。

　公演回数が 450 回近くになると、終わりが静かに近づいているように感じられた。そのころに私のツアー・エージェントからホームズの新作芝居をやる気はあるかと聞かれた。私が興味をもつのであれば、喜んで最初から関わるとね。そこでデヴィッドに、私のためにもう 1 本書いてみる気はあるかと尋ねたところ、二つ返事でオーケーしてくれた。ホームズものの一人芝居は、1 本考えるだけでも大変なことだ。それを 2 本も書くとなると、ほとんど不可能に近い。それなのに、デヴィッドは文句も言わずにやってくれたんだ。

　私の演技はジェレミー・ブレットをもとにしているのかと、よく聞かれる。彼は比較できない存在だし、最高にすばらしいから、私がベースにできるわけがない。私は外観から役をつくり上げることはできないんだ。内側から出てくるもので勝負しなければならない。新作の芝居のリハーサルには毎日取り組んで、半年かかった。デヴィッドが書いた言葉を一言一句、じっくりと考えながらね。あらゆる考えや展開に向き合い、演じるキャラクターを崩さないまま、先へ先へと進もうとするんだ。木が生い茂った森を、自分の力で切り開いて進んでいくようなものだよ。あらゆる問題を取り除いていくと、ついには山の頂上にたどり着く。そこで振り返ったら、これまでの道筋が見える。そうすると、このキャラクターのことがよくわかるようになっているんだ。

　私は人に、よくこんなことを言う。「私が演じているのはシャーロック・ホームズじゃない。もっと悲しくて孤独で、ちゃんと機能していない老人を演じているんだ」とね。俳優としては、作り物を演じることはできないし、偶像的な人物を演じることもできない。ホームズその人を演じる必要がある。ここで面白いのが、彼にまつわる矛盾だよ。彼のことを不快な人物にするほど、観客は気に入るんだ。この上なく傲慢で、俳優が演じるには型破りな人物。特別な存在だから、誰もがものにできる役ではないね。

ハドソン夫人

ハドソン夫人はシャーロック・ホームズの世界における象徴的な人物のひとりだが、このロンドン一我慢強い女家主に関する記述は正典内にほとんど見当たらない。私たち読者は、彼女のファーストネームも身体的特徴も教えてもらえず、家庭環境もまるで知らないのだ。そのうえ、世界最高の探偵の家主という地位そのものまで疑問視されたこともある。〈ボヘミアの醜聞〉では、ターナー夫人という人物が料理をもってきてくれるのだ。この女性こそ真の家主なのか、それとも、休日のときの代役か、はたまたこの偉大な女性のお手伝いだったのだろうか。ターナー夫人という人物は、〈空き家の冒険〉の草稿にも出ていたらしいので、ホームズものを書く際にもっと重要な事柄へと心がさまよってしまうという、単にコナン・ドイルの心に何度か起きた問題と見なして間違いなさそうである。

この最も忍耐強い家主にとっても、ホームズは実に厄介な人物だった。それでも彼女は、「ロンドンでもいちばんありがたくない下宿人」や、押しかけてくる「風変わりな客、それもしばしば好ましからざる人物」に、始終毅然とした態度で耐えていた。「部屋は信じられないほど散らかしほうだい、とんでもない時間に音楽に熱中したり、時には部屋の中でピストルの射撃練習をしたり、薄気味の悪い、悪臭を伴う化学実験をしたりするうえ、まわりに漂うのは暴力と危険でいっぱいの雰囲気」だったというのにである。

ハドソン夫人は、ホームズの存在に耐えるだけでなく、彼のことを好ましく思うようにもなっているが、これは特にワトスンが〈瀕死の探偵〉に記しているように、ホームズが「女性に対してやさしく礼儀正しいから」であろう。

ハドソン夫人に対するホームズの愛情は、子が親に対するもののようには描かれておらず、みずからの奇行を曲げてまで彼女に楽をさせてはいないが、手料理については、少なくとも褒めようと努力している。〈海軍条約文書〉では、誇張する気はないながら、「バラエティにはいささか欠ける」と指摘しつつも、「朝食の工夫に

上：1970年の映画『シャーロック・ホームズの冒険』に登場した、愛情深いハドソン夫人役のアイリーン・ハンドル。ラスボーン版の映画に出たメアリ・ゴードンと、グラナダ・テレビのシリーズに出たロザリー・ウィリアムズは、この女家主の一般的なイメージの形成に大いに貢献した。

関してはスコットランド女性も顔負けだ」と認めているのだ。ハドソン夫人の朝食は〈ブラック・ピーター〉でも言及されている。

正典中ではあまり目立たない、テレビや映画のおかげで、人々の意識におけるハドソン夫人の地位は、ついには強固なものとなった。彼女は、優れた性格俳優が演じるという、すばらしい扱いを受けてきている。メアリ・ゴードン、アイリーン・ハンドル、ロザリー・ウィリアムズ、そしてごく最近ではユーナ・スタッブスらが、気難しくも結局のところは思いやりがあって信念の強い、印象的な221Bの家主を演じてくれているのだ。

ベイカー街 221 番地 B

　実在せぬ住所として間違いなく最も有名なもの、つまりベイカー街 221 番地 B には、1881 年から 1903 年にかけてホームズが暮らしていた。不在の時期はあったものの、ワトスンもこの期間の大半はホームズと共に生活している。

　ホームズとワトスンは、ジョージ王朝風のテラスハウスにあるこの部屋を、ハドスン夫人から借りた。彼らの部屋は 17 段の階段を上がったところにあり、「居心地のよさそうな寝室二つと、広々とした風通しのよい居間がある下宿」で、「居間には明るい感じの家具がしつらえてあり、大きな窓が二つあって明るさも十分」だった。ただ、ホームズの山のような書籍や書類、それに化学実験の不快な煙や臭いで居間が満たされた場合、どれだけ風通しがよかったかは明らかでない。

　室内には、椅子数脚（ソファ、籐椅子、肘掛け椅子を含む）、喫煙道具をしまう石炭バケツ、煙草を入れてあるペルシャ・スリッパ、熊皮の敷物、ホームズがジャックナイフで郵便物を留めているマントルピースがあり、後期には蓄音機もあった。ホームズとワトスンが所有している絵画には、ゴードン将軍（ハルツーム包囲時の英雄）やアメリカの奴隷制度廃止論者ヘンリー・ウォード・ビーチャーの肖像画のほか、アイリーン・アドラーの写真もあった。壁のひとつには、ホームズがヴィクトリア女王をたたえて撃った「VR」という銃弾による穴がある。

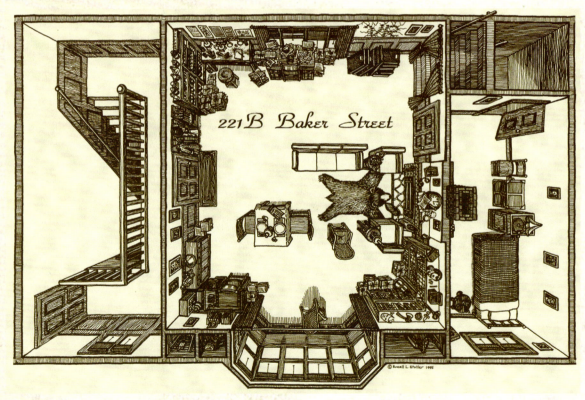

ホームズとワトスンの部屋を描いたこの図は、正典を読み込んだラッセル・スタトラーによるもの。

ホームズは221Bの壁を銃弾で飾り上げて、君主に対する献身を──疑わしくはあるが──示した。

ベイカー街のシャーロック・ホームズ博物館の壁につけられた記念銘板。

現在のベイカー街にホームズの時代の特徴はほとんど見られないが、近くのマンチェスター街には、当初の外観が大部分残っている。

　ベイカー街は18世紀末にエドワード・バークリー・ポートマンによって計画された通りだ。ホームズのいた時代は比較的品位があったが、ロンドンでいちばんというほどでもなかった。ヴィクトリア朝社会独特の、かなりいかがわしい娯楽もあったのである。

　コナン・ドイルが221Bという場所を選んだ意図は不明であるため、ファンのあいだで推測が尽きることはない。当時のベイカー街の地所は85番地までしかなかったのだ。221Bの位置は、正典によれば現在のベイカー街(当時の名称はアッパー・ベイカー街)の北端を示していると主張する者もいる。最大の手がかりが〈空き家の冒険〉にあると見なしている人たちは、もっと南寄りの位置を挙げている。1930年代にベイカー街の番号が付け直されると、221番地を含む地所は、アビー・ナショナル住宅金融組合の本部であるアビー・ハウスが占め、そこには名探偵宛ての手紙が押し寄せることとなった。1990年にはそこから数軒北寄りの場所にシャーロック・ホームズ博物館がオープンし、勝手に「221B」を名乗ったことから、この問題はさらに込み入ったものとなった。結局のところ、本物の221Bは読者の想像の中にのみ存在するのである。

ベイカー街不正規隊(イレギュラーズ)

ホームズは、ほかの偉大な指導者たちと同様、自分と共に犯罪と戦ってくれる人を必要としていた。動きも頭も鈍い正規の警察官たちに満足できないホームズがつくった私的な捜査隊が、ベイカー街不正規隊だ。宿無し子によるこの雑多な集団は、ホームズの頼みを受けて使い走りや情報の追跡を行った。1日1シリングという基本給に加え、役目をみごとに果たした最初の者には報酬が与えられたのだ。

ワトスンは〈緋色の研究〉の中で、「汚らしいことこのうえない、ひどいぼろをまとった宿無し子たち」と記しているが、ホームズは彼らのことを「刑事警察のベイカー街分隊」と呼んでいる。そして、正規のルートであるスコットランド・ヤードではなく、この雑多な連中を選んだ動機を、明確に述べている。「警官一ダースよりも、あの子たちひとりのほうがよっぽど役に立つんだ」

確かにこの一団は、「どんなところにももぐり込めるし、どんなことでも聞き出してくる」という能力の助けを借りて、いろいろな事件でみごとに効率よく活躍している。さらに、「鋭きこと針のごとし。問題は組織力だけ」と言うホームズは、ウィギンズという少年を、不正規隊の「こぎたない分隊長」にして、彼らを統率させたのだった。

ホームズはどのような状況でも、自分を手助けしてくれる才能のネットワークをつくり上げることに長けていて、正典ではほかにも注目すべき「部外者」が、何人か登場している。〈バスカヴィル家の犬〉で、ホームズはロンドンのディストリクト・メッセンジャー会社の事務所で働く14歳のカートライトという少年に頼んで、チャリング・クロス界隈にある23軒のホテルのごみを調べさせている。〈高名な依頼人〉に出てくる怪しげなシンウェル・ジョンスンも、「頼れる協力者」だ。

ビリー少年も忘れてはならない。〈恐怖の谷〉、〈マザリンの宝石〉、〈ソア橋の難問〉で不意に現れる、221Bの給仕だ。〈マザリンの宝石〉で「賢さを見せ、気のきいたところもある」この少年はワトスン役をほとんど受け継いだかのようであり、「偉大な探偵の暗い姿を取り巻く孤独と寂しさを、わずかながらまぎらす役を買って」いたのだった。

ホームズは彼らに対し、横柄な態度は見せるものの、信頼のおける助手の重要性は認識していた。ホームズほどの地位の者なら絶対に足を踏み入れないような場所まで赴いて、彼らのことを探し求めるほど謙虚なところがあったのだ。

ホームズは使い走りや情報の追跡に関し、みずから集めた宿無し子による不正規隊を頼りにしていた。

オレンジの種五つ

初出:イギリスは《ストランド》1891年11月号／アメリカは1カ月後の同国版《ストランド》ほか
時代設定:1889年

ジョン・オープンショーが嵐の夜にサセックス州から221Bへ駆け込んできたとき、危険が迫っていたのは明らかだった。彼の話は1869年に始まる。伯父のイライアスがフロリダでの生活をあきらめて（彼は同地で南軍に属していた）、ホーシャムで新生活を始めようとした年だ。ジョンはこの伯父と一緒に暮らしていたものの、家には彼が絶対に入れない部屋があった。

1883年、イライアスはインドからの手紙を受け取る。Kの字が3つ記されていて、中にはオレンジの種が5つ入っていた。この奇妙な手紙を受け取るや、イライアスに変化が訪れる。土地をジョンの父親で自分の弟であるジョゼフに譲るという遺言書を作成したのだ。イライアスは酒にも手を出し、行動は突飛なものとなって、ついには手紙が届いた2カ月後、庭の池で溺死してしまった。2年後、ジョゼフが受け取った手紙には同じ「三つのK」があり、今度はダンディーから送られていた。中には、日時計の上に書類を置くようにとの指示が書かれていた。ジョンは警察に届け出ようとしたが、父親はこれを拒み、3日後に死体で発見されたのである。

ジョンは1869年のイライアスの日記のページをもっていて、そこには3人の男にオレンジの種が送られたことが書かれていた。この手がかりを得たホームズは、その日記の切り抜きを箱に入れて日時計の上に置き、伯父の日記の残りは燃やしたと説明するメモを添えるようにとの助言を与え、ジョンを帰らせた。

ホームズは一連の出来事を考え合わせることができたが、翌朝、オープンショーに関して驚くべき知らせを受け取る。ホームズは正義の裁きを受けさせようと行動を起こすが、状況は彼に対し不利に作用した。こうして、ホームズが依頼人を守れずしかも犯人が罪の報いを受けないという、珍しい展開となった。ゆっくりと燃えるような緊張感にもかかわらず、この話が現代の読者の心をとらえるのは難しい。20世紀の政治の知識をざっと持ち合わせていれば、名探偵よりもずっと早く、何が起きていたのかを理解することができるだろう。

ウェストミンスターとランベスを結ぶウォータールー橋は、1817年に開通した。正典では何度か登場しており、今回の事件ではこの橋の近くで恐ろしい犯罪が起きた。

唇のねじれた男

初出:イギリスは《ストランド》1891年12月号／アメリカは1カ月後の同国版《ストランド》ほか
時代設定:1889年

この話は、友人の夫を救い出すべく、ワトスンがイーストエンドのアヘン窟へ乗り込む場面で幕を開ける。だが驚いたことに、彼はそこでホームズを見つけるのだった。老人に変装して、情報を求めているところだという。正典でこれ以上の魅力的な幕開けの話はないだろう。

依頼人セントクレア夫人は、実業家である夫ネヴィルの奇妙な失踪をホームズに語った。ロンドンの街へ買い物に出かけた夫人は、船会社の事務所で小包を受け取るため、いかがわしい地域へ足を踏み入れねばならなかった。ところが思いがけず彼女はアヘン窟の建物の上にある窓から、自分に向かって手を振る夫の姿を目にしたのである。

建物に入ろうとした彼女は、ラスカー（東インド出身の水夫）に阻まれてしまう。そこで近辺にいた警察官を引き連れて戻り、現場に足を踏み入れて2階へ駆け上がったが、そこにはくたびれた物乞いの姿しかなかった。「唇のねじれた男」、つまりヒュー・ブーンである。だが夫人は、夫の衣類と、夫が息子への贈り物として買い求めた積木の箱を、すぐさま見つけ出す。テムズ川に面した窓敷居に血痕が見つかると、見通しは厳しいものに思われた。川からはネヴィルの上着が見つかり、ブーンが物乞いで稼いだ金が重しにされていたことから、彼は殺人容疑で逮捕される。

ネヴィルは殺されたとホームズも確信していたが、失踪から数日後、夫人のもとに夫の手書きによる手紙が到着する。この証拠を再評価したホームズは、自分のことを「ヨーロッパーの大ばか者」と断定して、獄中のブーンに会いに行くことにした。ホームズが携えていったのは、どこにでもある風呂用のスポンジだ。解決は目の前に迫っていた。

この話でやや気になるところとしては、ワトスンの妻が夫をジョンではなく、ジェイムズと呼んでいる点である。これは彼女の不幸な記憶違いか、それとも悪意はないものの、夫が注意を払っていることを確認するための策略か。そう読者は望むしかないだろう。

1880年の《グラフィック》に掲載された、イースト・エンドのアヘン窟の挿絵。ホームズ自身はアヘンは好みではなかった。

青いガーネット

初出:イギリスは《ストランド》1892年1月号／アメリカは1カ月後の同国版《ストランド》ほか
時代設定:1889年

クリスマスの時期、ワトスンがベイカー街221Bに立ち寄ったところ、旧友は紫色のドレッシング・ガウンを粋に着て、安っぽい古帽子を調べていた。そして、その持ち主の状況について巧みに推理を展開した。その帽子は、ピータースンという便利屋（コミッショネア）によって届けられたという。ある男性が街中で数人のチンピラに襲われた直後に彼が拾ったのだが、不運な被害者は帽子だけでなく、クリスマス用に持ち帰ろうとしていたらしいガチョウも忘れて、逃げだしたのである。

ホームズは、奥さんと一緒に幸運を味わうようにと言って、ピータースンを帰した。ところがこの便利屋はすぐさま戻ってくると、今度は大きな青い石を手にしていた。ガチョウの餌袋に入っていたのを、妻が見つけたというのだ。ちょうど同じような宝石が、ロンドンのホテルに滞在していたモーカー伯爵夫人の部屋から盗まれたばかりだった。窃盗の前科があり、伯爵夫人の部屋へ入ることができた鉛管工事人ジョン・ホーナーが、すでにこの罪で身柄を拘束されていた。

では、なぜこのガチョウがガーネットを飲み込んでいたのか？　この愉快な難問により、ホームズとワトスンは行動を開始する。2人はすぐさま帽子とガチョウの持ち主を突き止めたが、その男は犯罪にまったく関与していないことがわかった。ただ、彼がもたらした情報により、2人はロンドン中を駆け巡ることになる。パブで手がかりを得た2人がコヴェント・ガーデン市場の卸屋で主人に尋ねると、相手は不快感をあらわにした。自分の商品について、ついさっき別の者から聞かれたという。これによりホームズは、ほかにも宝石を狙っている者がいると知る。そして彼がこの件に決着をつけるべく、ブリクストンにいるガチョウの飼育者を訪れようとしたときに、真犯人である哀れな人物が現れたのだった。

無実の者が不当な扱いを受けないという保証がある限り、スコットランド・ヤードの失態を自分がカバーする義理はないとするホームズは、この時期ならではのすばらしい寛大さを示して、罪人に国を出ることを許すのである。

祝祭のロンドンという設定、軽いユーモア、キリスト教的慈愛は、チャールズ・ディケンズによるクリスマスの物語を思い出させる。

チャールズ・ディケンズの小説の多くに挿絵を描いたW・H・C・グルームによる、コヴェント・ガーデン市場の様子。同市場は果物や野菜、花で有名だが、この話では家禽の売買の場として描かれている。

まだらの紐

初出:イギリスは《ストランド》1892年2月号／アメリカは1カ月後の同国版《ストランド》ほか
時代設定:1883年

ホームズの事件の中でも、みごとなまでに「異常なできごとや奇怪な進展を見せそうなもの」。独創的なプロットであり、正典中で最も卑劣な悪人が登場する。

この事件をホームズに持ち込んだのは、見るからにおびえた女性、ヘレン・ストーナーだった。2年前に亡くなった姉のジュリアに似た状況に、自分が置かれているという。この姉妹は大きな屋敷に、気性の激しい義理の父親グリムズビー・ロイロット博士と一緒に暮らしていた。ストーク・モランのロイロット一族はかつて裕福だったが、その末裔である博士は、みずから道を切り開かねばならないという状況にあった。カルカッタで医者をしていたとき、彼はこの姉妹の母親で裕福な未亡人と結婚した。一家はイギリスへ戻ったが、まもなくその母親は鉄道の事故で命を落とした。

ロイロットの気質が常軌を逸していくにつれ、姉妹の友人も減っていったが、ちょっとした旅行の際、姉のジュリアに求婚者が現れ、婚約となった。ヘレンの部屋とロイロットの部屋に挟まれた寝室にいたジュリアは、博士の葉巻きの煙が臭うことと、真夜中に口笛が聞こえるという文句をもらす。そして結婚式の前夜、姉の叫び声を聞きつけたヘレンは、部屋から出てきた瀕死の状態の姉を目にする。姉の謎めいた最期の言葉は、「紐(バンド)が！ まだらの紐が！」というもので、義理の父親の部屋を指して発せられたのだった。

徹底的な捜査が行われたのち、検死官は不審な状況は見られないと断定した。姉は恐怖のあまり亡くなったと、ヘレンは考えていた。ただ、まだらの紐が指すものといえば、まだら模様に見えるネッカチーフを巻いているロマの一団の関与が考えられた。そして今、婚約したヘレンは屋敷の工事の都合で姉のいた部屋に移されたが、そこで彼女は姉が言っていたのと同じ口笛（およびそれに続いて響く金属性の音）を耳にしたのである。

ホームズは協力を約束し、ヘレンを帰した。その直後、彼女のあとをつけてロンドンに来たロイロットが221Bに乗り込んできて、ホームズに対して賢明とは言えない脅しをした。金属性の火掻き棒を曲げて見せた彼に対し、ホームズも同様のことをして見せたのだった。ロイロットが出て行くと、ホームズは姉妹の母親の遺言を調べたのち、ストーク・モーランへ向かった。ヘレンの部屋を調べ終えたホームズは、夜間に決着をつけるべく、その役割をワトスンに伝えたのであった。

コナン・ドイル自身は、この話をいちばんのお気に入りとして挙げている。

> STRAND THEATRE
> Licensee:—Mr. ARTHUR HARDY.
>
> Mr. ARTHUR HARDY begs to announce that
> SIR ARTHUR CONAN DOYLE'S Play,
> 'The Speckled Band' An Adventure of SHERLOCK HOLMES
> Will be produced at this Theatre.
> Mr. O. P. HEGGIE as "Sherlock Holmes,"
> Miss CHRISTINE SILVER as "Enid Stonor,"
> — AND —
> Mr. LYN HARDING as "Dr. Grimesby Rylott."
> MONDAY, FEBRUARY 6th, at 8.30.
> Matinee every Saturday, at 2.30.

舞台版〈まだらの紐〉を宣伝する1911年の劇場のちらし。H・A・セインツベリーを主役に据えて、前年に上演が始まった。

科学者探偵としてのホームズ

……その推理は直観のようにすばやいのだが、
つねに確かな論理に基づいている。〈まだらの紐〉

　ホームズの名声と成功は、理論家としての能力と、比類なき推理力のおかげである。それらがなければ、〈唇のねじれた男〉のネヴィル・セントクレア並みの名声になっていた可能性は充分にあるのだ。ヴィクトリア朝の上品さと、時代がもたらす低俗な堕落のあいだを揺れ動く人間は、劇的さを好み、自分を飾り立てる趣味で刺激を得るものである。だがホームズはその代わりに、探偵術を「厳密な科学」にまで高めることに取り組んだのだった。
　〈緋色の研究〉では、推理力に対するホームズ自身の考えを、彼の手による「人生の書」という記事で知ることができる。その中で、彼はこう述べている。

　　理論家は、たとえば一滴の水を見ることによって、自分の見たことも聞いたこともない大
　　西洋やナイアガラの滝の存在を推理できる。同様に、人生もまた一本の大きな鎖であり、
　　その本質はたった一個の環から知りうる。あらゆる学問と同じく、「推理分析学」もまた、
　　長年の研鑽あって初めて習得できるものであり……。

ニス・イェスンによる2005年の『緋色の研究』の挿絵には、証拠に対するホームズの分析的アプローチが描かれている。

ホームズの手法が、ここでは科学と芸術の両側面からまとめられていて、水滴から大海や滝へと飛躍するには経験的事実と創造的な想像力がぶつかり合う必要があるというのは、興味深いところだ。確かに〈恐怖の谷〉でホームズは、「想像が真実の母となった例はいくつもあるはずだ」と考えている。それでも、想像力を建設的に用いることができるのは事実を集めてからだと、〈バスカヴィル家の犬〉の中で説明している。「いくつもの可能性を比べて、もっともありそうなものを選ぶところに近づいているのですよ。想像力を科学的に使う。ただし、必ず具体的な足場があって、それを思考の出発点とする」

つまり、ホームズの手法の核心にあるのは、情報なのだ。〈ぶな屋敷〉では、「データ、データ、データだよ！」「粘土がなけりゃ、レンガだって作れないだろう！」などと口にしている。〈ボスコム谷の謎〉では、「ぼくのやり方はよく知っているじゃないか。些細なことを観察してだよ」という具合だ。いかなる筋書きであれ、差し出されるすべての情報を引き出して満足すると、みずからの非凡な創造力を使って、手に入れた事実からありえそうな話を巧みに紡ぎ出す。それぞれの話のうちどれが、それまでわかった事実を最も含んでいるのか分析し、「不可能なものを除いていけば、

だまし絵画家エリック・コンクリンによる「ミステリー・ペインティング」。この絵を見た人は、描かれている手がかりから、どの話がテーマになっているかわかるはずだ。

どんなにありそうもないものであれ、残ったものこそが真実なのである」という、あの有名な分析基準に照らすのである。

詳細な情報を吸収するホームズの能力は実に目を見張るものであり、彼が参照した知識を一部挙げるだけで、その証明となる。たとえば、彼が区別できるのは42種類のタイヤの跡（〈プライアリ・スクール〉）、160種の暗号（〈踊る人形〉）、140種類の葉巻、紙巻き煙草、パイプ煙草に、各種職業（スレート職人、船員、コルク切り職人、植字工、織物工、ダイヤ磨きの手形〈四つの署名〉）、75種類の香水（〈バスカヴィル家の犬〉）だという。刺青について研究済みなのは、言うまでもない（〈赤毛組合〉）。

ホームズは、膨大な量の参考資料に相互参照を付ける作業と、自分の知識をまとめて研究論文にするということを、絶えず行っている。さらには、自説に対する実地試験を徹底的に行うこともいとわない。悪臭がする薬品の前に何時間も背を丸めて座ることもあれば、非現実的ながら「どんなにがんばってみてもブタをひと突きに刺し貫くことはできないとわかって」満足することもあるのだ（〈ブラック・ピーター〉）。

ただ、これほどまでに幅広いホームズの知識にも、限界がないわけではない。彼の能力に対してしつこく疑問を抱いた人たちの中には、コナン・ドイル自身もいた。ホームズの推理には「実際に生活に応用できる部分」があると認めながら、その手法は「半科学的で……粗雑な実務家による結果と比較しても、不自然で時間がかかるものが多い」とも評しているのである。

ある意味では、ホームズの人生のほぼすべては、犯罪を解決するために知るべきものを知ることに向けられていたわけだから、みずから作りだしたものを「粗雑な実務家」と比較するドイルは間違っている。ホームズは無数の知的分野をきわめたルネサンス的教養人ではないものの、みずから選んだ分野で一番になるという目的の達成のために、必要なものだけを身につけたわけなのだから。〈ライオンのたてがみ〉で、彼はこう認めている。「私の頭は、あらゆる種類のものを箱に詰め込んでしまったまま、いっぱいになった物置のようなものだ。あまりにもたくさんのものがあるので、何をどこにしまったのかおぼろげにしかわからなくなりがちなのだった」。この点は、〈緋色の研究〉でワトスンがホームズに抱いた第一印象と一致しているといえる。「あまりにも無知なことでも突出していた」とワトスンは記して、地球が太陽の周りを回っていることをホームズが明らかに知らないと特筆しているのだ（事件の謎を解くうえで、この知識がホームズの役にほとんど立たなかったであろう点は、認めなければならないが）。

ホームズは、19世紀末になってようやく少しずつ発展してきた犯罪科学捜査の分野において、先駆者的存在と見られるようになった。望みがなさそうな犯罪現場でも慎重に調べれば重要な手がかりは出てくると、彼はすぐに理解した。正規の警察が些細な証拠の重要性をようやく認識

し始めたころだ。ホームズが「ポケットから巻き尺と大きな丸い拡大鏡」を取り出す姿や、221Bで背を丸めて悪臭を放つ実験を行うというイメージは、不朽のものと言えるだろう。ホームズが科学捜査の手法を用いる場面は、正典のいたるところにある。足跡を追跡したり（「そもそも探偵学の分野で、この足跡を鑑定する技術ほど重要でありながら無視されているものはない」とホームズは言う）、歩幅から容疑者の身長を判断したり、指紋を調べたり、耳の違いを確認したり、個々のタイプライターの特徴に気づいたりと、枚挙にいとまがない。

一方、コナン・ドイルの息子たち──デニスとエイドリアンは、ホームズに対して父親よりもかなり寛大だ。《ピープル》1953年7月号に、2人の発言が掲載されている。「現代の警察制度は、犯罪学における新しい考えの上に築かれていますが、これは父が探偵小説に書いてきたものです……父が考え出したものには、足跡の保存に焼き石膏を使用すること、服についたほこりを細かく調べて職業や居場所を知ること、いくつもの煙草の灰を正確に区別することなどがあります」

コナン・ドイルが現実の事件に関わった際に、みずからの創造物の手法をいくつか用いたのは、紛れもない事実である。ジョージ・エイダルジ事件では、容疑者の視力が弱いことから、馬の連続殺害事件の容疑者として現実的でないと彼は主張した。またプロの捜査官の中にも、ホームズのファンがいる。たとえば、フランスの科学捜査の生みの親であるエドモン・ロカール博士は、教え子たちにホームズの手法を学ぶようにと繰り返し言っていた。

ホームズは、その時代で最先端だった調査方法をいくつも採り入れている。〈海軍条約文書〉で彼が賞賛しているアルフォンス・ベルティヨンは、20歳を過ぎると11の体側値が変化しないことを利用して、1880年代に個人特定法を確立した人物だ。〈バスカヴィル家の犬〉では、「厳密な科学的精神をもつ人間」であるジェイムズ・モーティマーが、ベルティヨンを信奉するあまり、ホームズのことを「ヨーロッパで第二の犯罪専門家」と評している。

ほかにも、〈花婿の正体〉でホームズが用いたタイプライターの証拠は技術的にきわめて高度なものだし、〈ノーウッドの建築業者〉における親指の指紋という証拠に対する発言は、スコットランド・ヤードが指紋係を開設する7年前のものである。〈踊る人形〉、〈ソア橋の難問〉、〈ライゲイトの大地主〉での弾道に関するホームズの知識も、実に印象深い。

ホームズはまた、〈四つの署名〉のトービーや〈スリー・クォーターの失踪〉のポンピーなど、捜査に犬を使うことを早くから提唱していた。ホームズによる犬の効果的な使い方は、切り裂きジャック事件の捜査で使われたバーゴーとバーナビーという不運な2匹のブラッドハウンドと、実に対照的である。この2匹は犯人を追跡できなかったばかりか数日にわたって失踪してしまい、警察の顔にさらに泥を塗ったのだ。犬の利用においてベルギー警察による大きな進展があったのは、世紀が変わってからのことである。

冷淡な人物であるというホームズのイメージは、人生に対して科学的なアプローチをとるからだとしても、薄らぐこともないだろう。〈緋色の研究〉において、スタンフォードはワトスンに「そのホームズという男は、僕から見るとちょっと科学的に過ぎるというか——つまりその、冷血といってもいいくらいなんです」と告げて、彼は調査を進めるためなら友人に毒を盛ることもいとわないだろう、と示唆している。さらに同じ話の中で、死んだあとの肉体にどの程度の打撲傷がつくか確かめるために、ホームズが死体を棒で叩いていたと知って、ショックを受ける読者もいるだろう。ただ、彼の動機はつねに純粋で、人の気分を害することを避けていたら、科学は進歩しないのである。

　その一方、革新の象徴のように見えるホームズも、つねにそうだったわけではない。〈緋色の研究〉で初登場した場面を例に取ると、「血痕なのかどうかを、絶対確実に判定できる」方法を発見したとして、得意になっている。しかし既存のグアヤック・チンキ法に対する彼の批判は当然としても、1860年代半ばから刑事裁判で使用されている、血液を効果的に分析するスペクトル解析法については、まったく触れていないのだ。また、足跡の追跡においても、ホームズはそれほど時代に先駆けていたわけではなかった。1862年にグラスゴーであったジェシー・マクファースン殺しにおいて、足跡は決定的な捜査要素となっていたのである。

　意外なことでもないが、ホームズが自分の調査に迷信を立ち入らせた例はほとんどない。〈悪魔の足〉では、「人間の世界に悪魔だか何だかが手出しをするなんてこと」は認めないときっぱり言っており、〈サセックスの吸血鬼〉でも、「この世だけだって広くて、それの相手で手いっぱい。この世ならぬものなんかにまでかまっていられるもんか」という有名な言葉を吐いている。ただホームズも、当時の疑似科学的な説に傾倒しなかったわけではない。この点が何よりも表れているのが、現在では信憑性を失った骨相学という分野（頭蓋骨を調べて性格的特徴を判別する学問）に関する、〈青いガーネット〉におけるホームズの生半可な知識だ。ワトスンはこう記している。「ホームズは……帽子を自分の頭にひょいとのせた。頭がすっぽりとかくれ、鼻の上で止まった。『容

〈スリー・クォーターの失踪〉において重要な役割を果たした犬のポンピーを描いた、シドニー・パジェットによる元絵に、マイク・クートが色をつけたもの。

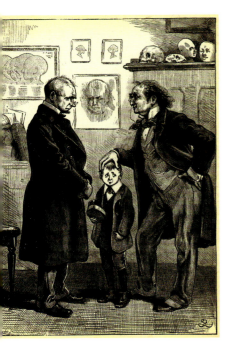

1889年の新聞に掲載されたこのイラストには、骨相学者のもとへ連れて行かれた、かなり不安げな様子の子供が描かれている。骨相学は頭蓋骨の形と性格を結びつけていた。

積の問題さ。これほど大きな頭の持ち主なら、中身のほうもかなりのものだろう」」。元々は頭蓋骨検査法として知られた骨相学は、18世紀末に生理学者のフランツ・ヨーゼフ・ガルが考え出したものである。彼の説の大部分は、観察に基づいた裏付けに欠けていたために誤りを証明されたばかりか、人種的優越性という理論を主張する連中に「証拠」として用いられたせいで、非難の的となったのだった。

科学者探偵としてのホームズのより大きな失敗は、精神的および社会的障害者と関われなかったことである。英国犯罪史上最も悪名高い殺人犯である切り裂きジャックについて、正典でまったく触れられていないことは、よく言われてきた。切り裂きジャックは1888年から1891年にかけてロンドンのホワイトチャペルで5人から11人の娼婦を殺害して身体を切り刻んだが、のちの作家たちは、この犯人とホームズとを何度も戦わせている。ただ、コナン・ドイルによる物語には、合理性や感情移入しやすい動機から逸脱した、憎しみに満ちた狂気から罪を犯す犯人は、出る幕がなかったというだけなのだ。ホームズの敵となるのは、財産の保護や不正の仕返しといった、理解しやすい強い感情に駆られた人間なのである。彼らが残す謎を解くことは難しいかもしれないが、彼らの心に入り込んで彼らの犯した罪に同情を感じることは、難しくない。

探偵術というホームズの手法の根底にあるのは、「正常」のパターンを世の中に押し当てて、そのパターンから逸脱したり破綻したりした部分を探すこと、と位置づけられる。犯罪の筋は、そのようなねじれや相違に読み取ることができる——すなわち、鳴らない呼び鈴の紐、吠えなかった犬、内部と外部の寸法が一致しない建物という具合である。「異常なことというのは手がかりにこそなれ、決して捜査の邪魔になることはない」と、ホームズも〈緋色の研究〉で述べている。奇行癖の持ち主で、個人的な触れ合いができないながらも、彼は「正常」な状況下での世の中のあるべき姿を読み解く達人であり、「正常」からの逸脱を見つけることを得意としているのだ。

こうした「正常」という世界観を築くにあたって、ホームズは物事の固定観念や典型を思いつく必要がある。その証拠に、彼は単純な心理の洞察をいちばん喜んでいるふしがあるのだ。たとえば〈ショスコム荘〉で、こんな感嘆の声をあげている。「うまいね、ワトスン！　さらりと言ってのけて、よく特徴をつかんでいる。そいつのことがよくわかった気になったよ」。また〈四つの署名〉では、「個人としての人間は不可解な謎であるが、集団として見れば、一定の数学的確率をもった存在である」という哲学者のウィンウッド・リードの主張に対して、同意を表している。

もし1888年11月に発見された、腹を裂かれたメアリ・ケリー（切り裂きジャックの5人目の被害者）の死体をホームズが目にしたとして、どこから手をつけるのかと想像するのは非常に難しい。まったく必要以上の残忍さで行われた殺人であり、被害に遭った女性は場所と職業と貧

困によってのみ結びつく、一連の被害者のひとりにすぎないからだ。多くの法医学的証拠を（スコットランド・ヤードの不手際はさておき）入手できたとしても、それらは「自然」なパターンを歪めるだけでなく、あとには混沌しか残さないのだから、あまり役に立たないと言えるだろう。

つまり、ホームズの手法を用いていれば切り裂きジャックの素性は判明していた、と信じる者がいる一方、ホームズの分析能力は犯人の狂気でなく、その狡猾さを暴くのに最も適していると認識する人もいるわけだ。ホームズ自身、〈海軍条約文書〉でこう述べている。「解決がいちばん困難な事件というのは、目的のない犯罪なんだ」

ホームズは、みずからの分析力と科学知識を用いることには間違いなく長けていたが、経験に頼りすぎていたとも言えるだろう。犯罪を解決する際に感情的直観を用いることもあるはずだが、それこそがホームズに最も欠けている部分である。ワトスンによれば、「ホームズという男は抜群に頭の切れる男だけれども、人情に薄いのではないかとさえ思える」とのことだ。ただ、そうでなければ、私たちが読むのは人間ではなくスーパーヒーローの話になっていて、つまらなくなったことだろう。

マスコミは切り裂きジャック事件をセンセーショナルに取り上げた。この新聞では、1888年9月にホワイトチャペルで殺されたアニー・チャップマンの様子が生々しく描かれている。

技師の親指

初出:イギリスは《ストランド》1892年3月号／アメリカは1カ月後の同国版《ストランド》ほか
時代設定:1889年

ワトスンがホームズのもとに事件を持ち込んだという、正典中で2度しかない例のひとつ。彼は当時パディントンで開業して妻と暮らしていたが、いつもより早い朝、水力技師ヴィクター・ハザリーの訪問を受けて目を覚ました。彼はパディントン駅の車掌に連れて来られたのだが、親指が切断されていた。

ハザリーは、前日にライサンダー・スターク大佐という人物の訪問を受けたという話を始めた。とある田舎の屋敷まで来て、漂布土(フラーズアース)をレンガのように圧縮するのに使う水圧プレスを調べてほしいという依頼だ。大佐は秘密の厳守を強調し、50ギニーという高額の報酬を約束して、ハザリーの懸念を取り除いた。

列車に乗ったハザリーは、約束の午後11時15分、指定された駅に着いた。駅から彼が乗り込んだ馬車はくもりガラスをはめたもので、1時間ほどかけて邸宅に到着した。道中、ハザリーはスターク大佐との会話を試みようとしたものの、相手はまったくの無愛想だった。邸宅に着くと、大佐のいないすきに現れた女性から逃げるようにと言われたが、彼はその警告を気にも留めなかった。

問題のプレスを調べたハザリーは、正常に動くようにするには修理が必要だと告げる。そして、漂布土の圧縮に使うというのが作り話だと確信した彼は、スタークを詰問する。すると大佐は、ハザリーが中にいるまま機械を動かして、彼を押し潰そうとした。先ほどの女性の助けでなんとか逃げ出すことに成功するが、大佐ともうひとりの男に追いかけられ、上の階の窓ぎわまで追いつめられる。窓枠からぶら下がったハザリーに振り下ろされる、大型包丁。親指を切断されながら飛び降りたハザリーは意識を失うが、気がつくとなぜか駅近くの生け垣の中にいた。そして、ロンドン行きの早朝の列車に飛び乗ったのである。

この機械の持ち主の狙いを見抜いたホームズは、スコットランド・ヤードの警部を連れてワトスンとハザリーとともに邸宅へ向かう。だが着いてみると家は炎に包まれており、犯人らは逃げたあとだった。珍しくこの事件はホームズにとって失敗に終わるが、彼はどこか軽い調子で、ハザリーに向かい、この経験を話すだけですばらしい語り手とされるだろうと言うのだった。

映画版〈技師の親指〉の公開を知らせる1923年の広告。主演は映画で初めてのホームズ・シリーズ俳優となった、エイル・ノーウッド。

独身の貴族

初出:イギリスは《ストランド》1892年4月号／アメリカは1カ月後の同国版《ストランド》ほか
時代設定:1888年

やや短気なイギリス貴族の典型であるセント・サイモン卿が、ホームズに助けを求めてきた。結婚式当日に失踪した、花嫁のハティ・ドーランを見つけ出してほしいというのだ。サンフランシスコ出身で富豪の相続人であるハティは、この貴族との結婚生活を始めることに興奮していたようだという。結婚式はすべて順調に進んでいた。ただ、ハティが花束を落としてしまい、最前列の席にいた男性がそれを拾って彼女に渡すというアクシデントがあった。

ところが式が終わるとすぐ、ハティはふだんと違ってセント・サイモン卿に素っ気ない態度をとり、さらに状況は悪化の一途をたどった。セント・サイモン卿のかつての愛人であるフローラ・ミラーが、披露宴の直前にドーラン邸の玄関先に現れて騒ぎを起こしたのち、追い返されたのである。ハティはその後行方不明になったのだが、最後に姿を目撃されたのは、フローラ・ミラーと一緒にハイド・パークへ入っていくところだった。その後、彼女の花嫁衣装がサーペンタイン池の端から見つかったのである。

ホームズとレストレード警部は、それぞれのやり方で真実を追い求める。花嫁衣装から「F・H・M」という署名があるハティ宛てのメモが見つかり、ミラーが関係しているとレストレードは確信した。だが221Bから出ずに事件の解決に挑むホームズの考えは、違っていた。この難問に対する答えは、アメリカでの彼女の過去にあると突き止めたのだ。最後にはすべての経緯を聞かされたセント・サイモン卿だが、不満は消えなかった。

アメリカ好きのコナン・ドイルは、ホームズの口を借りて、

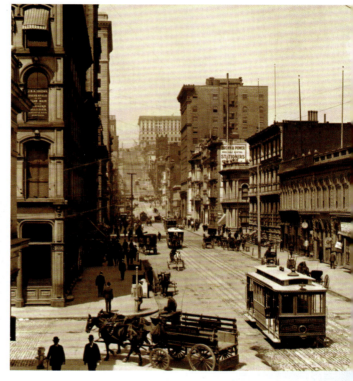

ハティ・ドーランの故郷とされたサンフランシスコの様子。コナン・ドイルはアメリカに魅了されていた。

いつの日か「英国旗(ユニオン・ジャック)と星条旗とを四半分ずつ組み合わせた旗のもとに手を結んで、世界的な一大国家をつくりあげる」のを見たいという希望を表明した。ただ、いわゆる"レッド・ヘリング"、つまり読み手の気をそらす手法に頼っているせいで、読者はいささか裏切られた気持ちになるかもしれない。コナン・ドイル自身の評価では、この話の出来は「リストの最後の近く」に位置するという。

緑柱石の宝冠

初出:イギリスは《ストランド》1892年5月号／アメリカは1カ月後の同国版《ストランド》ほか
時代設定:1886年

ストレタムの著名な銀行家アレグサンダー・ホールダーが、非常に動揺した様子で、自身の名声を守るべくホームズのもとを訪れる。彼のところに、ある高貴な依頼人が来て、5万ポンドの融資を求め、担保として国宝でもある緑柱石の宝冠を置いていった。そのような品を銀行の金庫に入れたくなかったホールダーは、自分が常に監視できるよう、自宅へ持ち帰ったのだった。

彼が夜中に目覚めると、賭博好きの息子アーサーが化粧室にいて、例の王冠に手を出しているところだった。ホールダーの姪のメアリがその場に出くわして、すぐに卒倒してしまう。よく調べてみると、王冠からは緑柱石が3個なくなっていた。ところが父親から問い詰められても、アーサーは事情を説明しようとしない。アーサーは警察に逮捕されるが、事件解決の目途が立たないため、ホールダーはホームズに助けを求めたのだった。

ワトスンはアーサーの沈黙を有罪の有力な証拠と感じていたが、ホームズは対照的に、無実である可能性の現れだと解釈した。ホームズはさっそくホールダー家の関係者を調べはじめるが、これにはアーサーの友人でやや品のないサー・ジョージ・バーンウェル、メイドのルーシー・パー、その恋人で片足が義足のフランシス・プロスパーも含まれていた。ホームズはさらに、家を細かく調べ、降ったばかりの雪についたいくつもの足跡を分析したあと、仕事にあぶれた浮浪者の変装をするのだった。

そうやって突きとめた窃盗の真相をホームズが話してきかせると、ホールダーの当初の喜びは、すぐさま衝撃と失望に変わってしまった。

ムードたっぷりに描かれた、吹雪のロンドンを歩き回るアレクサンダー・ホールダー(バリー・モーザー画)。

ぶな屋敷

初出:イギリスは《ストランド》1892年6月号／アメリカは1カ月後の同国版《ストランド》ほか
時代設定:1890年

　上品ながらも精力的な女性、ヴァイオレット・ハンターが、ホームズのもとに不思議な難問をもちこんできた。彼女はジェフロ・ルーカッスルという男から家庭教師の仕事を提示され、120ポンドという破格の年俸を提示されたが、それには奇妙な条件がいくつかあった。そのひとつは、自慢の栗色の髪を短く切るようにというものだ。当初は断ったものの、結局はハンプシャー州にある"ぶな屋敷"での仕事を受け入れようと決め、念のためホームズに意見を聞きに来たのだった。若い女性が勤めるにはふさわしくない家庭だと言うホームズは、助けが必要になったら電報1本ですぐにかけつけると請け合った。

　案の定、2週間もたたないうちにホームズは呼び出され、ウィンチェスターでハンターと会うことになる。状況はさらに奇妙なものになっていた。彼女が世話する6歳の男の子には動物を虐待する残酷さが見られ、一家の使用人であるトラー夫妻は不親切だった。酒飲みのトラーはルーカッスルのマスティフ犬の世話を任されているが、その犬はわざと餌を与えられない状態にされ、敷地内で放し飼いだった。その犬をヴァイオレットに見せたルーカッスルは、夜中には建物から出ないほうがいいという不吉な警告を言い渡すのだった。

　ルーカッスル夫妻は、さらにおかしな要求をした。ヴァイオレットに明るい青色の服を着せ、客間の窓に背を向けた状態で座るようにと言ったのである。ルーカッスルは折に触れて

1923年のアレクサンドル・ボグスラフスキー社のタバコ・カードに描かれた、快活なヴァイオレット・ハンター。不当な扱いを受けたこのヒロインは、ホームズの優しい一面に訴えた。

面白い話で彼女を楽しませたが、夫人はまったく動じることなく座っていた。彼女はルーカッスルにとって2度目の妻であり、ルーカッスルには最初の結婚でアリスという娘がいたが、フィラデルフィアに引っ越したという。自分の背後の窓の外で何かが起きていると怪しんだヴァイオレットが、ある日ハンカチの中に鏡の破片を仕込んだところ、街道に立って屋敷の土地を囲う柵に寄りかかっている若者の姿が見えた。

　さらに彼女は、自分のものと思われる髪の房をたんすの中に見つけるが、自分の髪はほかの持ち物と一緒にしまったままであると知る。その家には使われていない棟があり、ある晩に迷い込んだヴァイオレットは、そこで人の姿を確かに見た。恐怖に駆られて逃げだした彼女は、怒り心頭のルーカッスルに出くわす。彼によれば、趣味の写真のために、その棟を使っているとのことだった。

　ホームズは、ミス・ハンターが知らずに引き込まれた、この卑劣な策略の本質をすぐに推測した。事件が解決すると、ミス・ハンターは女子校の経営という新たな人生を始める。一方で、この家庭教師によってホームズの心も和んだのではというワトスンの希望は、くじかれた。この話は、母親が考え出した構想をコナン・ドイルが発展させたものである。

ホームズと私　　フィリップ・フランクス

フィリップ・フランクスはテレビや舞台に数多く出演しており、ロイヤル・シェイクスピア・カンパニーではハムレット、*The Darling Buds of May* ではチャーリー、『ハートビート〜小さな町に大事件』ではクラドック巡査部長（どちらも英国ITVのテレビドラマ）と、さまざまな役を演じている。ラジオでの活躍もめざましく、舞台演出家としても評価が高い。ピーター・イーガンがホームズ役をつとめた舞台『バスカヴィル家の犬』では、ワトスン博士を演じた。

ワトスン役は、ずっと演じたいと思っていた役でしたか？

ええ、いつか挑戦してみたいと思っていました。父が原作やバジル・ラスボーンとナイジェル・ブルース版の映画を好きで、それが私にも受け継がれました。ただ、あの映画はドイルの話とはかなり異なるので少し複雑なものがあります。ホームズとワトスンは文学史上最高のコンビだと思いませんか？　互いに支え合ったり、議論し合ったりして、完全に補い合っているところが面白い。舞台版の『バスカヴィル家の犬』の話が来たときは、飛びつきましたよ。それに、ピーター・イーガンとはものすごく気が合ったんです。ホームズ役である相手が嫌いなワトスン役や、その逆なんて、目も当てられませんからね。

《スペクテイター》はあなたの演技を、「完璧なワトスンだ——気さくで、誠実で、愚鈍には程遠い」と評しています。ワトスンを演じるうえで、あなたが重要とする点は何でしょう？

まず、「気さくで誠実で、愚鈍には程遠い」というのは、かなり的を射ていると思います。私は批評記事は読みません——褒めていようがけなしていようが、仕事に差し障りが出ますから。ただ、気に入ってくれた人がいたというのは、うれしいです。もしワトスンが生地だとしたら、まさしくツイードでしょうね。また、誠実だという点については、確かに犬のような誠実さがありますが、無批判なわけじゃありません。ワトスンにとって、ホームズの不安定な面や社会的礼儀のなさは、いつだって悩みの種だし、まるで病気のようにほかの人たちと交際できないこの友人のために、多くの時間を割いているんですから。愚鈍には程遠いというのも、そのとおりです。何と言っても、彼は物語の書き手なわけだし、知的で繊細で、資格をもつ医者なんですから。彼にはなくてホームズにあるものといえば、天才という部分でしょうね。ワトスンは賢いからこのことに気づいていますが、それを気にしないほど控えめなんです。

この役を演じるにあたって、原作を読み返したり、ほかの人の演技を見返したりしましたか？

私も映画版はたくさん見たけれど、本当に必要なのは、台本と原作だけなんだと思います。

みずから演じるワトスンに信頼感と力強さを吹き込んだ、フィリップ・フランクス。

　私がいちばん気に入っているワトスン役はエドワード・ハードウィックですが、懐かしのナイジェル・ブルースも密かに好きですね。彼は本当に面白くて、好感がもてます。それでもやはり、ハードウィックこそが完璧ですね。控えめで知的で、ジェレミー・ブレット演じる、悩める天才ホームズを非常にうまく引き立てているんだから。

　個人的には、ホームズとワトスンをからかうようなものはどれも嫌いですね。ピーター・クックやダドリー・ムーアのものがそうです。ドイル以上に賢くなろうとしているもの──ビリー・ワイルダー監督やベン・キングズレー主演のものも、あまり好きじゃない。ホームズ役者として完璧になるんじゃないかと思っていたイアン・リチャードスンは、演出がまずかったせいで期待はずれに終わってしまいました。舞台版ではジョン・ウッドがすばらしかったけれど、ブレット版の舞台のようなワトスン役には恵まれなかった。ニコル・ウィリアムスンは面白いし、ピーター・クッシングもうまいけれど、ブレットのようなゾクッとするほどの鋭さやラスボーンのような精密さがない。

　とはいえ、新たなテレビ版の話があったら、制作者のところへなんとしてでも会いに行きますね。ツイードの服にブラシをかけ、口ひげをきちんと整えて。

スコットランド・ヤードと警察官たち

ホームズはほとんどの公権力に対して敬意を示さず、私立の諮問探偵として正規の警察から距離を置いていた。自分が与えたヒントや助言を無視する警官に対しては、相手かまわず皮肉を口にしたが、彼と警察との関係はたいていユーモアを感じさせる競い合いになっていた。彼は"諮問"探偵であるから、意見を求めるのは警察の側である場合が多い。警察がホームズの手腕を信じていなかったり、ホームズが警察の基本的な有用性を信じていなかったりしたら、両者の関係はうまくいかなかっただろう。

概して、19世紀の警察官の存在はあまり恵まれたものではなかった。1800年に創設されたスコットランドのグラスゴー警察が、世界最初の組織化された警察隊だ。ロンドンの首都圏警察隊（メトロポリタン・ポリス・フォース）が組織されたのは1829年で、その10年後にロンドンのシティ警察が誕生した。ナポレオン戦争後の英国が経済不況と同時に著しい無法状態になったことに対する反応と言えるだろう。創設者ロバート・ピールの名にちなんで"ピーラー"と呼ばれた警官たちを、一般市民が温かく受け入れることはなかった。みずからの市民的自由を何よりも重んじる誇り高き

首都圏警察は、元々はウェストミンスターのグレイト・スコットランド・ヤードにあった。1890年にこの写真のニュー・スコットランド・ヤードに移っている。

英国人たちは、大陸各国と同じように、警察が自分たちの自由を制限するのではないかという懸念を抱いたからである。警察に対する敵意は強く、1887年には警察官に対する暴行が2000件以上記録されている。

　警察官は週に7日間働くのが慣例で、給料は単純労働者と同じ程度だった。初期のころの警察活動はかなり原始的で、刑事課といった高度なものが創設されたのは1842年になってからであり、しかも当初は警部ひとりと刑事6人のみで構成されていた。犯罪捜査部（CID）が誕生するのは、実に36年後のことである。

　19世紀後半は比較的景気がよかったことから、犯罪の発生率は大きく低下した。それでも、個人の倫理観の問題にこだわりすぎる中流階級や、特ダネを求める新聞の急増により、英国はこれまでにないほど危険な場所になったと思われていた。そしてその恐怖は、1888年に発生した切り裂きジャック事件で頂点に達する。市民を守るべき警察の能力に対する信頼が急落したことに、まったく理由がないわけではなかった。たとえば、4人目の被害者であるキャサリン・エドウズの現場には、犯人が書いたと思われるチョークによる落書きが近くの壁にあったことが発覚する。「ユダヤ人はいわれもなく責められる人たちではない」という文章だった。この落書きの内容がもれたら反ユダヤの暴動が起こることを恐れて、スコットランド・ヤードの警視総監サー・チャールズ・ウォレンは、写真を撮る前に消し去らせてしまう。総監の真意は崇高なものだったのかもしれないが、犯罪現場を徹底的に分析する重要性を時代に先駆けて認識していたホームズにしてみれば、間違いなく大きなショックだったであろう。

　ホームズは、ヤードの警官たちをいら立たせることを、何よりの楽しみとしていた。よく知られているように、彼はベイカー街不正規隊を利用している。「刑事警察のベイカー街分隊」という宿無し子の集団で、「こぎたない分隊長」のウィギンズが率いていた。「警官一ダースよりも、あの子たちひとりのほうがよっぽど役に立つ」というのが、ホームズの考えだ。〈四つの署名〉では、「ロンドン中の警察」よりもトービーという犬の力添えのほうを高く評価するとまで言っている。〈青いガーネット〉では、「警察の欠陥を補うため連中に雇われているわけじゃない」と述べている。彼らは努力はしているのだが、事件の謎を解くのはたいていはホームズのほうなのだ。〈ボスコム谷の謎〉で彼は、「野牛（バッファロー）みたいな連中が群れをなして」犯罪現場を荒らしたと言って、個々の警察官の「鈍さ」を非難している。

　それでも、心穏やかな場合には、ホームズはこの職業上の同僚たちの中に感心すべき資質を見出している。特に、彼らの勇気に対してだ。たとえば〈赤毛組合〉に出てきた警察官のジョーンズは、能なし呼ばわりされながらも、「ブルドッグのように勇敢で、一度つかまえたらザリガニのように放さない」と褒められている。ワトスンも〈赤い輪団〉で、「われらが正規の探偵、警

官たちというのは、頭のよさにかんしてはぱっとしないかもしれないが、度胸となると決してさにあらず」と述べている。ホームズが組んだ警察官の中で最も大きな期待を寄せられたのが、若くて身のこなしが軽そうで熱意がある、スタンリー・ホプキンズだった（〈ブラック・ピーター〉、〈アビィ屋敷〉、〈金縁の鼻眼鏡〉で活躍）。彼のほうも、ホームズの手法に対しては大いに敬意を払っていた。ホームズが警察に対して嫌々ながらも親近感をもっている最大の証拠は、みずからの成功に対する賞賛を快く彼らのものにさせているという点だ。〈海軍条約文書〉では、ホームズが解決した53件の事件のうち、49件はまるまる警察の功績になっていると、彼は明かしている。そのため〈恐怖の谷〉で以下のように口にしているホームズには、一抹の悲しささえあったのかもしれない。「ぼくが事件に首をつっこむのは、ひとえに正義を守るため、警察の仕事を助けるためです。ぼくが警察と足並みをそろえなかったことがあったとしたら、それはそもそも警察のほうがぼくを遠ざけたからです」

ホームズが警察に対して批判的である一方、警察のほうもホームズの推理法を大いに疑問視

お互いにからかい合うこともあるが、ホームズもレストレードも、相手のことを嫌々ながらも尊敬している。シドニー・パジェットが描いた〈ノーウッドの建築業者〉の挿絵から。

していた。ホームズは、自身の捜査の進展具合についてはっきり明かさないことをよしとしている。みずからの正しさに納得するまで自説を口にすることを嫌がり、最後にこれ見よがしにすべてを明かすのだ。聞かされるほうにすれば、まさに魔法のようであり、実際に〈第二のしみ〉では、「あなたは魔法使いだ、魔術師だ」と言われている。このようなやり方は、話に登場する警官たちを不安にさせるものだ。アセルニー・ジョーンズ警部は〈四つの署名〉の中で、大多数の同僚が間違いなく抱くような懸念を表明し、ホームズのことを、「方法は変則的だし、いささか性急に理論に飛びつくきらいがある」と口にしている。レストレード警部も〈ノーウッドの建築業者〉で、ホームズを「自信過剰の人間」とまで言っている。

それでも、こうした疑いを抱く人たちでさえ、ホームズのことを何度となく頼りにした。ホームズに対する批判を取り消し、彼に対してかなり共感的な姿勢を明らかに見せているのである。ジョーンズは疑いをもちつつも、ホームズが「刑事だったら将来有望、大成確実」と認めている。同様にグレグスン警部も、〈赤い輪団〉の中でホームズに対して、「あなたが味方になってくださって心強く思わなかったことは、一度だってありません」と述べている。

〈恐怖の谷〉では、警察内のスーパースターで、その優秀さゆえにホームズのすごさも認めているアレック・マクドナルドが登場し、彼とホームズのあいだに友情が芽生えつつあることまで、ほのめかされている。

コナン・ドイルが描いた警察官の中で最も有名なのが、13 の話に出てくるレストレード警部だ。彼とホームズとの激しい競い合いは、警察と諮問探偵という変化の多い関係を面白おかしく表している。〈緋色の研究〉で初登場した際には、彼と同僚のグレグスン警部は、「へぼ刑事ぞろいのヤードの中では優秀なほう」で、勤勉ではあるが「頭の鋭さが足りな」くて独創性に欠けるとホームズに評された。

コナン・ドイルはレストレードのことを、血色が悪くネズミみたいな顔で（〈第二のしみ〉における「ブルドッグのような顔」という描写とは対極にあるようだが）、ずる賢いイタチみたいな顔つきで、小さなビーズ玉のような目をしていると描写している。ホームズは彼に対して、あからさまに無礼な口をきくことがある。〈ボスコム谷の謎〉では、彼には事実に取り組むのが精いっぱいであり、「鈍い」とまで言っている。また〈四つの署名〉では、事件がレストレードの手に負えなくなることはざらにあると、ほのめかしている。レストレードもホームズの嫌味に気づき、〈緋色の研究〉では、「自分がからかわれているとでも思ったのか、むっとした」様子で話す、かなり痛ましい姿が描かれている。

一方でホームズは、相当に寛大な心の持ち主でもある。〈バスカヴィル家の犬〉ではレストレードのことを「最も優秀な刑事」と呼び、〈ボール箱〉では「ヤードでのしあがれたのも、あの粘り強さのおかげ」とほのめかしている。〈六つのナポレオン像〉のころになると、レストレードは 221B を夕方によく訪れるようになっていて、「ホームズも警部の来訪を歓迎していた」と、ワトスンがしたためている。これは間違いなく進歩だ。この同じ話でレストレードは、ホームズが一般の警官からも、今や大いに尊敬されていると明かしている。

「スコットランド・ヤードでも、これ[ホームズが事件を解決したこと]をやっかむ者はいないでしょう。それどころか、われわれはあなたを心から誇りに思います。あしたおいでくだされば、古参の警部から新米の巡査に至るまで、あなたと握手しようと思わない人間はひとりもいないでしょう」

確かにそのとおりであり、ヤード最高の人材をもってしても、この名探偵にはかなわないのだ。この点を、E・W・ホーナング[コナン・ドイルの義弟]は、ひとことでみごとに言い表している。「ホームズに勝る警察なし」

アレクサンドル・ボグスラフスキー社のコナン・ドイルの人物シリーズのタバコ・カード。いかめしい顔つきのレストレード警部。

名馬シルヴァー・ブレイズ

初出:イギリスは《ストランド》1892年12月号／アメリカは1カ月後の同国版《ストランド》および
《ハーパーズ・ウィークリー》1893年2月25日号
時代設定:1888年

　有名なウェセックス・カップ・レースが迫るなか、賭け率3対1という人気馬のシルヴァー・ブレイズが、ダートムアにあるキングズ・パイランドのロス大佐の厩舎からいなくなった。さらには、その馬の調教師であるジョン・ストレイカーが、頭部を殴られてムアで死体で発見された。ロス大佐とグレゴリー警部の両方から要請を受けたホームズだったが、そのような目立つ馬を長く隠し通すことなどできないと考えて、のんびりとかまえていた。この対応は「失敗」だったと、のちにホームズは認めている。

　ホームズとワトスンがキングズ・パイランドに着いたとき、グレゴリー警部はすでにひとりの男を拘束していた。容疑者はロンドンの私設馬券屋フィッツロイ・シンプスンで、馬の失踪当夜にこの地を訪れており、厩舎にいるハンターという若者から内密の情報を得ようとしていたのだという。彼は重そうなステッキを携行していた。ハンターがシンプスンを追い払い、ほかの馬屋番を使ってストレイカーにこのことを伝えたところ、ストレイカーは夜中になって、厩舎に問題がないか確かめに行ったという。馬がいなくなったとわかったのは夜明け後のことで、それからさらにたって、ストレイカーの死体が（小型ナイフと一緒に）見つかったのだった。彼は馬泥棒と格闘して命を落としたものと見られた。だがホームズは、シンプスンが犯人だと納得していなかった。シンプスンはどこにシルヴァー・ブレイズを隠せたのか？　馬を殺すことが目的なら、なぜ厩舎でやらなかったのか？

　ホームズは人間と馬の足跡をたどってムア中を動き回り、まもなくシルヴァー・ブレイズの居場所を突き止める。殺人犯を突きとめるため、彼はいくつもの手がかりについて検討した。被害者の上着にあった婦人服店の高額請求書、蠟軸マッチ、アヘンを加えたマトンカレー、脚が不自由になった羊、そしてもちろん、「あの夜の、犬の奇妙な行動」である。最後に残された問題は、はたしてシルヴァー・ブレイズはレースに間に合って出場できるのか、というものだった。

　よく知られた作品であり、ホームズの最も想像力に富んだ推理が披露される。

賭け事は、ホームズのもつ数多くの悪癖にはない。競馬に関してはワトスンのほうが目がなかった。

ボール箱

初出:イギリスは《ストランド》1893年1月号／アメリカは1カ月後の同国版《ストランド》および《ハーパーズ・ウィークリー》1893年1月14日号

時代設定:1888年

この話は短篇集『シャーロック・ホームズの回想』としてまとめられる際、血なまぐさくてセンセーショナルな内容に不満だったコナン・ドイルの強い要請により外されたと言われる。その後、最初の掲載から24年ののち、第四短篇集『シャーロック・ホームズ最後の挨拶』に収められた。現代のイギリス版ではたいてい『回想』に収められている。

話はワトスンの心を読んだかのようなホームズの言葉で幕を開けるが、この部分は『回想』から省かれたときに別の短篇〈入院患者〉の冒頭に移され、合体された。

レストレード警部がホームズに対し、ロンドン郊外のクロイドンで起きた事件について手助けを求めてくる。50歳の控えめな独身女性スーザン・クッシングがベルファストから届いた小包を開けたところ、中には切断された人間の耳が2つ、塩に詰められて入っていたのだ。人間の耳を研究したことがあるというホームズは、それが2人の別々の人間のものだと見抜く。この話の設定と同じ年に、切り裂きジャックが犠牲者のひとりであるキャサリン・エドウズの耳を切り落としていたことから、切断された耳というイメージはそこから影響を受けたと思われる。

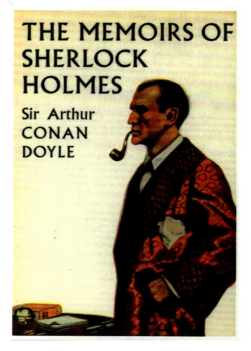

ジョン・マリー社は1920代と30年代に「白い」表紙で正典を出版し、トレードマークとなった。

レストレードはこの件を、3人の医学生による趣味の悪いいたずらと狙んでいた。以前ミス・クッシングのところに下宿していたが、素行に問題があって追い出された連中だ。だがホームズは、耳の切り方が粗雑で、防腐剤が使われていない点は、犯人に医学の知識がないことを示していると考えていた。ベルファストから発送されたこと、宛て名の雑な筆跡（クロイドンの文字を最初に書き誤っていた点も含めて）、そして小包を縛る紐に使われた結び目を検討した結果、彼の考えは正しいと思われた。調べを続けたホームズは、近くのウォリントンに住むスーザンの妹セアラのもとを訪れ、「脳炎」を患っているために会うことができないと言われても引き下がらなかった。そして、リヴァプールへ打った電報により、この調査は終了を迎えることになる。

黄色い顔

初出:イギリスは《ストランド》1893年2月号／アメリカは1カ月後の同国版《ストランド》および《ハーパーズ・ウィークリー》1893年2月11日号
時代設定:1888年

　事件がなく、ホームズは職業上の刺激が不足する日々を送っていた。ある日ワトスンと一緒に公園を散策してから221Bに戻ったところ、行き違いとなった客がパイプを置き忘れていた。ホームズはこのパイプから、依頼人となりそうな人物の特徴をみごとに分析してみせる。

　依頼人はグラント・マンロウという人物だった。いらいらと落ち着きがない様子で、妻のことがわからなくなったと言う。愛情あふれる完璧な妻エフィーと結婚して3年になるが、ここ数日は2人のあいだに壁ができたかのように、よそよそしいというのだ。エフィーは若いときにアメリカに入植し、ヘブロンという弁護士と結婚して子供がひとりできたが、夫も娘も黄熱病で命を落としたという。そこでエフィーは英国へ戻り、亡くなった夫の遺産で安楽に暮らしていたのだった。

　マンロウはその後の彼女と出会って結婚し、ロンドンから離れた田舎のノーベリに家をかまえた。何もかも順調だったが、エフィーはある日、彼に100ポンドの金を無心してきた。しかも、それほどの金額を必要とする理由について語ろうとしなかった。その後マンロウは、彼女が近くの田舎家にしょっちゅう足を運んでいることを知る。そこの窓辺に見えたのは、「不自然で人間らしくない」黄色い顔だった。当然ながら疑念にさいなまれたマンロウは、エフィーが説明をしないため、その家に乗り込んでいく。だが家はもぬけの殻で、エフィーの写真があるだけだった。

　ホームズはマンロウに、その家にふたたび人が見えるようなことがあれば連絡するようにという指示を与えて帰す。ホームズはワトスンに対し、これは「まずい事件」だともらし、エフィーの夫は死んでいないのではと推測する。だが、まもなくマンロウがホームズたちをノーベリに呼び出して決着がつくと、今度ばかりはホームズの見当違いだった。教訓を得たホームズは、また自信過剰になるようなことがあったら「ノーベリ」と耳打ちしてほしい、とワトスンに頼む。

　この話を読んで、みごとな社会的自由主義のメッセージを伝えていると考えるか、ヴィクトリア朝時代に染みついた偏見を強調していると考えるかで、読者の世代が二分される。

この話の冒頭でホームズとワトスンが散策しているのは、ロンドンで一、二を争う散歩場所、ハイド・パークだと思われる。この絵に描かれているのは、同公園にある有名なロットン・ロウ。

株式仲買店員

初出:イギリスは《ストランド》1893年3月号／アメリカは1カ月後の同国版《ストランド》および
《ハーパーズ・ウィークリー》1893年3月11日号
時代設定:1889年

　結婚後にパディントンで開業し、繁盛しているワトスン。ホームズの訪問を受けた彼は、彼と一緒にバーミンガムへ行くため、診察の仕事を人にまかせることにした。旅に同行するのは、ホール・パイクロフトという依頼人で、この話の題名にもなっている株式仲買店員だった。

　若くて正直そうなロンドン子のパイクロフトは、コクソン・アンド・ウッドハウス商会で株式仲買人をしていたが、同社は多額の負債を背負い込んで倒産してしまった。そこでモーソン・アンド・ウィリアムズ商会に応募したところ、面接に問題なければ採用というところまでいく。シティでも最も尊敬される株式仲買店のひとつで、給料は年間200ポンドだ。ところが彼はすぐに、アーサー・ピナーという男から好条件を提示される。男はパイクロフトに関するいい噂を聞きつけて、バーミンガムにあるフランコ・ミッドランド金物会社で働いてくれたら、年500ポンドもの基本給を出すと言ってきたのだ。フランスで金物店のチェーンを経営しており、ベルギーとイタリアにも支店があるという。断ってはもったいないと思えるほどのチャンスだった。

　ピナーによると、彼はパイクロフトを引き抜くことでモーソン・アンド・ウィリアムズ商会と言い争いになったため、同社には内定の断りを出すまでもないという。ピナーから前払いの100ポンドを受け取ったパイクロフトは、合意した給料で同社の営業支配人をつとめるという誓約書に署名する。そして、翌日はバーミンガムへ行って、ピナーの兄、ハリーがいる事務所で指示を受けるようにと言われたのだった。

20世紀への変わり目ごろのバーミンガム、コーポレーション街の様子。1870〜80年代にスラム街を撤去して建造された。

　だがこの面談は、パイクロフトが期待したとおりにはいかなかった。看板も出ていないフランコ・ミッドランド社の事務所はみすぼらしく、パリへ行って仕事を管理するどころか、バーミンガムに残ってフランスの商工人名録から情報を書き出すことになったのだ。パイクロフトは、この兄弟の見た目がひどく似ていることにも驚いた。金歯がある場所まで同じだということからアーサーとハリーは同一人物だと判断したパイクロフトは、ロンドンへ戻ってホームズに相談しようと決断したのだった。

　ホームズとワトスンはパイクロフトとともにバーミンガムへ行き、コーポレーション街126番地Bにある会社の事務所へ直行する。そこには新聞を熱心に読んでいるピナーの姿があった……この話の劇的な幕切れへの舞台が、ここに整ったのである。

ホームズの愉しみ

「今日は、モルヒネかい、コカインかい？」
〈四つの署名〉

トム・リッチモンドによる、くつろいだ様子のホームズ。リッチモンドの作品は《マッド・マガジン》など多数の出版物に掲載された。

「人情に薄い」というワトスンの評によって、シャーロック・ホームズには冷淡さと厳格さという評判が付きまとうようになった。確かにホームズは仕事に没頭すると、気をまぎらすものが何もない、質素な生活を送る。だがほかのときには、〈ボヘミアの醜聞〉で「ボヘミアン的気質」と書かれているように、最高級の退廃的な享楽的生活を味わっているのだ。〈黄色い顔〉でワトスンが「悪習といえばただひとつ、たまにコカインを注射すること」と言い張っても、証拠の前ではかなわない。もっと正確な表現は、〈悪魔の足〉におけるワトスンの言葉だ。「きつい仕事が続いて働きづめのところへ時折の不養生もたたったのだろう。ホームズの頑丈な身体もさすがに疲れの徴候を見せていた」

この探偵とすぐさま結びつく悪習といえば、言うまでもなく煙草である。紙巻き煙草、葉巻、パイプはどれも最愛の友人であり、煙草は221Bのペルシャ・スリッパにぞんざいに収められている。喫煙の様子が描かれていない話は4つしかなく、最高の仕事のいくつかは「煙草の濃い煙」の中で行われた。〈金縁の鼻眼鏡〉では、ホームズはみずから「煙草にはいささかうるさいほうなんです」と言っており、〈花婿の正体〉では古なじみの、ヤニで黒くなったクレイ・パイプが「相談相手」になっている。主に葉巻は人前で、紙巻き煙草は出先で吸っているが、彼が本当に好きなのはパイプだ。正典では多様なパイプ——クレイ、ブライヤー、長い桜材——が挙げられながらも、ホームズの事実上のトレードマークとなっているキャラバッシュ製の（あるいは曲がった）パイプが出てこないのは、奇妙な点のひとつである。一般の人のイメージに大きな位置を占めるようになったのは、数多くの挿絵画家や俳優のおかげのようだ。

パイプの葉に関しては、ホームズは手に入るうちでもいちばん強いシャグ煙草（粗刻み）を好んでいた。この趣味においてはワトスンも同類で、彼の場合は"シップス"を好んでいるが、これは気弱な人には向かない。多くの点で、ホームズにとっては喫煙こそ人生の本質だったが、ワトスンにはいささか偽善者ぶったところがあったらしく、〈悪魔の足〉のホームズの言葉に、「煙草っていう毒にまた手を出すことになりそうだ。きみからはたびたびきつく注意されているがね」とある。〈瀕死の探偵〉では、3日間絶食したホームズが何よりも欲しがったのは、食べ物でも飲み物でもなかった。「いちばんつらかったのが煙草」だと言うのだ。事件が本当に興味深いかどうかは、事件を検討する際に要する喫煙の量が目安だった。〈唇のねじれた男〉で事件を解く際に、「五つの枕の上に座り、一オンスのシャグ煙草を灰にした」というホームズには、なかなかいじら

しいイメージがある。〈赤毛組合〉では、この事件の謎を「パイプでたっぷり三服ほどの問題」と称して、英語に新たな慣用句を加えるということまでした。煙草に対してこれほどまでの愛着があるからこそ、ホームズは140種類の灰を識別するという研究論文を書けたのである。

またホームズはアルコールもよく嗜んだが、これはブルゴーニュのボーヌ・ワインを好む、ワトスンという相棒を見つけたからだろう。ホームズは上質のクラレットを楽しむ一方、ソーダ割りウイスキーのほうをより好んでおり、その様子は〈赤毛組合〉と〈独身の貴族〉に出てくる。ただホームズは、薬物の摂取を比較的無害な煙草やアルコール並みにとどめず、かなりきついものにも手を出している。ホームズがアヘンを摂取するというのはよくある誤解だが、これは〈唇のねじれた男〉の冒頭で、彼が職務のためアヘン窟にいた場面に起因すると思われる。彼が実際に摂取していたのはコカインであり、量は少ないがモルヒネも使っていた。

コカインが世間に知られたのは、驚異の麻酔薬としてカール・コラーが1884年に発表してからであり、その効果や中毒性が理解されるまでに数十年を要した。それでもワトスンはコカインの使用に強く反対していたので、ホームズもその有害な影響については思い違いはしていなかったのかもしれない。〈四つの署名〉では「身体にはよくないかもしれない」と認めて、その危険性をやや遠慮がちに述べている。彼は7パーセント溶液を好む常習者であり、初期には使用している場面が多く見られたが、のちにはほとんどなくなった。現代の読者には、ホームズがみずから投与するという〈四つの署名〉の下記の描写は生々しく、ショッキングに映るだろう。コナン・ドイルは、いわばヴィクトリア朝時代のアーヴィン・ウェルシュ[スコットランドの現代作家]だったのだ。

（犯人を捕まえることに次いで）2番目に好きなことをして時間を過ごしている、穏やかなホームズの様子をみごとにとらえた、シドニー・パジェットによる挿絵。

　　シャーロック・ホームズは、暖炉のマントルピースの隅にある瓶を取り、なめらかなモロッコ革のケースから皮下注射器を出した。白く長い、神経質そうな指でか細い注射針を整えてから、ワイシャツの左の袖をまくる。その目はしばらく、よぶんな肉のない筋肉質の前腕と手首をじっと見ていた。一面に注射の跡がある。やがて、鋭い針先をぐっと突き刺し、小さなピストンをゆっくり押し下げると、ビロード張りの肘掛け椅子に深々と身を沈めて、満足そうな長いため息をもらした。

ホームズの薬物摂取は、仕事量（もしくはその欠如）と直接結びついていた。探偵術は、彼が望む精神的な刺激をもたらしてくれる一方で、夢中になれる事件がないと、薬物に救いを求めてしまうのである。本人は〈四つの署名〉で、こう口にしている。「問題がほしい。仕事がほしいんだ。とびぬけて難しい暗号でもいい、最高に複雑な化学分析の材料でもいい。そういうのをもってきてくれたら、本来の自分でいら

れる。そうすれば、人工的な刺激なんか施さなくてもすむ。退屈な日常を繰り返すのなんかごめんだ。気分が高揚するようなことがほしくてたまらないんだよ」

　幸い、どこまでも忠実なワトスンは頑固なまでにみずからの役目を貫いており、〈スリー・クォーターの失踪〉のころには、少しずつ「ホームズのすばらしい経歴を汚しかねない、麻薬に救いを求めることをやめさせてきた」と述べている。

　一方、音楽、それも特にヴァイオリンは、より建設的な愉しみだった。〈緋色の研究〉の中でホームズは、「ダーウィンが音楽について言ったことを覚えているかい？ 音楽を生みだしたり鑑賞したりする能力は、言語能力よりもはるかに昔から人間に備わっていたそうだね」と言っている。彼の好みはかなり幅広く、中でもメンデルスゾーンが彼のお気に入りだとワトスンは〈緋色の研究〉で記しているが、それ以外にも、ショパン（〈緋色の研究〉）、ワグナー（〈赤い輪団〉）、ジャック・オッフェンバック（〈マザリンの宝石〉）、パガニーニ（〈ボール箱〉）が出てくる。さらには、有名なヴァイオリニストのヴィルマ・ノーマン・ネルーダやパブロ・デ・サラサーテの演奏を見ようと努力しており、ほとんど知られていないラッススの多声部聖歌曲についての論文まで書いている。

　ホームズはみずから演奏もし、ワトスンによれば才能はあるとのことで、「なかなかの腕前だった。ただ、ほかの才能と同じようにいっぷう変わっている」という。だがワトスンにとっては残念なことに、ホームズはどのようなときでも、美しい旋律になろうがなるまいが、適当にかき鳴らす傾向にあった。それでも、その気になれば、熟練した技で古典を弾くことができ、ワトスンの「好きな曲を数曲立て続けに演奏」するという埋め合わせもしている。ホームズはヴァイオリンの名器であるストラディヴァリウスを所有していて、「安く見積もっても500ギニーはする品」とのこと

ホームズがワグナーの演奏会を聴きに行ったコヴェント・ガーデン劇場。元々は1732年にオープンしたが、大火事を受けて1858年に再建された。
[劇場名は「ロイヤル・オペラ・ハウス」ともいわれる]

だが、トットナム・コート通りで55シリングで手に入れていた。〈ボール箱〉に詳しく記されているこの掘り出し物の一件により、ホームズはかなりのやり手なのか、それとも自分の楽器の来歴を疑わない相当な世間知らずかのいずれかだとわかる。ついでながら、〈高名な依頼人〉でホームズは興味深いことに、「ぼくの古なじみの犯罪者チャーリー・ピース」という、当時実在した泥棒で殺人犯の名を挙げている。この男は「現代のパガニーニ」として、ステージでも名声を得た人物だった。

著名な画家ヴェルネの子孫であることから、ホームズは視覚芸術にもかなりの関心があると考えられる。だが、これについては見当違いかもしれない。〈バスカヴィル家の犬〉でホームズはボンド街の画廊で2時間にわたり、「近代ベルギー派の巨匠たちの絵画にすっかり没頭」したが、ワトスン曰く「きちんとした知識もないくせに」美術のことばかり話していたというのだ。

格闘技に長けたホームズのおかげで、敵は「馬車に乗せられてご帰還」となった。

ホームズの好みにもっと合っていたのは、やや意外だが格闘技だった。〈グロリア・スコット号〉の中で、「フェンシングとボクシング以外、スポーツにはほとんど興味がなかった」と認めている。〈美しき自転車乗り〉における「ぼくには英国古来のよきスポーツ、ボクシングの心得がいささかあってね」という主張の証拠は、〈四つの署名〉にあるようだ。この話の中でホームズは、マクマードというプロボクサーと出くわしているが、数年前に3ラウンド戦った相手なのだという。マクマードはこの勝負を覚えていて、かなりいいところまでいけたかもしれないのに、ホームズは才能を無駄遣いしている、と言っている。その後の〈黄色い顔〉では、「同じ重量級のボクサーのうちで、彼［ホームズのこと］にかなう者にお目にかかったことがないくらい」だと、ワトスンも認めている。〈美しき自転車乗り〉でのホームズは、悪評高いウッドリーとパブで直接殴り合っている。勝利を収めたホームズは、ワトスンに次のように語っている。「それからが見ものだったね。襲いかかる相手に、ぼくの左ストレートがみごとに決まったんだ。結局、ぼくはご覧のようなていたらく、ウッドリー氏は馬車に乗せられてご帰還という始末さ」。正典において、これほど興奮したホームズの姿というのは、めったにない。〈緋色の研究〉でワトスンは、武器を用いた戦いにおけるホームズの技量に触れて、棒術と剣術の達人だと述べている。

そして、この探偵が得意とする「バリツ」だ。この格闘技についてはさまざまな説があるが、ホームズが精通していた混成武道ではあった。そのおかげでライヘンバッハの滝における決闘でモリアーティを打ち負かしたわけだが、いざとなると知的な名探偵といえども、肉体を用いる戦いに対する情熱のおかげで生き延びることができたというのは、皮肉なものだ。

ジョゼフ・ベル博士

よく知られているように、エイドリアン・コナン・ドイルは次のように述べている。「シャーロック・ホームズこそ、サー・アーサー・コナン・ドイルその人です。執筆の際に、みずからの内なる意識から登場人物を紡ぎだして、本当に生きているようにすることなど、できるものではありません。自分の中に、その人物になれる可能性をもっていない限りは」

ただドイル自身は、ホームズの原型がほかにあることを認めていた。中でも注目すべき存在が、ドイルがエディンバラ大学の医療研修時に師事したジョゼフ・ベルである。彼は1892年に、かつての恩師に向けてこう書いている。「シャーロック・ホームズが存在するのは、間違いなく先生のおかげです……彼が行う分析作業は、先生が外来棟でもたらした効果を、いささかも誇張したものではありません」

1837年生まれのベルが臨床外科教授としてコナン・ドイルを初めて教えたのは、1877年のことだ。ドイルはその2年後にエディンバラ王立病院で彼の下について、外来担当の実習生になっている（この関係を脚色したのが、後年のBBCによるテレビドラマ『コナン・ドイルの事件簿』だ）。着目と推理の能力に秀でたベルによる離れ業は、言葉をいっさい交わさずに患者を観察して、詳しい経歴を言い当てるというものだった。船員はふらつく足取りから、旅行者の行程は刺青から、職業については患者の手を見ただけでわかったという。ベルはこう書き記している。

ジョゼフ・ベル博士。エディンバラ時代のコナン・ドイルの恩師で、着想をもたらすとともに、名探偵のモデルとなった。

　緻密な観察と推理により、どんな患者についても正しい診断を下すことができる。ただし、自分の出した推論は、必ず実証しなければならない。

これはホームズが自分の墓碑銘に欲しがりそうな言葉だ。実際、〈緋色の研究〉に出てきた「人生の書」という記事に、ホームズはこう書いている。

　たとえば人に会ったら、ひと目でその人物の経歴や職業を見分けられるように訓練する。子どもじみたことに思えるかもしれないが、こうした訓練が観察力を鋭くし、どこに注目し、何を見るべきかを教えてくれる。たとえば指の爪、上着の袖、靴、ズボンの膝、人さし指や親指のタコ、顔の表情、ワイシャツの袖口などなど——いずれをとってもその人物の職業が端的に表れる。

コナン・ドイルはあるとき、ベルがある患者のことを、バルバドスに配属された高地連隊から除隊になったばかりの下士官だと正確に言い当てたのを目撃した。この出来事をそのまままねた

のが、初めて会ったワトスンの経歴を推理した、〈緋色の研究〉におけるホームズの場面である。ベルは身体的にもこの名探偵に似ており、長身かつ細身で、タカのような鼻と鋭い眼光の持ち主だった。また、ワトスン博士という友人もいて、クリミア戦争に従軍して武勲を立てた人物だったという。

　一部の研究家のあいだで広がりを見せているのが、ベルが密かにエディンバラで起きたいくつかの殺人事件で捜査に関わっていたという説である。最も有名なのが、ユージーン・マリー・シャントレル事件。毒殺した妻のエリザベスをガス事故死に見せかけた罪で告発された、フランス移民の事件である（ヘンリー・リトルジョン博士に関するコラムを参照）。ベルが多くの偉業を成し遂げた人物だったのは、間違いない。王立外科医師会の特別会員であり、その医学関係の教科書は広く発売されたほか、治安判事とヴィクトリア女王の主治医もつとめたベルは、1911 年に亡くなった。

ヘンリー・リトルジョン博士

　ジョゼフ・ベルがホームズのモデルだったとすると、エディンバラのヘンリー・リトルジョン博士も同じ役目を果たしたと言っていいだろう。

　ヘンリー・ダンカン・リトルジョンは 1826 年にスコットランドの首都に、パン職人の息子として生まれた。エディンバラ大学医学部を卒業後、パリへ渡ってソルボンヌ大学で学んだのち、1854 年に帰郷して王立外科医師会の特別会員となっている。そのすばらしい経歴の中で目を引くのは、エディンバラの警察医と保健医官、さらには母校の法医学長をつとめたというものだが、最もよく知られているのが、100 件以上もの死刑裁判に関わったことである。毒物学と犯罪科学の最新情報に関心があり、フロックコートにシルクハットという格好で、法廷では圧倒的な存在感を放っていた。コナン・ドイルは印刷された論文だけでなく、大学の講演に出席したことからも、彼の研究について知っていたはずだ。

　リトルジョンは 1893 年に、悪名高きアードラモント事件に検察側として出廷する。3 人の友人──若い家庭教師のアルフレッド・モンソン、その教え子のセシル・ハンブロー、それにモンソンの友人──が、アーガイルにあるアードラモント私有地で狩りに出かけたところ、ハンブローだけが戻ってこなかったという事件で、彼はみずからを銃で撃ったと見られていた。その後モンソンが、彼の妻を第一受取人として、ハンブローに数週間前にかけられた、2 件の生命保険証券を換金しようとしたため、正式に殺人罪に問われた。ハンブローの傷が自傷ではないことを示す証拠をリトルジョンが提出したものの、驚くことに陪審は「証拠不十分」という評決（「有罪」と「無罪」と共に、スコットランドの法廷にある選択肢）を出したのだった。このときのリトルジョンの証言を裏付けたのが、同僚で友人のジョゼフ・ベルの証言だ。

　この 2 人はこれより 15 年前に、ウジェーヌ・マリー・シャントレルの有罪判決において協力していたと考えられており、リトルジョンはその後の死刑執行にも立ち会っている。絞首台へ向かうシャントレルは、リトルジョンにこう言葉をかけたという。「おれが褒めてたって、ジョー・ベルに言っといてくれよ。おれを絞首台に送り込むっていう、いい仕事をしたんだから」

写真中央のサー・イアン・リチャードスンは、テレビではベルもホームズも演じたことがある。左はサー・ヘンリー・カーライル役のチャールズ・ダンスで、右はコナン・ドイル役のロビン・レイン。

グロリア・スコット号

初出：イギリスは《ストランド》1893年4月号／アメリカは1カ月後の同国版《ストランド》および《ハーパーズ・ウィークリー》1893年4月15日号
時代設定：1874年

　シャーロック・ホームズが手がけた初めての事件であり、探偵術が職業に結びつくと確信するに至った話として有名。

　ある日ホームズは、ノーフォークにある裕福なトレヴァ家の屋敷で1カ月の休暇を過ごしたときの話を、ワトスンに語って聞かせる。ヴィクター・トレヴァはカレッジで2年間過ごしたホームズにとって、唯一の友人だった。トレヴァの父親は、オーストラリアの金の採掘で財を成した治安判事で、ホームズの推理力に驚いていた。特に驚いたのは、かつてJ・Aというイニシャルの人物と関係があったと、ホームズによって暴露されたことだった（腕を曲げたところにあった古い刺青から推理したもの）。事実、この父親はショックのあまり、その場で気を失ったのである。

　この件は忘れようとしたホームズだったが、家の雰囲気があまりにも張り詰めていたため、暇乞いすることにした。ところが彼が出て行く前に、家に訪問者が現れた。その姿をひと目見ただけで、トレヴァ老人は当惑した。この訪問者はハドスンといい、30年前にこの父親と船員仲間だったという。彼がハドスンを家に招き入れると、ベドウズという名前が2人の話に出た。1時間もしないうちに、ハドスンはソファの上でアルコールで酔っ払っていた。翌日、ホームズはロンドンの下宿へ戻ると、化学の実験に取りかかった。

　7週間後、ヴィクターからホームズにノーフォークまで戻ってきてほしいと訴える電報が届いた。トレヴァの父親が、精神的なショックによって、卒中を起こしたのだ。ハドスンは庭師になり、続いて使用人頭になっていたが、彼は感謝の気持ちを見せるどころか、悪態をついたり酒を飲んだり、主人を利用しようとしたりしていたという。そこで、とうとうある夜、ヴィクターがハドスンを叩き出した。父親は息子に謝らせようとしたが、彼は頑として謝ろうとせず、ハドスンは出て行く。父親が「気の毒なほどおろおろ」するのを、ヴィクターは目にした。その父親にわずかに回復の兆しが見えてきたところで届いた1通の手紙が、卒中を引き起こしたらしい。手紙の内容は害のない無意味な言葉のようで、猟鳥の供給、ハエとり紙と「あなたのメスのキジの生命保護」に関する注文というものだった。

　ホームズは暗号解読の技術を駆使して、怪しげな事件の本質にたどり着く。その中心にあったのがグロリア・スコット号で、何年も前にオーストラリアに向かった船だった。

　この話の中で、教誨師が「まだ煙のたつピストル(スモーキング・ガン)を手にしている」という場面がある。犯罪の明白な証拠を意味する「決定的証拠(スモーキング・ガン)」という言い回しの起源であると、広く見なされているものだ。

右ページ：グロリア・スコット号はバーク型帆船という種類の船で、マストを3本備えていて、後檣のトップスルがないことが昔からの特徴だった。

マスグレイヴ家の儀式書

初出:イギリスは《ストランド》1893年5月号／アメリカは1カ月後の同国版《ストランド》および《ハーパーズ・ウィークリー》1893年5月13日号
時代設定:1879年

この話も、ホームズがワトスンに一連の出来事を語るものだ。事件は、当時モンタギュー街に住んでいたホームズのところに、カレッジ時代からの知り合いであるレジナルド・マスグレイヴがやって来たことで始まる。マスグレイヴ家の使用人2人（メイドのレイチェル・ハウエルズと執事のリチャード・ブラントン）が、ハールストンにある屋敷からいなくなったというのだ。2人が失踪したのは、同家の秘密の書類を夜中に探っていたブラントンを見つけたマスグレイヴが、彼に解雇を言い渡した直後だった。その書類の中にあったのがマスグレイヴ家の儀式書で、「それはだれのものであったか?／去りし人のものなり」といった問答を含んだ、17世紀の判じ物だった。

ブラントンはこの儀式書に、なみなみならぬ興味をもっていた。彼は邸宅から出て行くまで1カ月の猶予が欲しいと、マスグレイヴに頼み込む。だが怒りに駆られたマスグレイヴが与えた猶予は、1週間だった。執事の姿が見えなくなったのはその数日後であり、ベッドは整えられたままで、持ち物は手付かずだった。以前に彼の恋人だったハウエルズは、問い詰められるとヒステリーの発作を起こしてしまい、彼女のことを見張るよう看護婦がつけられた。ところがハウエルズは、その看護婦が寝入った隙に、窓から急いで逃げてしまう。彼女の足跡をたどったところ、8フィートの深さがある池の端まで続いていた。池をさらっても死体は出てこなかったが、錆びて歪んだ金属のかたまりと、鈍い色の小石や色ガラスがたくさん詰まっただけの袋が出てきた。

〈マスグレイヴ家の儀式書〉のラテン語版。親しみを感じさせる姿のホームズが描かれている。バタード・シリコン・ディスパッチ・ボックス社刊。

ホームズは、マスグレイヴ本人が思っているほどつまらないものではないと考えた儀式書にこそ答えはあると、すぐさま判断した。その意味を解き明かしたホームズが進んでいった先には、身の毛もよだつような結末が待っていた。

221Bでの冒頭の場面には、室内の細かな点が書かれている。ホームズは煙草をペルシャ・スリッパに入れているし、未読の郵便物はジャックナイフでマントルピースに刺しており、さらにはボクサー弾を壁に撃ち込んで、「V.R」という愛国的な文字をつくっていた。辛抱強き者よ、汝の名はハドスンなり!

ライゲイトの大地主

初出:イギリスは《ストランド》1893年6月号／アメリカは1カ月後の同国版《ストランド》および《ハーパーズ・ウィークリー》1893年6月17日号

時代設定:1887年

　アメリカでは〈ライゲイトの謎(パズル)〉という題名で知られるこの話は、「オランダ領スマトラ会社にからんだモーペルテュイ男爵の大陰謀事件」に対する2カ月に及ぶ徹底的な捜査のせいで、ホームズの健康と精神が損なわれ気味だと説明するワトスンの場面で始まる。彼はホームズをフランスから連れ帰ると、サリー州ライゲイトでの静養を手配した。アフガニスタン従軍時の旧友である、ヘイター大佐の屋敷である。

　それでも残念ながら、安らかな休息というワトスンの計画は、またたく間に終わってしまう。最近この地域で謎の犯罪が起こったと、ホームズが知ったからだ。アクトン家に入った泥棒たちが、本1冊に燭台2つ、文鎮ひとつに晴雨計ひとつ、それに麻糸の玉ひとつといった雑多なものをもって逃げたという。その後ヘイターの執事から、地元のカニンガム邸で強盗があり、ウィリアム・カーワンという御者が心臓を撃ち抜かれて死んだと聞かされ、ホームズの興味はかきたてられる。捜査を担当しているのはフォレスター警部で、ウィリアムの手には破れたメモという鍵となる証拠が握られていたことが発見される。

　ホームズの助けを得ようというフォレスターの希望どおり、彼は筆跡学についての専門知識を用いて、先のメモについて驚くべき意見を述べた。アクトン家とカニンガム家とのあいだで長年続いている確執を意識した取り調べが行われたが、ホームズが行ったカニンガムとその息子のアレック(彼はウィリアムと泥棒との激しい格闘を目撃したと主張していた)との面会は、とりわけ有益だった。重要な証拠が損なわれないように、ホームズは演技の才能を駆使して、発作が起きたふりをする。彼はさらに、かつては偉大だったが今は才能の衰えが見られる人物、という印象まで2人に与えた。その後の悪党の追跡では、ワトスンの演技力まで活用されたのである。ホームズはこの件の落着直前に襲われたが、事件の興奮によってどんな休息よりも元気になったことは、はっきりしていた。

1890年代にロンドンの希少本ディーラーであるピーター・ハリントン・ブックス向けに、チェルシー製本所が再製本した『冒険』と『回想』。

背中の曲がった男

初出:イギリスは《ストランド》1893年7月号／アメリカは1カ月後の同国版《ストランド》および
《ハーパーズ・ウィークリー》1893年7月8日号
時代設定:1889年

　結婚してパディントンに住むワトスンに会いに行ったホームズは、いつものように奥さんを放っておくようにと言って、自分の捜査の最終段階に付き合わせた。オルダーショットに配属されていた、「ロイヤル・マロウズ連隊」(「ロイヤル・マンスターズ連隊」としている版もある)のジェイムズ・バークリ大佐が殺害され、疑惑の矛先が妻のナンシーに向けられているというのだ。

　ホームズは証拠について、ワトスンにありのままに説明した。主にマーフィー少佐と、バークリ家の使用人(同家は駐留地から離れた邸宅に住んでいた)から集めた証拠である。この夫婦の結びつきはほかの将校たちの中でも強いものと見られていたが、妻に対する夫の愛情のほうが、夫に対する妻の愛情よりも強いようだった。またバークリは、鬱状態の発作に不意に見舞われることがよくあったという。

　先の月曜日に、ナンシーは所属している慈善団体の会合に、隣人のミス・モリスンと一緒に出席した。会合は40分ほどで終わり、ナンシーはまもなく帰宅すると、朝食用の居間に紅茶をもってくるように言いつけた。程なくして、妻のいるところへ向かう大佐の姿を御者が見ているが、これが生きていた彼の最後の目撃談となった。

　紅茶を運んできたメイドは、部屋が中から鍵がかけられているのに気づき、言い争う大きな声を耳にした。ナンシーは「卑怯者!」と繰り返し、不思議なことに「デヴィッド」という名前

ダージリンは、ベンガル山中にあるイギリス軍の重要な駐屯地であるとともに、気候が比較的涼しいことから、夏季の行楽地として人気が高かった。

を口にしていた。対照的に大佐の言葉は聞き取れなかった。口論は、大佐の叫び声と大きく割れる音、そして耳をつんざくナンシーの悲鳴で終わりを迎えた。庭へ回った御者は、フランス窓から部屋の中へと足を踏み入れた。中では夫人が気を失っていて、大佐は殺されており、自分の血の中に突っ伏していた。顔は恐怖で歪み、明らかな凶器である棍棒がそばにあった。家にいる者で、その棍棒が被害者の武器コレクションにあったと認めた者はひとりもいなかった。警察と医者が呼ばれたが、そのときになってドアの鍵が見当たらないことが判明する。

　ホームズは翌朝に現場に到着した。鍵がなくなっていることから、第三者が存在していたと、彼は確信する。手がかりとなる足跡をいくつか見つけたが、そこには「なじみのある動物」ではないものも含まれていた。ホームズはナンシーが危ない状況にあると強調して、ミス・モリスンに今回の出来事について何かヒントはないかと促す。ホームズはすぐさまこの件に終止符を打ち、その過程でセポイの乱の直後の隠された事件について知ったのだった。

　この話は、ホームズが「初歩的なことさ(エレメンタリー)」という単語を口にしたことでも知られている。ただし、「初歩的なことだよ、ワトスン君!」とは言っていない。

ホームズと私　　ダグラス・ウィルマー

　ダグラス・ウィルマーは1950年代に映画やテレビで活躍して有名になり、1964年から1965年にかけて、『BBC版　シャーロック・ホームズ』でホームズを演じた。ワトスン役はナイジェル・ストックだった。ウィルマーの演技は、熱心なホームズファンのあいだでもかなりの高評価を得ている。

ホームズを演じることになった経緯は？

　この役を得たのは、私がテレビ俳優として、まあまあ名前が知られていたからだった——当時は、かなり出すぎていたと思う。この顔つきとかなり鋭い声の調子から、法廷弁護士などの役をたくさんやっていたんだ。ホームズ役と言われたときは、あまり驚きはなかったね。私の顔が、《ストランド》のシドニー・パジェットのイラストによく似ていると思われたらしかったんだ。何を基準としたのかはわからないがね。ホームズはイラストごとに違って見えるし、そのどれもコナン・ドイル自身の描写とは合っていないと思うんだ。

　それまでホームズを演じたことはなかったが、ホームズ物語を初めて読んだとき——俳優として初めての仕事をしたころという、かなり遅い時期だったが——いつかは演じたいと思ったね。俳優としては、自分がもっている部分をつねに役に反映させないといけない。個性や癖というかたちで。でもホームズの場合は、キャラクターとして完全に真実味があった。実在する人物みたいだった。もちろん言うまでもなく、物語が書かれると、この登場人物は実在すると読者は見なしたり、何とかそう思い込もうとするものだがね。

　私がいちばん好きな話は、一般には人気の高いものでないと思う。実はチャールズ・オーガスタス・ミルヴァートンの話なんだ。恐喝王のね。話はまるまる、ドイルが義弟の作家ホーナングからちゃっかり拝借したもので、怪盗ラフルズの要素もかなり強く入っている。始まり、真ん中、終わりがきちんとあって、形よく整っていると私には思える。演じていていちばん楽しめたのは、間違いなくこれだったね。

撮影はどのように進みましたか？

　大変なことばかりだったよ。このドラマシリーズの第1話はパイロット版で、*Great Detectives* というようなタイトルだったと思う。いいものができたらシリーズ化しよう、という程度のものだっ

ダグラス・ウィルマーはBBCテレビ版の13話でホームズを演じた。彼の演技はホームズの心理的深みを探究したものとして、賞賛されている。

た。そのあとでBBCが〈まだらの紐〉を思いついて、私に演じるように言ってきた。それで充分にいいものができたから、シリーズ化が決まったわけだ。脚本を書いたのはジャイルズ・クーパーで、とてもいい出来だった。監督もロビン・ミッドグレイというすばらしい人だったが、使われることは二度となかった。監督は6、7人にもなり、常にまとまりがなかった。一貫したスタイルで、まとまりをもたせるには、全体をきちんと引っ張っていかなければならないのに。脚本家は監督が多いと、余計に難しくなるんだ。

　脚本家もたくさんいた。すばらしい人から、まったくひどい人までね。ひとり目がジャイルズ・クーパーで、彼は前者に入るが、そのために働き過ぎて、仕事の質がやや落ちてしまった。しまいにはボロボロになり、50分ものの〈悪魔の足〉の台本が20分にも満たないものになる始末だった。そしてある晩、彼はギャリック・クラブで夕食を済ませると、ブライトン行きの列車に乗り、スピードが上がったところで列車から飛び降りた。彼の脚本家人生も、そこで終わりを迎えたわけだ。書く前に列車から飛び降りたほうがいいような脚本家なんて、ほかにいるのにね。私が原作と照らし合わせて台本に取り組むようになると、目に余るほどの矛盾に気づいた。それを正そうと、できるだけのことはやったよ。いつもうまくできたわけじゃないが。いくつかは書き直しに携わって、気づいたら夜中の2時ということもあった。しかも、その内容も覚えなきゃならなかったんだ！

　自分で重要だと思っていた部分が抜け落ちたり見落とされたりしていたら、その部分を正すために、その役を演じるほかの俳優の演技を見た、過去の経験を生かすようにしている。そういったもののひとつが、コカインの常習癖だった。今ならオーケーだが当時は許されなかったので、残念だった。キャラクターに興味深い一面を与えられるものだったからね。

　私の演技には思いやりが欠けていると文句を言われるんだが、思いやりをもつことを目指しているんじゃないんだ。私はホームズのことを思いやりのある人物とは、これっぽっちも思っていないんだから。彼と部屋をシェアするはめになったら、大変だっただろうね。彼に関しては、クリケットのキャプテンのように演じる傾向があったと思うが、私は彼のことをそのようにも、ヴィクトリア朝の家長のようにも見ていない。はるかに複雑な人物で、気分の変動も激しい人物と見ているんだ。おそらく躁鬱病だね。こういった部分が大いに見過ごされていると思ったから、台本が許す限りは、それを見せようとした。

ワトスン役のナイジェル・ストックについては、いかがでしたか？

　彼はすばらしい役者で、道化役だったナイジェル・ブルースより、相当に上手だったと思う。ストックこそ、実在の人間だよ。彼は喜劇風に演じることがよくあったんだが、自分の役の気分を高めるためには必要だったんだと思う。でもやり過ぎたことは一度もなかった。実にみごとなワトスンだったと思うよ。見た目も声も完璧で、性格もとてもちゃんとしていたから、台本のことでは、

しょっちゅう相談に乗ってもらっていた。

あなたのあとに出てきたホームズ役者で、気に入っている人はいますか?

『シャーロック・ホームズの冒険』のロバート・スティーヴンスは、とてもよかったと思う。完全にパスティーシュなのは言うまでもないが、それでいて説得力があった。それから、初めのころのジェレミー・ブレットには大いに感心した。彼の演技はとても期待できそうだと思ったし、興味深かった。影の面もうまく見せていたしね。私を参考にしたかどうかはわからないが。彼はある晩、私のところへ食事に来たことがあるんだ。彼がこの役を演じる20年も前のことだよ。彼は感情もあらわに、私の演技をとても褒めてくれてね。本当にすばらしいと言ってくれたから、もし本人の言うとおりだったら、ある程度は私の演技も取り入れたはずだ。知らず知らずのうちでもね。しかも彼には、とてもいいワトスンがいた。実はデヴィッド・バークは、このBBCのシリーズの〈緑柱石の宝冠〉では、悪役を演じたんだよ。

後半のブレットの演技はよくないものだった。いろいろ精神的な問題を抱えていたし、治療のせいでいら立つことも多く、これは実に不運なことだった。大げさな演技をするようになったあたりから、自暴自棄だと思ったね。本当に惜しいことだよ。彼は大げさにやり過ぎていた。最初は本当にすばらしいと思ったんだがね。

［訳者付記:ダグラス・ウィルマーは2016年3月31日に亡くなった。］

ベイカー街のパーク・プラザ・シャーロック・ホームズ・ホテルにあるオリジナル作品。この謎めいた人物は、ワトスンともモリアーティとも言われている（アンドレア・バーン画）。

都会のホームズと田舎のホームズ

「ワトスン、経験上確信をもって言うけどね、ロンドンのどんなにいかがわしい薄汚れた裏町よりも、むしろ、のどかで美しく見える田園のほうが、はるかに恐ろしい犯罪を生み出しているんだ」　　　　　　　　　　〈ぶな屋敷〉

シャーロック・ホームズの心の奥底には、奇妙な意見の対立がある。普通の人にこの名探偵の特徴を挙げてもらうと、曲がったパイプにコートと鹿撃ち帽という人物になるだろう。同じ人に、ホームズがいつもいる場所はどこかと尋ねたら、ガス灯で照らされた（おそらく濃霧に包まれた状態の）ヴィクトリア朝ロンドンの街中という答えが返ってくるはずだ。基本的に都会の人間であり、田舎へはいつもと違う服装で一日出かけるだけだと。だが実際のところ、ホームズが都会の紳士なのか地方の名士なのかは、完全にはっきりしているわけではないのである。

ホームズは、地方の名士を祖先にもつと見なされており、サセックス丘陵の田園地帯で生涯を終えた。だが、仕事の大部分で住まいとしたのは、ロンドンだった。正典におけるロンドンに対する意見はほとんどがワトスンによるもので、大都市ではしょっちゅう疲れを覚えるとほのめかされている。ただ、自身の好みを除けば、ホームズと同様ワトスンにも、ロンドンに住む差し迫った理由はひとつもないのだ。〈緋色の研究〉でワトスンは、自分の意志とは無関係な力で引き寄せられるように、ロンドンに吸い寄せられていったのも当然と述べている。この初期の時代においても、ロンドンに対する彼の姿勢は相反している。「大英帝国であらゆる無為徒食のやからが押し流されてゆく先、あの巨大な汚水溜めのような大都市ロンドン」と言っているのだから。自身がこの無為徒食のやからに入っているのかは定かでないが、ホームズと出会う以前のワトスンは、軍隊からのわずかな年金を取り崩して、アルコールや賭博に費やしていたようである。

この都市が、自分を見失うことのできる場所だったのは間違いない（アフガニスタンから帰還した数週間から数カ月間は、これこそワトスンがしたかったことかもしれないのだ）。〈緋色の研究〉の中でジェファースン・ホープは、「このロンドンくらい道がややこしいところはありません」と言っている。ワトスンは〈赤毛組合〉で「ガス灯に照らされた果てしない迷宮のような街並み」とロンドンを表現しているが、一方〈四つの署名〉では、「小雨のような濃い霧」、ストランドの「じっとり湿った外気」、ショーウインドウの照明も「ぼんやりとした光になってうつろう」と、かなり恐ろしげな調子で「ロンドンの大都会」について記している。「顔の行列が果てしなく続くさまに、亡者のような薄気味悪さが感じられる」とのことだ。

〈唇のねじれた男〉における、アヘン窟だらけのロンドン橋付近の貧しい川岸についてのワトスンの描写でも、悪い予感がする場所という点がほのめかされている。「黒ずんだ川の水がゆっ

たりと流れて」いて、「モルタルとレンガの家がたち並び」、「汚らしい」路地があるのだ。ホームズも建物のひとつの裏にある落とし戸について、「その落とし戸に口がきけたら、月のない晩に今までどんなものが自分を通り抜けていったか、奇怪な話を聞かせてくれるだろうよ」と述べている。確かにこの時代のロンドンは、大多数の市民にとっては住みやすいところではなかった。人口は19世紀のあいだに200万人ほどから450万人にまで増えた。ところが1880年代は、そのうちの3分の1以上が貧しい生活を送っていたのである。チャールズ・ブースは、1886年から1902年にかけて行った調査をまとめた *Life and LaBour of the People in London*（ロンドン市民の生活と労働）の中で、「イースト・エンドには、慢性的な困窮状態で暮らしている人が1万人いる……その半数の人たちは、生きるか死ぬか、ぎりぎりのところにいるのだ」と記している。それでも、ワトスンの言葉だけを考えるなら、選択肢をもつ人間がこの都市に住み続けるというのは、理解に苦しむところだ。ホームズとワトスンがロンドンを離れなかった理由とは、何だったのであろうか。

　この都市に対するホームズの見立ては、どんな欠点も補って余りある、尽きない魅力があるというものだ。サミュエル・ジョンスンの有名な言葉に、「ロンドンに飽きた人は、人生に飽きた人のことである」というものがあるが、これがこの探偵自身の考えと一致しているようである。〈六つのナポレオン像〉の中でワトスンは、ロンドンにはさまざまな人生があることを伝えている。「流行のロンドン、ホテルのロンドン、劇場のロンドン、文学のロンドン、商業のロンドン、そして海運のロンドン。わたしたちは次々とロンドンのいくとおりもの顔を見たあげく、安アパートがひしめき、ヨーロッパの流れ者たちのにおいが濃い、川べりの人口十万ほどの街に来た」。ホームズほどの忙しい人には、楽しませてくれるものがたくさんあるというわけだ。

　ワトスンは〈入院患者〉［版によっては〈ボール箱〉］の中で、「ホームズときたら、田園だろうが海だろうが、これっぽっちも関心のない男だ……情報網をはりめぐらせ、ロンドン五百万市民のど真ん中に陣取っていたいのである」と説明している。彼の心に最も訴えかけたのは、その巨大な社会的複雑性（さらには、犯罪を招く関連する可能性）のようだった。「あのころのロンドンは、高度な犯罪社会を科学的に研究するには、ヨーロッパのどこの首都よりもうってつけの都市だった」と、ホームズは〈ノーウッドの建築業者〉でも述べている。この発言にはロンドンに関するかなりの真実が含まれている。ロンドンは人口の急増と併せて、間違いなく犯罪の温床になっていたのだ。1854年（ホームズが探偵として活躍する数年前）に発行された《エクレクティック・レヴュー》には、「大都市での人口の集中に、ある種の犯罪の発展や急増が伴うことは、もはや論じるまでもない」とある。ただ、世紀が進むにつれてロンドンの問題が悪化の一途をたどっただけ——ホームズ物語や報道価値のある切り裂きジャック事件によって間違いなく強まった印象——

というのは誤りだ。実際の犯罪率は世紀の半ばにピークに達したのち、後半は下降している。それでも、ホームズの手を煩わせるような悪質な行為はあり余るほどあった。〈花婿の正体〉でホームズがワトスンに呼びかけた場面ほど、叙情的なものは珍しい。「もし、ぼくらがあの窓から手をつないで抜け出し、この大都市の空を飛び回って……のぞけるとしたら、どうだろう。その下でいろいろと起きている……奇異な結果を生み出すのを見れば、月並みな筋と見えすいた結末の小説なんか、まったく陳腐な、つまらんものに思えるだろうね」

　だが、都市の景観を異なる角度から見ているように、ホームズとワトスンは田園に関しても著しく対照的な見方をしている。予想がつくかもしれないが、ワトスンは田舎の静けさが得られるのなら、暗いロンドンを抜け出すチャンスは何があっても逃さないのだった。彼は〈美しき自転車乗り〉において、「ロンドンの陰気で単調な灰色の風景を見慣れた目に、燃えるようにハリエニシダが咲き乱れるいちめんのヒースの原の田園風景がいっそう美しく映る」と記している。戸外の散歩を充分に楽しんだこの医者が、たっぷりの食事と何か赤い飲み物を求めて古い宿屋に立ち寄るというのは、想像に難くない。

　一方でホームズのほうは、田園をかなり怪しげなものと見なしていた。ぶな屋敷へ向かう際の列車内でのワトスンに対する以下の発言は、たいへん教訓的である。「ぞっとするような悪事が密かに積み重ねられていたって不思議はないくらいだ。しかも、そのまま発覚せずにすんでしまうのさ」。家と家が広く離れている空間は、都会にうんざりした者には魅力的に映るかもしれないが、ホームズは「犯罪にはもってこいの舞台」と考えている。さらには、「都会では世間の目というものがあって、法律の手の届かないところを補ってくれる」と都会に人が集まることで——楽観的な面もあるかもしれないが——ある程度の自己統制が働くとまで主張しているのだ。

　危険なことが今にも起こりそうというこの感覚は、犯罪を解決することが好きな人間にとっては、当然ながら魅力的である。〈バスカヴィル家の犬〉において、「黒々と陰気なムアがどこまでも弧を描き、ところどころに不吉なぎざぎざの丘が突き出している」、人里離れた土地での滞在を大いに楽しんでいるホームズの姿というのは、想像がつく。同様に〈悪魔の足〉でも、ホームズが「この土地の謎めいた魅力」により、荒れ地で長時間過ごしていたと、ワトスンは記している。さらには、田園地方はホームズにとって、職業上で最も実り多き場所となった。携わった数多くの事件のおかげで、ロンドンを離れて赴くことができたからである。

　それでも、ホームズにいちばん合っていたのはロンドンだった。田園地方の広大さ（および、彼にとって難事件の多くの発生を可能とした、家と家が離れている空間）は、ひとりの人間が完全に支配できるものではない。それにひきかえロンドンは、ホームズの知性に難題を与えるほど複雑だが、地理的にはコンパクトに収まっていたため、彼の分析プロセスの支配下におくこ

 とが可能だったのだ。たとえばワトスンが〈空き家の冒険〉に記しているように、「ホームズはロンドンの裏道を知り抜いている」のである。これは別のところにも書いたが、ホームズの推理手法は予想される物事の条理に欠陥を見つけ出し、その欠陥を調べて事件を解くことに最も適している。そういった欠陥は必然的に、密集した都会の環境ではより見つけやすいのだ。

　田園地方へと引退し、養蜂に情熱を注ぐホームズの姿は、結局のところは彼の一族による地方の伝統に流されたということになるのかもしれない。ただ彼は〈最後の挨拶〉の中で、自身の労作『養蜂実用ハンドブック』について、「夜は考えにふけり、昼はというと、かつてロンドンの犯罪世界を観察していたように、せっせと働く小さな蜂どもを観察して労働にいそしんだ」と述べている。晩年の環境がどのようなものだったにせよ、彼の関心が向けられていたのは、大都市によく似た社会的組織の研究だったのだ。最後に、〈ブルース・パーティントン型設計書〉のホームズの言葉を挙げておこう。「泥棒だろうと人殺しだろうと、こんな日にこそ人知れず襲いかかれるはずだ。犠牲者にしか姿を見られないジャングルの虎さながらに、ロンドンをのし歩けるんじゃないか」。この名探偵にふさわしい場所は、ロンドンのほかには考えられないであろう。

入院患者

初出:イギリスは《ストランド》1893年8月号／アメリカは1カ月後の同国版《ストランド》および
《ハーパーズ・ウィークリー》1893年8月12日号
時代設定:1887年

　この話は多くの版で、ホームズが「読心術」を試みている〈ボール箱〉の場面から始まる。コナン・ドイルが〈ボール箱〉について、あまりにショッキングな内容で単行本に載せられないと判断したため、こちらの話に加えられたと言われている。

　この事件を持ち込んだのは、才能はあるが金はない開業医のパーシー・トレヴェリアン博士である。だが金がないというのも、ブレッシントンという人物が現れて、トレヴェリアンをブルック街で開業させてくれるまでのことだった。お返しにブレッシントンは、医師の収入の75パーセントと、彼自身が健康を害していたため、同地に入院して治療してもらうという恩恵を受けることになったのである。

　この取り決めは両者にとって一、二年間は満足のいくものだったが、最近になってトレヴェリアンは、ブレッシントンに変化が見られることに気づいた。ブレッシントンはウェスト・エンドで起きた強盗事件を知るやひどく興奮して、何日も機嫌が悪かったのだ。時間がたつにつれて、うわべは正常に戻ってきているように見受けられた。やがてトレヴェリアンは新しい患者を受け入れる。強硬症(カタレプシー)の発作を患っているロシアの貴族だった。この貴族は息子を伴って診察に現れ、トレヴェリアンが診察を行うあいだ、息子は待合室に残っていた。ブレッシントンはいつもの夕方の散歩に出ていた。すると診察の途中で、この貴族が発作を起こした。トレヴェリアンが亜硝酸アミルを取りに出たところ、戻ったときには患者も息子も姿を消していたのである。

　この2人は、ブレッシントンが出かけている翌日の晩に戻ってきた。息子のほうが前日のことについて、父親が診察室から出てきたので、診察は終わったものと思ったという。それがあとになって、どうも何かおかしいと気づいたのだった。トレヴェリアンはふたたび診察を行い、ロシア人親子は帰っていく。その後、ブレッシントンが戻ってきたが、部屋に足跡があるのに気づくと、彼は恐慌をきたした。その足跡は貴族の息子のものとしか考えられなかったが、盗まれたりしたものは何もないようだった。そしてこの段階で、ホームズにお呼びがかかったのである。

　ホームズとワトスン、それにトレヴェリアンがブルック街へ赴くと、銃を手に警戒するブレッシントンに迎えられた。彼はようやく落ち着くと、ロシア人の素性についてはわからないが、自分が部屋に置いている大金が狙いなのではと、ホームズに話す。ホームズはブレッシントンがうそをついていると考えて、この事件から手を引くことにした。すると翌朝、知らせが飛び込んできた。ブレッシントンが寝室で首を吊ったのである。

　スコットランド・ヤードのラナー警部は自殺と見ていたが、事実は異なると、ホームズは確信していた。葉巻の吸い殻と足跡、それに過去の事件の記録を調べたホームズは、この難問を解き明かしていく。

左ページ:メイフェアのグロヴナー広場から始まる、栄えていたブルック街の1875年の様子。正典に登場するクラリッジ・ホテルがある。

ギリシャ語通訳

初出:イギリスは《ストランド》1893年9月号／アメリカは1カ月後の同国版《ストランド》および
《ハーパーズ・ウィークリー》1893年9月16日号
時代設定:1888年

　この話は、恰幅がよくて知性に優れている、シャーロック・ホームズの兄マイクロフトが登場することで、最も知られている。ホームズはワトスンを連れて、ペルメル街にあるディオゲネス・クラブへ赴いた。マイクロフトが会員になっている、変わり者たちのクラブだ。マイクロフトが自分のアパートの隣人でギリシャ語の通訳をしているメラス氏を呼びだすと、その彼は奇妙な話を一同に語った。

　彼は2日前に、ハロルド・ラティマーという人物の訪問を受けた。急ぎの通訳の仕事があるので、ケンジントンにある家まで一緒に来てほしいという。待たせてあった辻馬車へせかすように乗せられたメラスは、窓が覆われていることに気づいた。するとラティマーが、明らかに脅す目的で、棍棒を取り出した。目的地の場所を知られるわけにはいかないが、この件に関して沈黙を約束するなら、迷惑料は払うという。黙っていないと、面倒なことになるとのことだった。

　馬車に2時間以上揺られたのち、薄暗い大きな地所にたどり着いた。メラスが通された部屋には、神経質そうでにやにや笑う人物がいた（のちにウイルスン・ケンプと判明する）。別の男も連れてこられたが、やつれていて、ひどい扱いを受けながらも、意志の強さが感じられた。この人物はギリシャ人のパウロス・クラティデスとわかった。誘拐犯らはメラスに仲介役をさせて、クラティデスに書類に署名させようとしていたのだ。

　署名はしないと言って、クラティデスは譲らなかった。彼とメラスは「正式な」交渉の合間に、ほかの情報もやり取りした結果、クラティデスがアテネの出身で、ロンドンに来て3週間になるが、飢え死にさせられそうだとわかった。ところがそこにソフィという女性が現れて、全部の話は聞けなかった。クラティデスの姿を目にしてショックを受けたソフィは、彼のことをパウロスと呼び、2人は抱き合ったものの、すぐに引き離されてしまった。

　馬車へと戻されたメラスは5ソヴリンを渡されて、口をつぐんでいるように言われる。そして、家から遠く離れたところで降ろされた。メラスは翌日、今回の件をマイクロフトと警察に話した。《デイリー・ニューズ》に載せた、パウロスとソフィに関する情報を求める広告には、ベクナムのマートルズ荘にいるダヴェンポート氏から反応があった。ホームズ、マイクロフト、ワトスン、それにグレグスン警部がダヴェンポートに話を聞きに行ったが、その途中でメラスがにやにや笑いの男に連れ去られたことがわかる。

　マートルズ荘に向かったホームズ一行だったが、そこはクラティデスが監禁されていた場所だった。ホームズは残念そうに、「鳥は飛び立って、巣は空っぽってことかな」と口にする。それでも、最悪の事態には間に合った。この話の結末は、正典の中でもあまり満足のいくものではない。ワトスン自身も、こう記している。「謎に包まれたまま説明のつかないところも残る」

海軍条約文書

初出：イギリスは《ストランド》1893年10〜11月号／アメリカは1カ月後の同国版《ストランド》および
《ハーパーズ・ウィークリー》1893年10月14〜21日号
時代設定：1889年

正典にある短篇では最も長い話であり、この話の11年後に発表される〈第二のしみ〉についても言及されている。

話は、ワトスンが学友だったパーシー・"おたまじゃくし"・フェルプスから手紙をもらったところから始まる。彼は外務省勤めで（伯父のホールドハースト卿の縁故採用による）、ウォーキングのブライアブレイ邸に住んでいるが、2カ月前にきわめて重要な海軍条約を書き写す仕事をまかせられた。ところが、それが盗まれたのだ。

役所の事務官室で遅くまで書類を書き写していたパーシーは、義理の兄弟になる予定のジョゼフがロンドンに出てきているので落ち合おうと思っていた。便利屋（コミッショネア）を呼んで（事務官室に2つある入り口の一方で警護についていた）、コーヒーを頼んだが、その注文を受けに来たのは便利屋の妻だった。しばらくたってもコーヒーが届けられないので、パーシーが確認に行く。すると、便利屋は自分の持ち場で居眠りしており、近くではやかんの湯が沸いていた。その瞬間、パーシーの事務官室の呼び鈴が鳴らされて、彼はパニックに襲われる。部屋まで駆け上がったところ、条約文書は消えていて、犯人の形跡もないのだった。

泥棒は使用人用の裏口から出て行ったと考えられ、ちょうどそのころ建物から出て行くところを目撃された便利屋の妻が、主要な容疑者となった。ほかに考えられる容疑者としては、便利屋のほかに、パーシーの同僚で信頼できると思われるチャールズ・ゴローがいた。だが警察の当初の取り調べでは、誰の関与もつかめなかった。パーシーはウォーキングへ戻ると、ストレスによる「脳熱」で病床についてしまう。

彼の看病は婚約者のアニー・ハリスンがずっとつとめた。パーシーが寝ている部屋は、通常は彼女の兄のジョゼフが使っている部屋だった。その家で、ホームズとワトスンを最初に出迎えたのがジョゼフである。パーシーに話を聞いたあとで、ホームズはこの事件に関していくつかの興味深い点に気づいた。雨の夜だったのに、なぜ現場に足跡がなかったのか？　呼び鈴の奇妙な使われ方が意味するものとは？　それに見たところ、なぜ条約文書は国際市場に出てきていないのだろう？　内容はまもなく公表されることになっており、そうなると闇市場での価値はぐんと下がるのだった。

ホールドハースト卿との面会で、書類に関する彼と甥の会話は誰も耳にできなかったであろうと、ホームズは確信する。一方、ブライアブレイ邸では押し込み未遂事件があり、狙われたのはパーシーの部屋だった。幸いにも、パーシーが侵入者を窓のところで驚かせたため、相手は入ってくることができなかった。ホームズは自分の理論を確立すると、犯人に対してある計略を練る。

最後の事件

初出：イギリスは《ストランド》1893年12月号／アメリカはクリスマス号の同国版《ストランド》および《マクルーアズ》1893年12月号ほか

時代設定：1891年

　本来はこの話でホームズ物語は最後となる予定だった。またこの話には、「犯罪界のナポレオン」ことモリアーティ教授が初めて登場する。

　ある夜、ホームズがワトスンのもとを訪れる。これまでになくやつれているようで、診療所が空気銃によって襲撃されるかもしれないと、神経質になっていた。その日だけで、ホームズの命を狙った攻撃が3度もあったというのである。攻撃を企てた一味を率いているのがモリアーティで、この怪しい人物を排除することこそ、犯罪と闘うみずからのキャリアの集大成になるだろうと、ホームズも感じていた。

　ホームズの話では、この教授とその仲間を数カ月にわたって追っていたが、全員を司法の手に引き渡すところまではいかなかったという。その一方でモリアーティには、ホームズの生涯において最も手強い相手になるだけの知性が備わっていると認めていた。ホームズによる仕事の邪魔立てに飽き飽きした教授は、すでにホームズのもとを個人的に訪れていて、追跡を続けた場合の危険性について警告してきたという。

　ホームズはワトスンに、一緒に大陸へ渡ってほしいと頼んだ（またしてもワトスン夫人の忍耐力が試されているのは間違いない）。ホームズは翌朝にヴィクトリア駅でこっそり落ち合う計画を立てると、裏の塀を乗り越えていった（モリアーティの仲間に気づかれないために）。そして翌日、一等客車に乗り込んだワトスンが、友人が現れるのを今か今かと待っていたところ、ホームズは最高の変装をして、面目を施したのである。

　あらゆる予防措置を講じてはいたものの、列車が出発したところで、ホームズはモリアーティの姿をプラットフォームに見つける。前夜に221Bに火がつけられたことを、ホームズは明かした。2人は教授を出し抜くべく、カンタベリで乗り換えたのち、ニューヘイヴンへ行くことにする。大陸へ渡ったところ、首謀者を除く一味の大半が検挙されたという知らせが伝わってきた。どこまでも忠実なワトスンは、安全な家に帰るという選択肢は拒んだのである。

　ローヌ渓谷を散策して1週間を楽しく過ごした2人は、スイスのマイリンゲンにたどり着くと、近くのライヘンバッハの滝へ行くことにした。だがこの旅は、具合の悪い英国人女性がいるので、ワトスンにホテルへ戻って手当してもらいたいという使いにより中断する。ホームズはひとりで旅を続けることにするが、探偵小説史上最高の対決で、話に幕が下りるのである。

右ページ：シドニー・パジェットによる、劇的な「最後の場面」。世界最高の探偵と最強の敵が、ライヘンバッハの滝へ落ちていくことになる。

文学的系譜

「科学的にでなくひたすら興味という面でものごとを見るきみの癖は、困りものだよ。本来なら学ぶべきところのある、古典的でさえあるはずの謎解きが、いくつもそれでだいなしになった」　　　　　　　　　　　　〈アビィ屋敷〉

あらゆる探偵小説の中で、シャーロック・ホームズが最も有名な創作物であることは間違いないものの、彼は探偵の嚆矢ではなかったし、多くの人が論じているように、同ジャンルの黄金時代に登場したわけでもなかった。1887年に〈緋色の研究〉で登場して、わずかな宣伝とほどほどの売り上げだったホームズのその後について、予測できた人はほとんどいなかった。《コーンヒル・マガジン》の編集長ジェイムズ・ペインは、コナン・ドイルの初期の作品について、「安物犯罪小説」と非難している。

それでもホームズは、《ストランド》に登場するや、一夜にして社会現象となったのだった。ホームズ以前の探偵小説はきわめて評価が低く、扇情的で低級と見なされていた。それが、ホームズの登場以降はまったく新たな尊敬を勝ち取り、想像力あふれる優れた作家たちは、渇望が収まらない消費市場を満足させようとしたのである。昔ながらの殺人ミステリーにはある程度のスノッブさは残っていたかもしれないが、21世紀の初めには、上質な探偵小説はほかのどの文学形式と変わらないほど本物で価値があると、ようやく見なされたのだった。それに何よりも、概して売り上げがよかったのである。それでは、作者でさえあまり賢くない読者に向けたものと考えていたホームズ物語が、ジャンル全体の評価を変えることにどのように貢献したのだろうか？

1747年、ヴォルテールがホームズの原型ともいうべき論理的推理をする人物を、『ザディーグ』で登場させた。ただ、ザディーグの手法は自然に発生したことを観察して、理論的な話を展開するというものであり、発見する対象となったのは犯罪に関するものではなく、哲学的なものだった。体系的な警察活動は19世紀まではほとんどなかったため、着想をもたらすような刑事もいなければ、探偵小説なるものも存在していなかった。犯罪小説とは、残虐な描写と本物の罪人の生（および死）を、凝りすぎた文体で語るものに限られていたのである。そのような散文の代表が、ニューゲイト監獄の看守によって毎月出されていた、ロンドンの『ニューゲイト・カレンダー』だった。これが、前世紀の罪人から選んだ人物の経歴を形を変えて語るという、1820〜1840年代の"ニューゲイト小説"のヒントとなったのである。

ホームズの先駆者を明らかにするには、ヨーロッパ大陸に目を向ける必要がある。1828年（スコットランド・ヤード創設の前年）に回想録を出版したウジェーヌ・フランソワ・ヴィドックが、その人だ。実在の人物であるヴィドックは、若いころは悪人だった。進退窮まった末に警察の

左ページ：1900年、ブルームフォンテーンの野営地で机に向かって書き物をするコナン・ドイル。第二次ボーア戦争では、同地の野戦病院の軍医として従軍した。

元々の『ニューゲイト・カレンダー』は、この絵のニューゲイト監獄で執行された刑を月ごとに表にしたものだった。それが当時の悪名高き罪人たちに関する、恐ろしい記録となった。

情報提供者になり、やがては捜査官になって、犯罪捜査局のトップにまでのぼりつめたのである。さらに彼は、世界初となる私立探偵社も設立した。自己アピールにつとめ、劇的な話を作り出すことに長けていたため、彼の回想録は明らかに作り話めいていた。彼が後に「解決した」といういくつかの犯罪については彼自身が犯人とまで言われた。それでも彼はいくつもの点で、ホームズの原型と言えるだろう。

犯罪現場を詳細に調べる重要性をすぐさま認識したヴィドックは、弾道の特性や石膏で足跡の型を取ることを含む、科学捜査の要素をいくつか利用した。きわめて詳細な犯罪記録もつけ（ホームズによる索引付けを前もって示すもの）、変装も多用した。これが、みずからの独創力を用いて犯罪を解決しようとした探偵であり、利用できる最も近代的な科学的方法を巧妙に使ってデータを集めて手がかりをより分けて、罪人を法の裁きにかけたのである。ヴィドックは、ヴィクトル・ユーゴーの『レ・ミゼラブル』のジャン・ヴァルジャンとジャヴェール警部双方のヒントになっており、探偵小説の二大巨頭にも明らかに影響を及ぼした。エドガー・アラン・ポーとエミール・ガボリオである。

ポーが作りだしたのがパリ在住のアマチュア探偵で、最初の架空の「名」探偵と言ってほぼ間違いない、C・オーギュスト・デュパンだ。デュパンは1841年から1844年のあいだに、3本の話に登場している。『モルグ街の殺人』、『マリー・ロジェの謎』、『盗まれた手紙』だ。論理的な推理と一見些細な点を検討することで一連の出来事を再現して、謎を解くのである。彼こそ思

考機械の原型であり、完璧にはかなり程遠かったため、ホームズよりも感情面では魅力的だった。

コナン・ドイルによる物語では、デュパンの手法のみならず、その調子も模倣されている。以下に、名を伏せたデュパンの友人の語り手による、『盗まれた手紙』の冒頭部分を例に挙げる。

> ……わたしはわが友C・オーギュスト・デュパンの住むサン・ジェルマン郊外はデュノー街三十三番地の四階奥にある小さな書斎というか書庫の中にいて、彼とともに、瞑想にふけりながら海泡石製のパイプをふかすという二重のぜいたくに酔いしれていた。少なくともたっぷり一時間は、ふたりとも黙りこくっていたろうか。その間というもの、誰かが何の気なしにわれわれを見かけたとしたら、部屋いちめんにもうもうと煙草のけむりを繰り出すことにばかり、かまけているかのように映ったことだろう。［「盗まれた手紙」（『モルグ街の殺人・黄金虫』（2009年、新潮社、巽孝之訳）］

名前と場所を変えれば、これは221Bで新たな事件を待つホームズとワトスンの姿だと思っても、無理はないだろう。コナン・ドイルは賞賛の気持ちをいっさい隠さず、手紙の中でも「ムッシュ・デュパンのみごとな話」と記して、ポーのことを「史上最高に独創的な短篇小説家」と評している。デュパンの名は〈緋色の研究〉においても、かなりからかい気味に言及されている。ワトスンがホームズはデュパンのことを思い起こさせると言うと、ホームズは「僕に言わせればデュパンはずっと落ちるね」と、しっかりと意見を述べているのだ。

フランスの大御所たちによる推理の伝統を引き継いで、アレクサンドル・デュマは1847年から1850年にかけて出版された『ブラジュロンヌ子爵』［『ダルタニャン物語』の第三部に相当］において、ダルタニャンに腕前を発揮させている。最近あった果たし合いの裏話を暴くように王から言い渡されたダルタニャンは、対決の場面を調べた末に、デュパン自身がうらやみそうな完璧な物語に到達するのだ。続いて1866年にエミール・ガボリオが発表したのが『ルルージュ事件』で、タバレ老人が登場する。ただ、より人気を博したのは、タバレの弟子で、ガボリオによるその後の小説シリーズで主役となるルコックだった。ヴィドックに多くを負っているルコックは、このジャンルでは数十年にわたってスーパースターだった。推理力の点ではホームズの先駆者とはならないが、正規の警察を軽蔑する姿勢は共通しており、構成面ではコナン・ドイルに確実に影響を及ぼしている。事実、コナン・ドイルは「筋をうまくつなぎ合わせている」と、賞賛の言葉を口にしている。〈緋色の研究〉と〈恐怖の谷〉は特にガボリオのひな型に沿ったもので、前半部分で推理を行い、後半部分ではその犯罪が行われるに至った経緯を説明する背景が取り上げられているのだ。

英国の状況は多少の遅れを取っていた。1830年代のエドワード・ブルワー＝リットンやハリスン・エインズワースの美文体に象徴されるような、犯罪者による陰惨な話を好む傾向がまだあったのである。安っぽくてけばけばしい、連続ものの「扇情小説」の影響は、この世紀にずっと

優れた作家であるエドガー・アラン・ポーが作りだしたC・オーギュスト・デュパンは、最初の架空の名探偵と広く認められている。

1860年の『白衣の女』と1868年の『月長石』により、ウィルキー・コリンズは英国の推理小説を発展させることに貢献した。

続いていた。事実ヘンリー・バスカヴィルも、「わたしは、いきなり三文小説（ダイム・ノヴェル）の真っただ中に足を踏み入れてしまったようですね」という言葉を口にしている。それでも、組織化された警察隊の創設と1842年の刑事部の設立に続いて、緩和された離婚法に乗じて私生活に立ち入ろうとする私立探偵社が次々と誕生した。こうして英国社会は、探偵というものに徐々に慣れていったのである。

1849年にウォーターズという刑事が、明らかに事実に基づいた自身の仕事の回顧録を出版する。1850年代には新聞社が減税の恩恵を受け、多数の出版物が手に入れやすくなり、犯罪報道が激増した。1862年にチャールズ・フェリックスによる The Notting Hill Mystery（ノッティング・ヒルの謎）が登場するが、これが英語で書かれた（ある種）最初の推理小説だという正当な主張もある。主人公は保険の調査員で、ある女性の謎の死を調べるという内容だった。この6年後に発表されたのがウィルキー・コリンズによる『月長石』で、プロの刑事ながら犯罪を解くことができないカッフ部長刑事が登場する。同書には有力な容疑者や手がかりがいくつも出てきており、「扇情小説」の薄汚い裏通りから犯罪の脅威をしっかりと取り上げて、それを家庭という環境に不気味に差し込んだのだった。同書は多くの点で、このジャンルにおいてその後に続く決まりを定めたのである。

1870年代後半になると、アンナ・キャサリン・グリーンが都会の警察官エビニーザー・グライスを登場させる。グリーンは探偵小説界で最初の偉大な女流作家で、その後50年のうちに、このジャンルは女性が席巻するようになる。ただ当時は、依然として男性の世界のままだった。オーストラリアに帰化したファーガス・ヒュームが1886年に発表したのが『二輪馬車の秘密』で、メルボルンの街中で起きた暗殺事件を中心に書かれ、読み始めたら止まらないタイプの本だった。ヴィクトリア時代に最も売れた犯罪小説と言われているが、ヒューム自身は同書の権利をわずか50ポンドであっさりと売り渡してしまっていた。

こうして、翌年にホームズが登場する舞台が整うのである。コナン・ドイルによる独創的な筋立てと短篇の枠内でのみごとな性格描写を別にすると、ホームズの魅力がいつまでも失われない理由としては、ホームズが独特の時代に属する創作物であると同時に、永続的な原型でもあるからかもしれない。

ホームズとワトスンが現代世界にいたら苦労するのは、間違いないだろう。2人は、ヴィクトリア時代と20世紀初頭の相当に厳格な社会構造にいるからこそ、うまく機能し、活躍していた。ホームズはその社会構造に異常を見つけるのが得意で、その異常が悪人につながるのである。

社会の異常の一例となるのが犯罪行為――異常を見つければ、真実は出てくるのである。異常が現れるには、必然的にほかのあらゆるものは「正常」という定義に入っていなければならない。ホームズが最大の効果を上げるには、男女はそれぞれの役割を知り、主人と使用人たちは互いの距離を慎重に保つ必要がある。英国は礼儀の砦であり、外国は事情が異なる場所なのだ。急増した中流階級からなるヴィクトリア朝の読者にとってホームズ物語とは、犯罪と結びついた興奮と、秩序を取り戻してくれる良識人による、安心できる見世物を提供してくれるものなのである。この時代にとって文学的に完璧な構成であり、現在においても強烈な共鳴は失われていないのだ。

コナン・ドイルはホームズを作りだすうえで、文体や構成面で文学的に大きな飛躍を果たしているわけではない。むしろこのことは、犯罪小説の発展において当然の、そして重大かもしれない段階だったのである。まず、性別や階級の壁を超えて、犯罪小説を大きな人気のある、立派なジャンルとして確立した。コナン・ドイルは、自分が書きたかった歴史小説とは対照的に、犯罪小説に対してはかなり軽蔑した態度を崩さなかったかもしれないが、犯罪小説の執筆をより品位ある仕事にしたのである。さらには、ホームズとワトスンという協力体制を築き上げることで、現在でも用いられているひな型を作りだした。優秀ながらも欠点のある探偵と、控えめながら頼りになる、思いやりにあふれた相棒という組み合わせは、20世紀には何度となく再現されている。クリスティによるポワロとヘイスティングスしかり、コリン・デクスターによるモースとルイスしかりである。

当然のことながら、コナン・ドイルの成功は種々の特質をもつ文学界のライバルたちに、またたく間に刺激を与えた。ジャック・フットレルによるヴァン・ドゥーゼン教授、ヘスケス・プリチャードによるノヴェンバー・ジョー、バロネス・オルツィによる隅の老人などはみな、ホームズの恩恵をこうむっているのである。ほぼ同時代人で、最高と言っても間違いないのがG・K・チェスタトンによるブラウン神父で、推理力のあるこのカトリック司祭は、かなり評価の高いいくつもの話に登場する。ブラウン神父の話には探偵小説の頂点となるようなものもあるが、教訓と難解な苦悩が示されるせいで、追跡する興奮がそがれてしまっていると見る読者もいる。ホームズはまた、横柄な探偵への対抗策とでも言うような、多くのアンチヒーローを生むきっかけも与えた。最も有名なのが、コナン・ドイルの義弟E・W・ホーナングによる素人盗賊A・J・ラフルズである。紳士泥棒であるラフルズには、バニーという相棒がいた。学生時代のラフルズの「雑用係」で、レベルを落としたワトスンのような存在である。道徳観念に欠ける者を支持する点を不快に思っていたコナン・ドイルは、ラフルズの熱心なファンではなかった。フランスでは、モーリス・ルブランがアルセーヌ・ルパンを作りだしていた。ルパンはロビン・フッド的な人物で、当然の権利を

もつ人のために活躍し、ハーロック・ショームズ[エルロック・ショルメス]なる人物を出し抜くのである。

多くの評論家は、探偵小説の黄金時代は1920年代と1930年代としている。ドロシー・L・セイヤーズ（ピーター・ウィムジー卿の創作者）、マージェリー・アリンガム（アルバート・キャンピオンの創作者）、ナイオ・マーシュ（ロデリック・アレンの創作者）が支配し、その中にアガサ・クリスティが君臨した時代のことだ。ホームズものは、骨のあるリアリズムを扱っているとは言いにくいかもしれないが、少なくとも社会的現実は扱っていた。これに比べて黄金時代の作家たちは、田舎の大邸宅で起きる殺人という、コージーな世界を作りあげたのである。事件の解決は、探偵に頭の体操をする機会を与える程度のものでしかない場合も多かった。殺されたばかりの死体がなくても、ちょうど発明されたクロスワードパズル相手の静かな30分間による満足感と似たものは得られるという、強い意識があったのである。

この点は必ずしも黄金時代の作家たちを批判しているわけではない。第一次世界大戦の恐怖が最近の記憶にあるなかでの執筆では、現実逃避が時代の流れで、謎がすべてになったのも、驚くにはあたらないのである。しかしながら現代の読者の目には、コナン・ドイルが大いに進展させた、関係者と知的なゲームという組み合わせをさらに発展させることは、機会の無駄のように映ってしまうのだ。それでも、クリスティは『複数の時計』（1963年）の中で、エルキュール・ポワロに抜け目ない発言をさせて、この先人を認めている。「アーサー・コナン・ドイル卿にわたしは敬意を表す。シャーロック・ホームズのこれらの物語は実際は不自然だし、欺瞞に満ちてもおり、すこぶる技巧的な構成になっている。しかし、その手法の芸術性──その点を考えると、ぜんぜんちがってくる。言葉の与えてくれる愉しみ、ことにあのワトスン医師というすばらしい人物の創造。あれはまさに大成功だよ」[『複数の時計』(2003年)、早川書房、橋本福夫訳]。この同じ時期のアメリカにおける探偵小説の発展は、かなり異なる道を歩んでおり、レイモンド・チャンドラーやダシール・ハメットらによる"ハードボイルド"小説が登場した。ついでながらハメットは、〈恐怖の谷〉と〈赤い輪団〉に出てきたピンカートン探偵社で働いたことがある。ハードボイルド作家には、上品な中流階級の殺人ではなく、気骨と冷酷な世界があった。チャンドラーが述べているように、彼らの探偵たちがいる街の通りは「夜よりも暗いもので翳っていた」のである。ハメットとチャンドラーによるサム・スペードとフィリップ・マーロウといういちばんの主役は、一見ホームズとの共通点はほとんどなさそうだ。彼らの辛辣な言葉や厭世的な関係を楽しむホームズの姿というのは、想像しがたい。それでも、より詳しく調べてみると、彼らも永続する人間関係を築くことが苦手で、個人的な悪習（主にアルコール）で気持ちを発散させている。ポワロやマープルの世界とは異なり、彼らは謎を解くことでなく、獲物を追い詰めるという純粋な興奮から満足感を得ているのだ。チャンドラーはこう述べている。「完全な探偵小説は書かれ得ない。完全な謎を考えだすような頭脳の持主は、小説を書くという芸術

的な仕事を成し遂げる頭脳の持主とは、タイプが違っている」[「推理小説についての十二の覚え書・補遺」(『レイモンド・チャンドラー読本』(1988年、早川書房、稲葉明雄訳)]。このジャンルをかなり軽蔑していたコナン・ドイルなら同意するかもしれないが、ホームズと共にこの偉業を成し遂げた彼以上に、その達成に迫った作家はほとんどいないのである。

ネロ・ウルフについても特別に言及すべきだろう。アメリカ人小説家レックス・スタウトが作りだしたこの探偵は、1930年代から1970年代までに、33本の長篇と39本の短篇に登場している。アメリカの同時代の探偵たちとは異なり、ウルフは多くの点で明らかにホームズに似ていた。知性に優れ、かなりの変わり者で、忠実な相棒のアーチー・グッドウィンに自分の話を語らせている。ホームズ研究家の中には、ホームズとアイリーン・アドラーとのあいだにできたのがウルフだと言い張る者までいる。

1950年代のアンケート調査を信じるならば、不思議なことにホームズはつかの間、世界で最も有名な探偵としてだけでなく、ベイカー街で最も有名な探偵という立場まで失っている。彼を追いやった人物こそ、今ではほとんど見過ごされているセクストン・ブレイクだ。1893年に初登場したブレイクの生涯は、小説、漫画、ラジオドラマ、テレビドラマ、映画にまで広がった。85年間で200人以上の作家が携わり、4000本もの話が作りだされた。ベイカー街に事務所をもつブレイクは、ホームズのそっくりさんという存在から、20世紀が進むにつれて経験を重ねた行動派へと成長した、時代の流れに乗った創作物だったのだ。ただ、BBCのラジオ番組 The Radio Detectives はしっかりと見定めていたようで、ブレイクのことを「シャーロック・ホームズの代用品」と評している。

コナン・ドイルが探偵小説の基本方針の多くを確立した（少なくとも強固にした）ことから、その後の作家たちで自分は影響を受けていないと言える者はいないだろう。20世紀後半の傾向としては、私立探偵から警察ものへと移行していった（体制に逆らう一匹狼的ヒーローも多かったが）。それでも、ホームズが極めた証拠の統合および評価という伝統は、ジョルジュ・シムノンによるパイプ好きのメグレから、P・D・ジェイムズによるダルグリッシュ、ルース・レンデルによるウェクスフォード、イアン・ランキンによるリーバスまでというように、その後の名作家たちに受け継がれている。

文学作品における心理的洞察を重んじる現代では、問題を抱えたホームズの性格は、どの後継者にとってもひな型の役目を果たす。ホームズは推理をするだけでなく、薬物の常用、人間関係を維持できないこと、権力の軽視を含めて、あらゆる面で現代が作りあげた人物なのだ。

40億冊以上の売り上げを記録したアガサ・クリスティのおかげで、探偵小説は多くの新たな読者を獲得した。1926年に彼女が短期間の謎の失踪を遂げたことも、国中の注目を集めた。

彼の性格が真似られている例は多く、リーバスのほかにもモース（リアル・エールとクラシック音楽を好む永遠の独身で、上級職のことは当然ながら軽蔑している）や、ヘニング・マンケルによるクルト・ヴァランダー（大酒飲みの離婚経験者で、法律違反の実績と不眠症の傾向がある）がいる。

　当然ながら多くの作家は、自分が書く本にホームズを（さらには正典に登場するほかの大勢の人物も）登場させるかたちで、コナン・ドイルをリスペクトしているが、著しい成功を収めた例は多くない。うまくいったものは、この探偵の心理面を取り上げて、コナン・ドイル自身が取り組まなかった方向に展開させようとした作品だ。注目すべき成功例としては、以下のものがある。ニコラス・メイヤーの『シャーロック・ホームズ氏の素敵な冒険』、ローリー・キングの『シャーロック・ホームズの愛弟子』ほかメアリ・ラッセル・シリーズ、マイケル・ディブディンの『シャーロック・ホームズ対切り裂きジャック』、マイケル・シェイボンの『シャーロック・ホームズ　最後の解決』、ケイレブ・カーの『シャーロック・ホームズ　メアリ女王の個人秘書殺人事件』、ミッチ・カリンの『ミスター・ホームズ　名探偵最後の事件』。つい最近では、コナン・ドイル遺産財団の承認を得て、アンソニー・ホロヴィッツがこの名探偵に新たな命を吹き込んだ小説がある。

　厳密にはパスティーシュやパロディにあたらないが、ホームズに捧げられた近年の小説で最も優れたもののひとつが、『夜中に犬に起こった奇妙な事件』である。マーク・ハッドンによるこの作品では（書名は〈名馬シルヴァー・ブレイズ〉の有名なセリフから取られている）、行動上の問題を抱えているホームズ好きの少年が殺人事件の謎解きに乗り出すのだ（少年は自閉症の

コリン・デクスターによるモース・シリーズは、テレビドラマ化されて新たな人気を得た。モースを演じたのは写真左のジョン・ソウで、ワトスン役となるルイスはケヴィン・ウェイトリ。

シャーロック・ホームズ著作一覧

ホームズは生涯に数多くの記事や論文を執筆している。以下に重要なものをいくつかまとめてみた。

『養蜂実用ハンドブック——付記：女王蜂の分封に関する若干の見解』
「人生の書」自身の推理法を解説した雑誌記事
「人間の耳の体表解剖学について」《人類学会誌》掲載
「ラッススの多声部聖歌曲（ポリフォニック・モテット）について」
「刺青について」
「筆跡鑑定による書類作成時期の推定について」
「各種煙草の灰の識別について」
「職業が手の形に及ぼす影響について」
「暗号記法について」
「足跡の追跡について（足跡を保存する焼き石膏の使用に関する所見を含む）」

ホームズは、執筆予定の論文についても言及している。興味深いこれらのものには、「コーンウォール語におけるカルデア語のルーツ」、「探偵の仕事における犬の使用」、「仮病」、「タイプライターと犯罪との関係」などが含まれている。

ヒュー・ローリー主演で大成功を収めたテレビドラマ『Dr. HOUSE —ドクター・ハウス—』には、ホームズに対するオマージュがあふれている。

ように見られる場合も多いが、文中にはそのようには明記されていない）。

一方で、大成功を収めたテレビドラマ『Dr. HOUSE —ドクター・ハウス—』は、いちばんわかりやすくホームズに捧げられている、2000年代の作品のひとつである。「人間嫌いの診断医」であり、病院内で発生した謎を解決するハウスは、人との密な関わりは避け、鎮痛剤バイコディンの中毒になっており、ジョゼフ・ベル風に、言葉を使わずに診断を下す。住んでいるアパートの部屋番号は221Bだ。設定は変更されたとしても、鍵となる要素は変わらないままである。

自身の最もよく知られた創作物がホームズだということは、コナン・ドイルには腹立たしいことかもしれない。だが、みずから作りだしたものが不変の名声を得て、さまざまな媒体において人気も評価も高い作品を生むきっかけを与え続けていると知ったら、多少の慰めにはなるだろう。

バスカヴィル家の犬

初出:イギリスは《ストランド》1901年8月号～1902年4月号／アメリカは同国版《ストランド》1901年9月号～1902年5月号
時代設定:1889年

　探偵小説の中で間違いなく最も有名であり、そう言われるのも当然の作品。ライヘンバッハの滝の事件のあと、ホームズの話をもっと読みたいという貪欲な読者のために書かれたこの話は、すべてを備えていた。ホームズの推理力は最高潮であり、ワトスンは彼の補佐役としてこの上なくみごとである。謎自体にも超自然的な雰囲気があって、長篇4本の中でも特に込み入っているが、本作の筋に間延びした感じはほとんどない。

　話は、221Bに誤ってステッキを置き忘れた訪問者の正体について、ホームズがワトスンに推理を勧める場面で幕を開ける。ほどなく、その場に当人のジェイムズ・モーティマー博士が現れる。デヴォンシャーのダートムアに住む博士は、2種類の書類をもっていた。ひとつは1742年のもので、バスカヴィル家に伝わる魔犬伝説が語られていた。それは幽霊のような獣で、1648年に邪悪な領主ヒューゴー・バスカヴィルの命を奪い、それ以来バスカヴィル家の子孫を苦しめているのだという。非現実的な話に最初はホームズも退屈していたが、もうひとつの書類を渡されると、彼の心はうずきはじめる。それは現在の当主チャールズ・バスカヴィルの死を報じる新聞記事で、人気(ひとけ)のない見晴らしのいい場所で彼の死体が発見されたのである。死体に外傷はなく、現場にあったのは、巨大な猟犬の足跡だった。

　チャールズの唯一の子孫であるサー・ヘンリーが、一族の財産を受け継ぐため、カナダからイギリスへやって来た。モーティマーがどうしたものかと心配していたところ、ロンドンに滞在していたサー・ヘンリーのホテルから、ブーツの片方が盗まれるという事件が起き、何者かの脅迫がそれに続いた。多忙なホームズはロンドンに残らねばならぬため、ワトスンがサー・ヘンリーとモーティマーに同行してデヴォンシャーへ行くこととなる。

　ダートムアでは、個性豊かな面々が登場する。まずは、サー・チャールズに長く仕えた忠実なバリモア夫妻。続いて、自然を愛する隣人のステイプルトン兄妹。ミス・ステイプルトンはワトスンのことをサー・ヘンリーと間違えて、ダートムアから出て行くようにと警告してきた。そして、何度も訴訟を起こして地元の人たちを恐れさせているフランクランド老人。さ

岩山に立つ謎の男を描いた、思わず引き込まれるような絵。ワトスンはのちにこの男の正体を知ることになる。

らに、プリンスタウン刑務所から脱獄してあたりをさまよう、殺人犯セルデンだった。時おり荒れ野に響くこの世のものとは思えない遠吠えに、迫り来る破滅への予感が増していく。

　話の大半は、ロンドンにいるホームズに宛てたワトスンからの手紙と、日記の内容によって語られている。ただ、謎が自然に解決しだすのは、ワトスンが荒れ野の住まいで見かけた、見知らぬ人物の正体がわかってからだった。

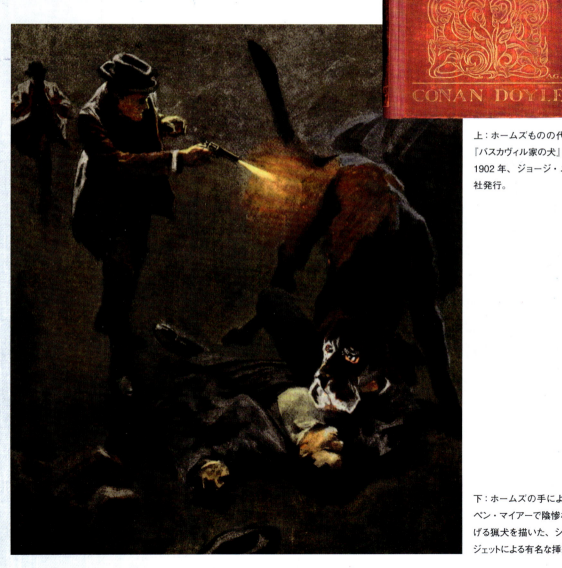

上：ホームズものの代表的長篇『バスカヴィル家の犬』の初版本。1902年、ジョージ・ニューンズ社発行。

下：ホームズの手によってグリンペン・マイアーで陰惨な最期を遂げる猟犬を描いた、シドニー・パジェットによる有名な挿絵。

ホームズと私　　ケイレブ・カー

ケイレブ・カーは作家であり、軍事史研究家でもある。著書の『エイリアニスト――精神科医』と The Angel of Darkness は、どちらも19世紀末のニューヨークが舞台の小説で、主人公は精神科医のラズロー・クライズラー博士だ。著作の全世界の売り上げは数百万部にのぼる。2005年［邦訳は2006年］に、コナン・ドイル遺産財団の承認を得たパスティーシュ『シャーロック・ホームズ　メアリ女王の個人秘書殺人事件』を上梓した。

ホームズものを初めて読んだのは、いくつぐらいのときでしたか？

　8歳ごろかな。ホームズものは僕が初めて読んだ、ちゃんとした本のひとつだった。僕はかなりおかしな家庭で育ったから、人との付き合いやその人たちがする極端なことに理性を使って対処するという点が、魅力的だったんだ。僕には兄弟が2人いて、かなりぶっ飛んだ人たちの中で育った。ビート・ジェネレーションのオリジナル・メンバーだよ。ケルアック、ギンズバーグ、ウィリアム・バロウズはみんな父の友人だったから、小さいころは一緒に暮らしたこともあった。6歳でそんな環境にいるのは、とてもストレスがたまるものだよ。みんな本当に手がつけられなかった。だから僕は、物事に秩序や倫理観を課す架空の人物に惹かれたんだ。

新たなホームズものを書くにあたって、特に難しかったことは何でしたか？

　大きな問題は、原典に忠実なものにすることだった。この話を依頼されたとき、なるべく忠実にする一方で、僕らしさも加えてほしいと言われた。おかげで、ずいぶんと考え込んだよ。

　そもそも、超自然と結びつくようなものを書くつもりは、まったくなかった。コナン・ドイルの人生におけるその部分には、ずっと心が惹かれていたけれどね。なぜ彼が心霊主義や例の妖精の捏造事件に関わったのか、僕にはわかるんだ。そこには、とても人間的に思える、ペーソスめいたものがある。人はコナン・ドイルについて考えるとき、人間としての彼を見失いそうになるようなことがあるんじゃないだろうか。なぜなら、彼はあまりに実物以上の存在になってしまったし、ほかの人たちに説いた指針に従って生きてきたからだ。息子の戦死は胸がつぶれるほどのことであり、その息子と話すため霊媒に会うなどといったことに、より一層大きくはまっていったんだと思う。

　超自然的なことにホームズを関わらせるべきではないとか、やめたほうがいいと考えているファンは、大勢いる。ホームズには「この世ならぬものなんかにまでかまっていられるもんか」というセリフがあるけれど、この世には別の次元が存在する可能性を彼が認めているケースもけっこうある。そういう話は都合よく忘れられるものなんだがね。それも、僕が超自然の要素を取り入れた理由のひとつだ。これは重要な役割を果たすべき要素だったけれど、いちばん重要な要素とい

著名な作家で歴史家でもあるケイレブ・カーは、ホームズもののパスティーシュの執筆における特有の難しさを充分に承知していた。

うわけでもない。その部分がなくても、話が展開する必要があった。しかも、進むには困難な道だったよ。そこから、ダヴィッド・リッツィオの幽霊が出てきたんだ。

ホームズとワトスンは深みに欠ける登場人物だと見られる（さらには表現される）ことも多いですが、「肉付け」をする必要を感じましたか？

こういう登場人物については、本来の姿に忠実でありながら、心理的な面を大きく広げることができる。ニコラス・メイヤーの『シャーロック・ホームズ氏の素敵な冒険』が、そのことを証明していると思うよ。ただし、一貫した立場から作り上げるべきではあるね。ホームズものに関しては、変にいじりまわす目的で書かれたおかしなものが、山ほどある。象徴的な存在をいじりまわすなんてことは、僕には我慢できない。

コナン・ドイルは最初の段階で彼らに多くのものを注ぎ込んだから、可能性はそこにこそある。後期のホームズ物語を読んだだけだったら、まったく違う印象をもつだろう。深みに欠ける人物たちだとね。でもシリーズ全部を読めば、コナン・ドイルが最初の段階で登場人物に対し、心理的にも演劇的にも、とてつもない可能性を盛り込んだということがわかる。ただ単に、彼は嫌気が差したんだと思う。それについては、よく理解できるね。

シャーロックとマイクロフトの関係については、もう少し肉付けをする必要性を感じた。それに、ワトスンが行動的で、ホームズと釣り合いを保つ強い存在であることを、みんな長いあいだに忘れてしまっていると思う。ナイジェル・ブルースのような道化役の面だけじゃないんだ。だからワトスンについては、できるだけ重要な役にしなければと思った。

ホームズの合理主義は、宗教的原理主義の政治がはびこる今の時代には特に響くものがあるという発言をされたことがありますが、この点をもう少し詳しく話していただけますか？

あのとき発言したほどのことを、本当に自分が望んでいたのだろうかと思うこともある。あの本が出てからもう何年もたつけれど、当時よりもさらに合理主義へ向かっているとは確信できなくてね。むしろ、中世のような宗教的思考に回帰している人たちのせいで、僕らはある種の破局を迎えるはめになるんじゃないかと思う。あのとき僕が言ったのは、テレビドラマの『CSI：科学捜査班』のような、犯罪を科学的に分析するたぐいのポ

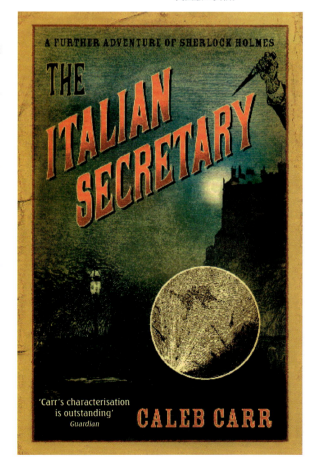

『シャーロック・ホームズ　メアリ女王の個人秘書殺人事件』の英国版の表紙。

ピュラーカルチャー的なものは、もう十二分にあるということだったと思う。科学捜査は犯罪ドラマや犯罪小説において最も普及した要素だ。極悪非道なことが行われると、人々はそれに対する筋の通った説明に引き寄せられる——僕にはそんな感覚があった。当時の僕は、その影響で、暴力を突き動かす狂気が静まるような方向に行くかもしれないと、本気で思っていた。でも、今は当時ほど希望をもっているとは言えない。3、4年しかたっていないけれど、まだ結論は出ていないんだ。

コナン・ドイルが執筆して以来、この5年か10年前まで、世界で最も有名な架空の人物といえばホームズだった。でも、今は違う。ハリー・ポッターだ。この事実は、僕にとってものすごく重大な意味がある。ハリー・ポッターには大人の読者が非常に多い。ああいう本を買うのは子供だけじゃないんだ。このことは、人が実に単純でたやすく手に入る、無節操な魔法を欲しがっているという事実を反映している。ほとんど怠惰な欲求と言ってもいい。ホームズを引きずり下ろしたのはハリー・ポッターだった……非常識なことに思えるけれど、現実の世界をきちんと見れば、そうじゃないんだ。

原作のホームズ物語は、クライズラー博士（『エイリアニスト』の主人公）の物語に対するあなたの取り組み方に、何かもたらしましたか？

ホームズの話を読んで何か欠けていると思ったのが、心理的な要素だった。ホームズとコナン・ドイルは、物的証拠だけで犯罪を解決することに重きを置いていて、関係する人たちについては深く追及しない。今の僕たちは、証拠の跡がまったくない犯罪——第三者による犯罪——というものがあると知っている。動機やプロファイリングを無視したら、いつまでたっても解決できないんだ。当時もそうだったけれど、コナン・ドイルは切り裂きジャックの事件について、ホームズを関わらせることも、事件について書くこともしなかった。不快きわまるものだから、関わりたくなかったんだと思う。ホームズに解けなかった事件をすべて解く人物を作りだしたいというのが、そもそものエイリアニストの構想だった。

あなたにとって、ホームズの真髄（エッセンス）とは何でしょう？

多くの人は、彼の合理的な面と信じられないような頭脳と答えるだろう。僕の場合は、彼の人間性だ。彼の苦悩の本質はわからないけれど、明らかに苦しんでいる心の持ち主だと、僕には思える。彼の個人的な秘密については、僕は知る必要がないし、コナン・ドイルが書かなかった点にも不満があるわけじゃない。でも、その部分を持ち合わせた人物としてホームズのことを書いたという点は重要だよ。それに、ホームズについてワトスンが気づいたのが、その部分なんだ。ほとんど書かれていないけど、この男は世の中でうまくやっていくことができないと、ワトスンにはわかった。だから、ホームズが世の中と交わる手助けをする役目を、彼が負うことになったんだ。僕には、その部分こそが真髄だよ。

空き家の冒険

初出：イギリスは《ストランド》1903年10月号／アメリカは《コリアーズ》1903年9月26日号
時代設定：1894年

大衆の要求により復活！ ライヘンバッハの滝の事件から10年後、ホームズは敵と闘うためロンドンの街にふたたび姿を現した。

この話は、パーク・レーンにあるホテルで殺されたメイヌース伯爵の息子ロナルド・アデアに関する、ワトスンの語りで始まる。典型的な「密室」事件で、ドアは内側から鍵がかかっており、唯一出入りできるのは窓だったが、花壇の上20フィートの高さがあり、人間が関わった様子はまったく見られなかった。この殺人（銃弾によるものだった）は、当初は動機がないように思われた。アデアには敵がいなかったらしく、死体は金に囲まれた状態で発見されたため、物盗りの線も消えた。ただし、彼はモラン大佐という人物と賭けで組んで、かなりの成功を収めていたことが明らかになった。

最高の友人を失って以来、ワトスンは風変わりな犯罪に関心をもちつづけていた。今回の現場を訪れた際、彼は老いぼれた愛書家とぶつかってしまう。この愛書家は少ししてからワトスンの家を訪れると、自分はホームズだと冗談ぽく明かしてみせた。死からよみがえったのである。当然ながら、ワトスンは気絶してしまった。

ホームズはワトスンに、ライヘンバッハの滝で実際にあったことと、モリアーティの手下の追及を逃れるために身を隠していた、その後の3年間について語る。そして彼は、すぐさま、ロンドンの暗い犯罪社会を相手にすることとなる。題名にもなっている「空き家」へワトスンを連れて行き（221B

トラファルガー広場からすぐの場所にある一大ターミナルのチャリング・クロス駅。ホームズが襲われた場所でもある。

がよく見えた）、蠟人形の助け（グルノーブルのオスカル・ムニエ作）と、ハドスン夫人の尽力により、凶悪犯を罠にかけるのだ。同時に彼は、レストレード警部にアデア殺しの決着をつける機会を与えた。これに関して、ホームズは警部にこう指摘している。「迷宮入りの殺人事件が、年に三件もあっちゃ、困るだろう」

こうしてコナン・ドイル自身の忍耐とともに、ホームズというメリーゴーラウンドがまた回り始めたのだった。この作品は、謎と推理の点では最上のものとは言えないかもしれないが、主要な登場人物全員が最高の状態でふたたび姿を見せており、それだけでも満足できるものだろう。

ノーウッドの建築業者

初出:イギリスは《ストランド》1903年11月号／アメリカは《コリアーズ》1903年10月31日号
時代設定:1894年

ロンドンにはもう敵となる格好の犯罪者がいないとホームズが嘆いていたところ、ジョン・ヘクター・マクファーレンという若き事務弁護士が221Bに飛び込んでくる。この探偵なら自分の評判を守れると期待してのことだった。彼は前日に、ジョナス・オウルデイカーという建築業者の訪問を受けたが、それが今やオウルデイカー殺しの第一容疑者となっていたのである。

オウルデイカーはマクファーレンに遺言書の作成を依頼したのだが、驚いたことに、マクファーレン自身が広大な邸宅の唯一の相続人となっていた。この件に関して、彼はノーウッドにあるこの建築業者の屋敷を訪れる必要があった。遅くまで法律書類を調べ、近くの宿に泊まるため屋敷を出たとき、被害者はまだ元気だった。ところが翌朝に鉄道でロンドンへ戻った彼は、オウルデイカーが殺されたことと、警察が自分を追っているという記事を目にする。

マクファーレンに対する不利な証拠は、確かに説得力があるようだった。彼のステッキがオウルデイカーの部屋で発見されており、屋敷内の材木置場につけられた火により、肉体が焼ける悪臭がまだ漂っているという。レストレード警部は当然のように、マクファーレンの有罪を確信していて、ホームズまでもが代替案を考えつくのに苦労していた。

ところが、マクファーレンの母親がかつてはオウルデイカーの婚約者で、彼の残酷さ（この場合は動物に対するもの）が原因で婚約が解消されたと知るや、ホームズは、すべてのことは見たとおりでないのだと考えた。乱雑に下書きされたオウルデイカーの遺言書を分析したホームズは、オウルデイカーがコーニーリアス氏という人物に何度も大金を支払っていることに気づくが、混乱は増すばかりだった。彼は怪しい行動の家政婦が答えを握っているとにらんだ。

ところが、オウルデイカーの服の痕跡が火事の焼け跡から見つかり、血染めの指紋が玄関ホールで発見されるにおよび、レストレードの説が勢いを取り戻したかのように見えた。それでも、親指の指紋の跡がこの話における「吠えなかった犬」（〈名馬シルヴァー・ブレイズ〉参照）となり、ホームズを正しい道に進ませる。レストレード、ワトスン、それに巡査3人を引き連れて、ホームズはこの謎に対する衝撃の結末に備えたのである。

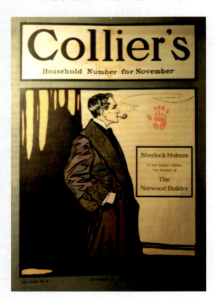

アメリカの《コリアーズ》の表紙はフレデリック・ドー・スティールによる。シドニー・パジェット以降、ホームズの挿絵画家としては最も知られている。

踊る人形

初出:イギリスは《ストランド》1903年12月号／アメリカは《コリアーズ》1903年12月5日号
時代設定:1898年

この話は、221Bでの典型的な場面で始まる。ひどい悪臭を放つ実験に取り組んでいたホームズは、数時間の沈黙を破ると、ワトスンに推理の内容をかいつまんで聞かせ、驚かせる。一体彼はどうやって、ワトスンが南アフリカの株に投資しないと決めたことを、その瞬間に知ったのか？　当然ながらその答えは、初歩的(エレメンタリー)なのである。

踊る人形事件は、ノーフォーク州リドリング・ソープ・マナーに住むヒルトン・キュービットが、助けを求める手紙を送ってきたことで幕を開ける。奇妙な暗号（さまざまなポーズを取っている小さな踊る人間の絵からなるもの）を解いてほしいというのだ。この暗号のせいで、それまですばらしかったエルシーとの結婚生活が、完全に乱されたのだという。

アメリカ育ちのエルシーは、結婚の直前、自分の過去についてはいっさい聞かないようキュービットに誓わせていた。個人的に恥ずべきものは何もなく、「とてもいやな過去」を忘れたいだけだという彼女に、キュービットは穏当な対応をしてみせて、この件に関して沈黙を誓ったのである。

順調だった2人の生活は、アメリカから手紙が届いたことで変わりはじめた。エルシーはそれを燃やしたが、やがて奇妙な暗号が家のまわりに現れはじめる。紙に書かれていることもあれば、壁やドアにいたずら書きされることもあった。この絵文字はエルシーに強い影響を与えたらしく、彼女は明らかにおびえていたが、その恐怖を夫と分かち合おうとはしなかった。

ホームズは、この見つかった暗号をすべて自分に送るようキュービットに言う。そして暗号に関する能力をフルに使い、緊急の対応が必要だと気づくや、ワトスンとともにノーフォークへ向かう。ところが、現場にはすでにマーティン警部の姿

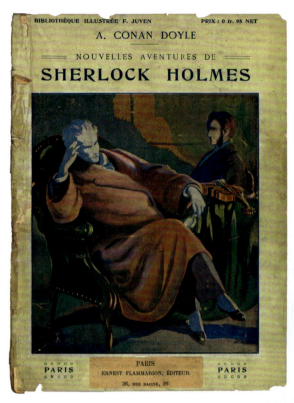

G・ダ・フォンセカが挿絵を担当した『シャーロック・ホームズの新冒険』。1909年にパリで発行された。

があった。キュービットは心臓を撃ち抜かれており、エルシーは頭部に深刻な銃傷を負っていたのだ。マーティンの見解は、エルシーが夫を殺したのち、自殺を図ったというものだった。

いつものように、ホームズは簡単には納得しなかった。弾道分析の結果と乱れた花壇は、第三者が存在していたことを示していた。さらには、現場に捨てられていた大量の金はどういうことなのか？　暗号化されたメッセージから入手した情報を利用して、ホームズはすぐさま犯人の目星をつける。

美しき自転車乗り

初出:イギリスは《ストランド》1904年1月号／アメリカは《コリアーズ》1903年12月26日号
時代設定:1895年

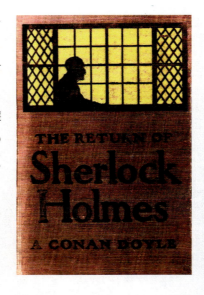

ヴァイオレット・スミス嬢の登場は、ホームズにとっては迷惑なものだった。そのころの彼は、「奇妙な迫害」を受けていた有名な煙草王ジョン・ヴィンセント・ハーデンの一件に集中していたからだ。スミス嬢は母親と一緒に暮らしていたが、父親の死後、多少苦しい生活を送っているという。

この母娘の所在に関する情報を求める広告が、新聞に出た。返事をしたところ、カラザーズとウッドリーという、南アフリカからやって来たばかりの2人の男と会うことになった。彼らは同地で、ヴァイオレットの伯父のラルフの仲間だったという。ラルフは貧困の中で亡くなったが、死ぬ間際にこの2人に、スミス家の女性たちの面倒を見るようにとの約束を取り付けていたのだった。

それを理由に、カラザーズは年間100ポンドという好条件で、ヴァイオレットを娘の音楽教師に雇うことになる。彼女はサリー州ファーナムにあるチルターン農場に住み込み、週末は母親のもとへ戻ることが許されていた。すべてが順調だったが、そこへウッドリーが訪ねてきて、結婚してくれたら裕福な人生を約束するとヴァイオレットにしつこくつきまとった。彼女の婚約者であるシリル・モートンがどう思ったかは、誰にもわからない。ヴァイオレットに襲いかかったウッドリーは、カラザーズに怒られて、それ以来姿を見せなくなった。

ヴァイオレットは、週末に駅へ行き来するため自転車に乗っていた。だが、最近になって彼女は、黒いあごひげの怪しげな人物が200ヤードほど後方からつけてきていることに気づく。ホームズが状況の偵察にワトスンを送り込んだところ、彼もそのひげづらの自転車乗りが現れて、チャーリントン屋敷へ戻るのを目にした。ただホームズは、ワトスンの努力をたいして評価しなかった。そこへヴァイオレットから手紙が届き、カラザーズから求婚されたものの、断ったという。

ホームズは自分が乗り出すことにして、サリー州へ向かった。地元のパブで情報を求めた際、ある悪党と殴り合いをするはめになるが、その人物こそウッドリーだった。221Bに戻ったホームズは、ヴァイオレットからまた手紙を受け取る。カラザーズからの求婚とウッドリーの再登場により、勤めを辞めねばならなくなったとのことだった。ホームズはワトスンと一緒に出かけようと決心する一方、この話には驚くべき事実があるとにらんでいた。その後、ヴァイオレットが予想よりも早い汽車に乗ったため、ホームズの努力は水泡に帰したかに思われたが、ファーナムでの劇的な幕切れにより、最後にはホームズが勝利を収めることができた。

上：あとをつけられるヴァイオレット・スミス嬢。1885年にJ・K・スターリーが開発したローヴァーは、初の「近代」自転車として広く認められている。

左ページ：ニューヨークのウェッセルズ社が1907年に出版した『生還』。挿絵はチャールズ・レイモンド・マコーリー。

ホームズと私　デヴィッド・バーク

デヴィッド・バークは舞台や映画で活躍する有名俳優であり、1960年代初頭からテレビの仕事をしている。グラナダ・テレビの有名なシリーズでは、1984年から1985年にかけて、ジェレミー・ブレットの相手役としてワトスン博士を演じた。

あなたにとって、ワトスンの性格の特徴付けとなる要素は何でしたか？

私には、彼はとても純粋な人物に思えた。うぶといってもいいぐらいにね。ナイジェル・ブルースはこの役を、主に喜劇風に演じた。特徴付けとしてはとてもうまかったと思うが、ちょっと喜劇的過ぎたかもしれない。でも、彼とラスボーンは本当にいいコンビだった。それから、ナイジェル・ストックがダグラス・ウィルマーを相手に、BBCでこの役を演じている。実は私も1話の〈緑柱石の宝冠〉に出ているんだ。ナイジェル・ストックはとても上手な役者で、大いに感心したよ。だから、ほかに誰がワトスンを演じたのかは気になっていた。バランスを取りたいと思ってね。喜劇的な面も演じられるようにしたかったし、かなり偏狭で激しさのあるホームズと、のんびりして優しい性格のワトスンという対照を目立たせようとした。

このドラマの経験はいかがでしたか？

ジェレミー・ブレットと仕事ができたのは大きな喜びだった。彼はとても人間ができていて、優しいんだ。テレビドラマで相棒を演じると、主役を演じる俳優がその立場を利用して、相棒役の人を困らせることがよくある。でも、ジェレミーは本当の紳士だった。いい意味で、ちょっと変わっていたけれど、役柄にはうまく合っていたね。彼こそが最高のシャーロック・ホームズだと、私は思っている。それも、彼の徹底した風変わりな部分に負うところが大きい。彼は完全に——いや、完全じゃなくて大部分かな——ホームズとは違う性格なんだが、風変わりな部分についてはとてもよく理解していた。そして、見る価値のある人物に仕上げた。視聴者の興味を引きつづけたかったら、テレビドラマの探偵には、ある程度風変わりな面が必要だと思う。

ワトスン役を降板した理由は何だったんでしょうか？　後悔はしていますか？

それが面白い話でね。つい最近も制作のマイケル・コックスと話したとき、私が降りた理由を知っているか尋ねてみたんだ。彼の答えは、私の妻が当時子供を産んだばかりで、私がほとんどそばについていられなかったからというのが、理由のひとつというものだった。ところが、本当の決め手となったのは、ドラマの最初の13話が終わる2、3カ月前にあったことでね。私がジェレミーを車に乗せてマンチェスターへ向かっているときに、こう言われたんだ。「次のシーズンは、何があってもやるべきじゃない。キャリアにとって大きなミスになる」。どうしてキャリアにとって大きな

ブレットとバーク（右）は、評価の高いグラナダ・テレビのドラマシリーズ13話分で共演し、コナン・ドイルの原作に新たな生命を吹き込んだ。

ミスになるのかは、はっきりとは聞かなかった。自分よりも経験があるから、彼にはわかっているんだろうとしか思わなかったよ。家に帰った私は、妻に対して、18カ月間の仕事が終わって、このあとはもう続けてやらないから、これからはずっと一緒にいられると話した。妻はもちろん喜んでくれたよ。あの約束をした以上は、もうどうしたって戻れない。ところが、1カ月ほどしたところで、ジェレミーに言われたんだ。「次のシーズンもやることになったな」と。

　私はこう言い返したよ。「でもジェレミー、もうやらないって言ってたじゃないか」

　「ああ、自分で何を言ったのか、覚えていないんだ。とにかく、君も続けてやるだろう？」

　そこで私は、妻と約束したから、続けることはできないと話したんだ。もう一緒にできないと知って、ジェレミーはとてもがっかりし、怒りだす一歩手前だったよ。でも、後悔はまったくしていない。妻と子供と新たに家庭を築くためだったんだから、決断は間違っていなかったのさ。

　それに私は、本当のところはずっと性格俳優だったから、いろいろな役を演じるのが好きなんだよ。長寿ドラマをやると――この番組は10年間続いたが――それができなくなる。来る日も来る日も、同じ役を演じつづけるんだ。ワトスン博士はいいキャラクターだが、ものすごく広がりのある役じゃない。「驚いたな、ホームズ！　どうしてわかったんだい？」といったセリフを延々と言うはめになるから、ちょっと飽きが出てくるんだよ。

原作との関係性に苦しんだ俳優は多いですが、あなたの場合もそうでしたか？

　私がこの役を自分と重ねるようになったことは、なかったね。そうなるほど長くは演じなかったし、ワトスンもそれほど突出した人物ではないからだ。でも、視聴者の側は役と重ね合わせるものだから、役者のキャリアが駄目になることはある。個人的な意見だが、ジェレミーはあの役をあまりに長くやり過ぎた。そのせいで健康面にも影響が出てしまったと思う。覚えるセリフの量が多く、本当に努力を要する役だった。あんなセリフは即興ではとてもできないし、正確に表現する必要もあったし、本人もそれを望んでいた。一般の人は、役者がセリフを覚えることについてほとんど考えないが、実際にはそれがこの仕事の大部分を占めている。しかも、歳を重ねるにつれて、簡単にはいかなくなってくるんだ。

　あのころのジェレミーは、朝はとんでもなく早い時間に起きなくてはならなかった。一日の終わりには、ものすごく疲れていて、シャンパンを何杯か飲んでから寝入るようになっていたと思う。ホームズを演じているあいだは、ホテルに滞在していた。ホテルというのは、数カ月泊まるにはいいものだが、来る年も来る年もとなるとね……それは人生とは言えない。社会生活がまったくないんだから。ジェレミーはとても社交的で、交際好きな人だったが、あの10年間に社会生活はほとんどなかったんじゃないかな。その一方で、彼はホームズを演じることに並々ならぬ興味をもっていたから、誰かが自分のあとを引き継ぐと考えるだけで、たまらなかったと思う。だから彼は、あの役を続けて、代償を払ったというわけなんだ。

プライアリ・スクール

初出:イギリスは《ストランド》1904年2月号／アメリカは《コリアーズ》1904年1月30日号
時代設定:1901年

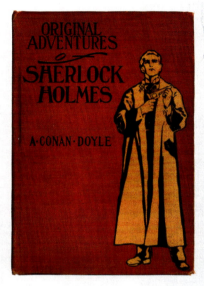

ニューヨークのR・F・フェノー社が1900年ごろに出版した選集の限定版。

　北イングランドのマックルトンにある私立予備小学校、プライアリ・スクールのソーニークロフト・ハクスタブル校長は、221Bにやって来るや、暖炉の前の熊皮の敷物の上に倒れ込んでしまった。その後意識を取り戻すと、生徒のひとりのソルタイア卿——ホールダネス公爵子息——が、誘拐されたと話す。公爵は、わが子が無事に戻れば5000ポンド、さらに誘拐犯の身元がわかればさらに1000ポンドという謝礼金を提示していた。ドイツ人教師のハイデッガーも自転車と一緒に行方不明になったというニュースにより、状況はさらに複雑になる。

　ソルタイアは、それまで2週間の学校生活を楽しんでいたようだった。ただ、公爵の秘書ジェイムズ・ワイルダーの話では、彼の両親は別居していて、母親は現在南フランスにおり、ソルタイアは父親よりも母親のほうを慕っているという。

　残された証拠から、ソルタイアは窓の外に生えているツタを伝って、夜中に抜け出したようだった。彼は、その日に父親から受け取った手紙を持って行った（内容は不明）。ドイツ人教師は急いでいたらしく、シャツと靴下を忘れていた。ホームズはこの事件を深刻なものと判断し、ロンドンでの仕事を中断すると、校長と一緒に学校へ向かった。

　ホームズが学校で公爵に話を聞いたところ、身代金の要求はなく、この失踪に妻はいっさい絡んでいないと確信しているという。公爵は、ワイルダーが投函した自分の手紙も、事件には関係がないと考えていた。学校の周囲の敷地を調べたホームズは、少年は野原を横切っていったに違いないと推測する。彼の帽子がロマの持ち物の中から見つかると、警察は彼らを逮捕した。

　ホームズとワトスンは自転車のタイヤの跡を見つけたのち、頭を割られたハイデッガーの死体を発見する。この教師は少年を連れ去ったのでなく、あとを追っていたと、ホームズは確信する。近くの宿屋〈闘鶏亭〉で昼食を取った際、牛の姿がなかったにもかかわらず、牛の不思議な足跡を荒れ地で見かけた事実に、ホームズの意識は集中する。そして、彼が地元の鍛冶場をのぞき込んだことを、宿屋の主人のヘイズは快く思わなかった。まもなくしてホームズは、公爵の華やかな過去がすべての原因だという事の真相にたどり着き、迷惑料として6000ポンドを手にするのである。

　この話は一部の読者から批判を受けている。特に、ホームズの重要な推理のひとつ（自転車のタイヤ跡の方向に関するもの）に、科学的根拠がないと見なされているのだ。

ブラック・ピーター

初出：イギリスは《ストランド》1904年3月号／アメリカは《コリアーズ》1904年2月27日号
時代設定：1895年

ワトスンは1895年のホームズが絶頂期にあったと語っている。この話は、ホームズが先端に逆とげのある槍をもって、221Bに戻ってきた場面で始まる。自分の最大限の力を用いても、ブタをひと突きに刺し貫くことはできないと、彼はひとり納得していた。知っていて損のない情報である。

彼の実験は、スタンリー・ホプキンズという優秀な警部から相談された事件と関係していた。森林地帯のフォレスト・ローに住んでいたピーター・ケアリという男が、銛で壁に串刺しにされて殺されていた。彼は年配の捕鯨船員で、かつてはダンディ港でシー・ユニコーン号の船長だった人物だ。

ケアリは人付き合いが難しい人物だったらしく、妻と娘は彼の死をはっきりとありがたがっていた。大酒飲みで、暴力を振るう傾向にあったという（一度は牧師を殴り倒したことがあった）。彼は家から離れた別棟で寝起きしていたが、船室（キャビン）に見立てた外観にしていたその部屋で殺されたのである。地元の石工のスレイターは、彼が殺された夜に、そのキャビンでケアリ以外の人物を見かけたと明かした。ケアリの娘は夜中の2時ごろに叫び声を耳にしたが、また父親が飲んで騒いでいるのだろうと思っただけだった。

翌日に発見されたとき、ケアリは服を着た状態だった。グラスが2つとラム酒があったことから、来客を予定していたと考えられた。鞘に入ったナイフと、株券（1883年のもので、「J・H・N」という頭文字があった）に関する情報が書かれた手帳が、部屋から見つかる。ほかに証拠はほとんどなく、「P・C」という文字の入った、アザラシ皮製の刻み煙草入れぐらいだった。ただ、ケアリはあまり煙草は吸わないようだった。

ホプキンズがホームズを伴ってキャビンに戻ったところ、不法侵入の未遂の跡があった。泥棒はもう一度来るはずだという確信のもと、一同は待ちかまえる。そして案の定、ジョン・ホプリー・ネリガンという人物が現れて、キャビンに入り込むと航海日誌を調べはじめた。ところがネリガンが殺人については無実だと申し立て、ホームズは彼が真実を言っていると感じる。ホームズはバジルという船長になりすまして、銛打ちを求める広告を出す。すると応募者3人のうちのひとりが、強欲と脅迫にまつわる今回の事件の鍵を握っていたのだった。

18～19世紀初頭にかけて、捕鯨はイギリスの海運にとって重要産業だったが、ヴィクトリア朝時代に一気に衰退した。

The RETURN of SHERLOCK HOLMES
By A. CONAN DOYLE
Illustrated by Frederic Dorr Steele

THE ADVENTURE OF THE SIX NAPOLEONS

This is the eighth story of the new Sherlock Holmes series, which began in October. The preceding Adventures were those of The Empty House, The Norwood Builder, The Dancing Men, The Solitary Cyclist, The Priory School, Black Peter, and of Charles Augustus Milverton. During the summer months the publication of this series will be suspended, to be resumed in the autumn, the next story, "The Adventure of the Three Students," to appear in the Household Number for October, dated September 24. There will be twelve stories in the completed series

IT WAS no very unusual thing for Mr. Lestrade of Scotland Yard to look in upon us of an evening, and his visits were welcome to Sherlock Holmes, for they enabled him to keep in touch with all that was going on at the Police Headquarters. In return for the news which Lestrade would bring, Holmes was always ready to listen with attention to the details of any case upon which the detective was engaged, and was able occasionally, without any active interference, to give some hint or suggestion drawn from his own vast knowledge and experience. On this particular evening Lestrade had spoken of the weather and the newspapers. Then he had fallen silent, puffing thoughtfully at his cigar. Holmes looked keenly at him.

"Anything remarkable on hand?" he asked.

"Oh, no, Mr. Holmes, nothing very particular."

"Then tell me about it."

Lestrade laughed.

"Well, Mr. Holmes, there is no use denying that there *is* something on my mind. And yet it is such an absurd business that I hesitated to bother you about it. On the other hand, although it is trivial, it is undoubtedly queer, and I know that you have a taste for all that is out of the common. But in my opinion it comes more in Dr. Watson's line than ours."

"Disease?" said I.

"Madness anyhow. And a queer madness, too! You wouldn't think there was any one living at this time of day who had such a hatred of Napoleon the First that he would break any image of him that he could see."

Holmes sank back in his chair.

"That's no business of mine," said he.

"Exactly. That's what I said. But then when the man commits burglary in order to break images which are not his own, that brings it away from the doctor and on to the policeman."

Holmes sat up again. "Burglary! This is more interesting. Let me hear the details."

Lestrade took out his official note-book and refreshed his memory from its pages.

"The first case reported was four days ago," said he. "It was at the shop of Morse Hudson, who has a place for the sale of pictures and statues in the Kennington Road. The assistant had left the front shop for an instant when he heard a crash, and, hurrying in, he found a plaster bust of Napoleon, which stood with several other works of art upon the counter, lying shivered into fragments. He rushed out into the road; but, although several passers-by declared that they had noticed a man run out of the shop, he could neither see any one nor could he find any means of identifying the rascal. It seemed to be one of those senseless acts of Hooliganism which occur from time to time, and it was reported to the constable on the beat as such. The plaster cast was not worth more than a few shillings, and the whole affair appeared to be too childish for any particular investigation.

"The second case, however, was more serious and also more singular. It occurred only last night.

"In Kennington Road, and within a few hundred yards of Morse Hudson's shop, there lives a well-known medical practitioner, named Dr. Barnicot, who has one of the largest practices upon the south side of the Thames. His residence and principal consulting room is at Kennington Road, but he has a branch surgery and dispensary at Lower Brixton Road, two miles away. This Dr. Barnicot is an enthusiastic admirer of Napoleon, and his house is full of books, pictures, and relics of the French Emperor. Some little time ago he purchased from Morse Hudson two duplicate plaster casts of the famous head of Napoleon by the French sculptor, Devine. One of these he placed in his hall in the house at Kennington Road and the other on the mantel-piece of the surgery at Lower Brixton. Well, when Dr. Barnicot came down this morning, he was astonished to find that his house had been burgled during the night, but that nothing had been taken save the plaster head from the hall. It had been carried out and had been dashed savagely against the garden wall, under which its splintered fragments were discovered."

Holmes rubbed his hands.

"This is certainly very novel," said he.

"I thought it would please you. But I have not got to the end yet. Dr. Barnicot was due at his surgery at twelve o'clock, and you can imagine his amazement when, on arriving there, he found that the window had been opened in the night and that the broken pieces of his second bust were strewn all over the room. It had been smashed to atoms where it stood. In neither case were there any signs which could give us a clew as to the criminal or lunatic who had done the mischief. Now, Mr. Holmes, you have got the facts."

"They are singular, not to say grotesque," said Holmes. "May I ask whether the two busts smashed in Dr. Barnicot's rooms were the exact duplicates of the one which was destroyed in Morse Hudson's shop?"

"They were taken from the same mold."

"Such a fact must tell against the theory that the man who breaks them is influenced by any general hatred of Napoleon. Considering how many hundreds of statues of the great Emperor must exist in London, it is too much to suppose such a coincidence as that a promiscuous iconoclast should chance to begin upon three specimens of the same bust."

"Well, I thought as you do," said Lestrade. "On the other hand, this Morse Hudson is the purveyor of busts in that part of London, and these three were the only ones which had been in his shop for years. So, although, as you say, there are many hundreds of statues in London, it is very probable that these three were the only ones in that district. Therefore a local fanatic would begin with them. What do you think, Dr. Watson?"

"There are no limits to the possibilities of mono-

Holmes had just completed his examination when the door opened

mania," I answered. "There is the condition which the modern French psychologists have called the 'idée fixe,' which may be trifling in character and accompanied by complete sanity in every other way. A man who had read deeply about Napoleon, or who had possibly received some hereditary family injury through the great war, might conceivably form such an 'idée fixe,' and under its influence be capable of any fantastic outrage."

"That won't do, my dear Watson," said Holmes, shaking his head, "for no amount of 'idée fixe' would enable your interesting monomaniac to find out where these busts were situated."

"Well, how do *you* explain it?"

"I don't attempt to do so. I would only observe that there is a certain method in the gentleman's eccentric proceedings. For example, in Dr. Barnicot's hall, where a sound might arouse the family the bust was taken outside before being broken, whereas in the surgery, where there was less danger of an alarm, it was smashed where it stood. The affair seems absurdly trifling, and yet I dare call nothing trivial when I reflect that some of my most classic cases have had the least promising commencement. You will remember, Watson, how the dreadful business of the Abernetty family was first brought to my notice by the depth which the parsley had sunk into the butter upon a hot day. I can't afford, therefore, to smile at your three broken busts, Lestrade, and I shall be very much obliged to you if you will let me hear of any fresh developments of so singular a chain of events."

The development for which my friend had asked came in a quicker and an infinitely more tragic form than he could have imagined. I was still dressing in my bedroom next morning when there was a tap at the door and Holmes entered, a telegram in his hand. He read it aloud:

"Come instantly 131, Pitt Street, Kensington, Lestrade."

"What is it, then?" I asked.

"Don't know—may be anything. But I suspect it is the sequel of the story of the statues. In that case our friend the image-breaker has begun operations in another quarter of London. There's coffee on the table, Watson, and I have a cab at the door."

In half an hour we had reached Pitt Street, a quick little backwater just beside one of the briskest currents of London life. No. 131 was one of a row, all flat-chested, respectable, and most unromantic dwellings. As we drove up we found the railings in front of the house lined by a curious crowd. Holmes whistled.

"By George! it's attempted murder at the least. Nothing less will hold the London message boy. There's a deed of violence indicated in that fellow's round shoulders and outstretched neck. What's this, Watson? The top steps swilled down and the other ones dry. Footsteps enough, anyhow! Well, well, there's Lestrade at the front window, and we shall soon know all about it."

The official received us with a very grave face, and showed us into a sitting-room where an exceedingly unkempt and agitated elderly man, clad in a flannel dressing-gown, was pacing up and down. He was introduced to us as the owner of the house, Mr. Horace Harker of the Central Press Syndicate.

"It's the Napoleon bust business again," said Lestrade. "You seemed interested last night, Mr. Holmes, so I thought perhaps you would be glad to be present, now that the affair has taken a very much graver turn."

"What has it turned to, then?"

"To murder. Mr. Harker, will you tell these gentlemen exactly what has occurred?"

The man in the dressing-gown turned upon us with a most melancholy face.

"It's an extraordinary thing," said he, "that all my life I have been collecting other people's news, and now that a real piece of news has come my own way I am so confused and bothered that I can't put two words together. If I had come in here as a journalist I should have interviewed myself and had two columns in every evening paper. As it is, I am giving away valuable copy by telling my story over and over to a string of different people, and I can make no use of it myself. However, I've heard your name, Mr. Sherlock Holmes, and if you'll only explain this queer business I shall be paid for my trouble in telling you the story."

Holmes sat down and listened.

"It all seems to centre round that bust of Napoleon which I bought for this very room about four months ago. I picked it up cheap from Harding Brothers, two doors from the High Street Station. A great deal of my journalistic work is done at night, and I often write until the early morning. So it was to-day. I was sitting in my den, which is at the back of the

恐喝王ミルヴァートン

初出：イギリスは《ストランド》1904年4月号／アメリカは《コリアーズ》1904年3月26号
時代設定：1899年

通常と異なり、誰が敵なのかという謎は存在せず、その敵をいかにして止めるかという事件。「ロンドン一の悪党」ミルヴァートンは、モリアーティやグリムズビー・ロイロットと並んで、最も手ごわいホームズの敵のひとりだった。

ホームズに相談をもちかけてきたのは、レディ・エヴァ・ブラックウェルという、社交界にデビューした若き美女だった。ドーヴァーコート伯爵との結婚が2週間後に迫っていたが、その結婚が行われることになるかわからないという。彼女がしたためた、かなり軽率な内容の手紙が、ミルヴァートンという恐喝者の手に渡ってしまったからだった。

ホームズはこの卑劣な人物と対話すべく、221Bに招く。ミルヴァートンは7000ポンドという莫大な金額を要求してきて、2000ポンドという対案は即座に断った。ワトスンを交えたこの顔合わせに、ホームズは珍しくいら立ち、3人はつかみ合いをする寸前までいったが、ミルヴァートンは別の「依頼人」に会うために帰っていく。

ホームズは別の手を打つことにして、ハムステッド・ヒースにあるミルヴァートンの立派な住処を、配管工に変装した姿で訪れた。彼はここでアガサというメイドに取り入り、結婚の約束までしてしまう。むごい手段だが、このような特別な状況では、必要だと感じてのことだった。アガサの信頼を得たホームズは、家の構造とミルヴァートンの書類の場所に関する情報をすぐさま手に入れたのである。

そしてホームズは、みずからの手で裁きを下すべく、夜間に押し入る計画を立てる。もちろんワトスンは、彼ひとりを危険な目に遭わせはしなかった。それでもこの探偵は、ミルヴァートンの強欲さについて、致命的な計算ミスをしていた。スリルあるクライマックスでは、さらに恐ろしい犯罪が行われる。

名探偵が下宿したロンドンのベイカー街221Bの部屋を、テキサス州のトリッシュ・マクラッケンが正典を細かく調べて再現した。

左ページ：《コリアーズ》1904年4月30日号に掲載された〈六つのナポレオン像〉。フレデリック・ドー・スティールは俳優のウィリアム・ジレットをホームズのモデルにした。

六つのナポレオン像

初出：イギリスは《ストランド》1904年5月号／アメリカは《コリアーズ》1904年4月30日号
時代設定：1900年

レストレード警部が221Bを訪れ、一見したところかなりくだらない事件の解決に、不承不承ながら助力を求めてきた。正体不明の人物が皇帝ナポレオンの石膏像を次々に壊したというのである。この奇妙な襲撃の最初の被害者はモース・ハドスンといい、胸像を販売した店の経営者だった。次のバーニコット博士は、自宅と診療所の両方に侵入されて、所有する2体の彫像を持ち出されたあげく——それ以外は何も盗まれなかった——壊されたのだ。

レストレードの最初の見立ては、予想されるとおりの気まぐれな直観で、妄想に取りつかれた異常者が逃亡しているというものだった。ところが、事態はおかしな方向に進む。その夜にまたナポレオン像が割られたのだが、今回は死体も一緒だったのだ。像の持ち主のホレス・ハーカーという新聞記者は、階下から聞こえる物音を気にして調べに行ったところ、窓が開いていて、像がなくなっていたという。そして玄関を開けると、そこに死体があったのだ。被害者は30歳前後で、身なりは貧しく、日に焼けていた。傍らには角製の柄がついた折りたたみナイフがあり、ポケットには「サルのような」顔の男の写真が入っていたのである。

左：有名な1809年のヴァグラムの戦いにおけるナポレオン。これを描いた（もしくは手本にされた）オラス・ヴェルネは、ホームズの祖先に当たるという。

犯人は何か特定のものを探しているとホームズは感じたが、犯人には警察が彼のことを異常者と見なしていると思わせておくほうがいいと考えた。彼はいずれ新聞に載ることを見越して、この考えをハーカーに伝えるようレストレードに言った。ホームズは像を売った店を見つけ出すと、そこから製造者のゲルダー商会を突き止め、壊された像が6個一組でつくられたものと知る。写真の男はベッポというイタリア人で、工場で最近雇われたものの、かなり迷惑な人物と見られていたらしい。彼のいとこが、今も工場で働いているとのことだった。

その夜、死んだのはピエトロ・ヴェヌッチというマフィアの一員だったと、レストレードが明かす。残りのナポレオン像を見つけ出す競争は、ホームズのほうが一枚上手だった。最終的にこの事件は、ホームズとレストレードが協力するという珍しい例となった。一方でハーカーは、この件を記事にして面目を施すことができたのである。

ホームズと失われた女性たち

「女性の思うこと、考えることは、男が解こうとしても解けない謎じゃないか」
〈高名な依頼人〉

　知力、財産、仕事上の成功、運動能力、ロンドンの一流の住まい。鹿撃ち帽を除けば、かなり粋な服装。それなのにホームズは、女性を追い払うのに忙しいということもなく、文学史上で最も有名な独身男性のひとりとなっている。では、彼のどこかが間違っているのだろうか。いや、そういう問題ではない。もしかしたらこの独身生活は、かなり意図的に選択したか、精神面の問題によるものかもしれないのだ。必然的に、人々はこう思ってきた。実は、この名探偵は女性にあまり興味がなく、機会さえあればワトスンと所帯をかまえるのではないかと。

　この説は近年になって盛んになってきたものだが、男性との強い友情を優先して、感情的なふれあいを避ける生活を送る成人男性に関しては、当然の疑問である。グラハム・ロブは *Strangers: Homosexual Love in the Nineteenth Century*（ピカドール、2003年）において、「すでに誰もが無意識のうちにわかっていることだが」ホームズはゲイだと論じている。紛れもないゲイに関する

「ひどい侮辱です、ホームズさま」。この探偵は婦人の感情を思いやる人物ではないが、盛んに言われる女性嫌いという非難は言い過ぎである。

用語が原作に出てくると、説得力のある意見を展開しているのだ。マイクロフトが通うディオゲネス・クラブは、「ロンドンでいちばん変わったクラブ」と言われるが、これと同じ年にオスカー・ワイルドの男色裁判において、「スノッブな同性愛者」という言及がなされているという。〈最後の事件〉でホームズが襲われたのが、ヴィア街という点も興味深い。ヴィア街は英国のゲイの歴史において、1810年に象徴的な中心地となったところなのだ。この年に男性の集団が同性愛の容疑で、ヴィア街の男娼館で逮捕されている。この一件では8人が有罪となり、うち2人は絞首刑に、6人はさらし台にかけられた。頭のいいコナン・ドイルなら、このような言外の意味は間違いなく意識していたはずである。この探偵と医師のあいだの性的な親密さを匂わす言及は、ほかにもある。ある場面では「ホームズの手が伸びてきて……わたしの手を握った」とあり、のちの作品では「わたしたちの泊まっている部屋にはベッドが二つ」という具合だ。〈瀕死の探偵〉では、ホームズは異常なほど熱い言葉を口にして、この医師を行動に駆り立てている。「急いで、ワトスン、さあ！　ぼくのためを思ってくれるなら」

珍しくもホームズが表紙に登場した、1951年発行の男性誌《メン・オンリー》。

よくある口論やホームズの冷淡な態度にもかかわらず、この2人のあいだにかなり愛情のこもった関係がある点は疑う余地がない。これは何気ない室内の様子にも見て取れる。たとえば、ホームズはワトスンの小切手帳を自分の引き出しにしまっていて、鍵ももっているし、〈バスカヴィル家の犬〉ではワトスンに対し、「絶対無事にベイカー街へもどってきてくれよ、頼むから」とはっきりと言っている。〈三人のガリデブ〉でワトスンが撃たれ、死んだのではと恐れたときほど、ホームズが感情を激しく見せた場面はないだろう。「もしワトスンを殺してでもいたら、生きてここを出ていけたと思うなよ」と、傷を負わせた相手に言い放っているのだ。この熱い気持ちが、〈四つの署名〉で不機嫌に妬む様子として描かれている。ワトスンがメアリ・モースタンと婚約したことを知ったホームズは、「ぼくには絶対におめでとうとは言えないね」と口にしているのだ。ただ、強い親しみの証拠はたくさんあるが、感情を伴った優しさは性的嗜好の証拠とはならない。実際のところ、コナン・ドイルによる言葉に、いわゆる「ブロマンス」［男性同士の、性的な関わりのない近しい関係］を匂わすようなものはほとんどないのである。

正典の大部分に関しては、ワトスンとの関係に性的緊張はいっさいなく、この2人は事件と事件のあいだには、数週間から数カ月、果ては数年間にわたって、お互いにほとんど関わりをもたなかったようだ。ホームズにとってワトスンは誠実で頼りになる相棒であり、「信頼のおける友」なのだ。〈ボヘミアの醜聞〉での「ぼくのボズウェルがいてくれないとお手上げだよ」というホームズの発言は、ワトスンに対し優しくもしっかりと釘をさしている。ホームズの優れた才能を目にする信頼のおける目撃者ではあるが、まったく対等の立場ではないというわけだ。

一方、ワトスン自身が美人に目がないのは確かなところで、ひとつの話につき最低でもひとりの女

性について、その美しさや魅力をめでている。ホームズも言っているように、「女性のことならきみの専門分野」なのだ。ワトスンはホームズが身を固めることに関して完全にはあきらめていず、〈ぶな屋敷〉ではヴァイオレット・ハンターに対してかすかな望みを感じ取っているが、その望みはすぐさま砕かれている。〈ボヘミアの醜聞〉でも残念そうに、ホームズが「人の情愛についても、あざけりや皮肉のことばを交えずに話すことなどけっしてない」と記している。

ホームズには繊細な感情がないわけではない。感情を見せることがまれであり、一瞬のものなのだ。〈美しき自転車乗り〉では、魅力的なヴァイオレット・スミス嬢について、「ああいうきれいな娘にはつきまとう男たちがいたって何の不思議もない」と述べている。また、〈ライオンのたてがみ〉に登場したモード・ベラミー嬢に対しては、明らかに好感を寄せていた。ホームズは女性が嫌いなわけではないのである。〈恐喝王ミルヴァートン〉では労せずに魅力を振りまいて、ミルヴァートンのメイドとあっという間に婚約している。このときの行為は、ホームズにとって愛に根ざした行為ではなく、事件を解決するためのただの手段にすぎなかったが、それでも彼が求婚を容易に成功させたという価値が減ずることにはならない。

ただ、ホームズの人生において不変の地位のようなものを勝ち得た唯一の女性となると、本質的には性的なこととは無関係であり、母親の代理的存在で頼りになる、愛しのハドスン夫人になる。「ロンドンでもいちばんありがたくない下宿人」と言われるホームズの辛辣な物言いや反社会的行為、次々と現れる怪しげな来客にもかかわらず、彼の面倒をすべてみているのだ。しかも、彼の部屋で行われている危険な化学実験に対しても、何も言わない。長い期間にわたって許容されてきた女性といえば、あとはワトスンの妻しかいないだろう（複数いるはずという意見を受け入れると、「妻たち」になる）。それはおそらく、彼女（たち）がこの主人公たちの冒険を積極的には妨害しなかったからだ。結局のところホームズにとって、許容できる女性とは、邪魔をしない女性のことなのだった。

反証を提示できないとすれば、最も筋の通った結論は、ホームズは完全に禁欲を守っていて、愛情をもつと自分の能力が落ちるのではと恐れている、というものだ。ホームズの能力は——少なくとも心の中では——女性と距離を置くことによって維持されるのである。こうして厳重に警戒しているため、「つねに心よりも頭が先に立つこのわたしが女性にうっとりするなど、まずめったにない」とか「ぼくはそれほど女性を崇拝してるわけじゃない」といった言葉を口にしているのだ。

自己啓発本を読むホームズなどという姿は想像できないが、『男は火星人、女は金星人』といった、男女は異なるという説の古くからの賛同者ではあっただろう。みずからの人生を秩序だった論理的思考の上に築いている男性として、予測がつかない女性のことはまったく理解できなかったのである。心変わりすることが女性の特権だとしたら、ホームズはその特権の禁止を望んだこ

ビリー・ワイルダー監督による『シャーロック・ホームズの冒険』のベルギー版ポスターでは、映画向けにセクシーな面が強調されている。

het private leven van

1949年にニューヨークのバンタム・ブックス社から出版されたアメリカ版『バスカヴィル家の犬』の表紙では、西部開拓時代風へイメージチェンジしている。ビル・ショイヤー画。

とだろう。憤慨したときのホームズは、「女性の動機というのはじつに不可解なものだよ……流砂の上に家は建てられないというわけだね」という結論を下している。彼は何度となく、理性ある男性とは正反対のものとして、女性のことを述べてきた。〈四つの署名〉では「感情的なものが入り込むと、明快な推理ができなくなる」と述べ、〈アビィ屋敷〉ではワトスンに対して、「あの夫人の魅力に考えが曲げられてしまってはならない」と警告している。ふたたび〈四つの署名〉では、もっとはっきりと言っている。「判断力をくるわせるといけないから、ぼくは生涯結婚しないつもりさ」

ホームズはいろいろな意味で、危険な感情に打ち勝つ理性という、ヴィクトリア朝の理想を表している。彼には独立心はあるが、秩序の人なのだ。地図や索引、年鑑のことを絶えず考え、すべてのものにラベルを貼って所定の場所に分類し、あらゆることを知ることで、疑念や不確実なものを世の中から排除する人間なのである。彼が本来の状態になかった細部を見つけて犯罪を解決したことが、何度あったことか。それでも、美しい顔や足首がちらりと見えることで、足元がすくわれるのではと恐れているようなのである。

ホームズの影響は、彼よりあとの作品である『ピーターパン』、『ツバメ号とアマゾン号』［アーサー・ランサムの児童向け冒険小説］、さらには『うわさのウイリアム』［R・クロンプトン著で少年が主人公］などにも見られる。大人にならない少年が、あちこち動き回っては犯罪を解き、不正を正して、あらゆる権威に反抗するのだ。男の世界で活躍する男でありながら、読者にとっていつまでも魅力が尽きない理由のひとつに、ホームズの中にある永遠の子供がある。依頼人のメアリ・モースタンのことを魅力的だというワトスンの意見に対するホームズの反論は、まるで遊び場にいる子供のようで、「そうだったかね？　気がつかなかった」と無関心そうに言うのである。

ホームズには明らかに子供のようなところがあるが、考え方が未熟ではないのは、はっきりしている。人間関係や感情のことはかなり理解していて、数多くの事件の底にある動機や行動について推理する際には、それらを用いている。彼が冷淡な人物を演じているのは、自分には理解できない感情から逃れようとしているだけだというのは、単純すぎるかもしれない。

身内の結婚相手としてホームズが望ましいとはとても思えないし、彼自身そう思っていただろう。ライヘンバッハの滝に落ちて死んだと思われてから3年間も行方知れずだったことについて、ホームズ夫人だったらどのような反応をしただろうか。それも、彼がそのあいだにノルウェー人の探検家に扮して、チベットにいたと知ったら？　同様にホームズのほうも、制度としての結婚の魅力には明らかに失望していたようだ。家庭の幸福という理想をはっきりとした失望感で満たすような

語られざる事件

　正典では事件への言及は100を超えているが、その多くはチャリング・クロスのコックス銀行に保管された、ワトスン博士の文書箱内に詳述されていると思われる。これらのおかげで、好奇心をそそる疑問がたくさん出てくるとともに、数多くのパスティーシュ作品の題材にもなっている。鵜飼いの役目とは何だったのだろうか……。

* アバーネティ家の恐ろしい事件（およびパセリがバターの中に沈んでいく深さ）
* アマチュア乞食団の事件
* おとなしそうな殺人犯バート・スティーヴンス
* ニセ洗濯屋事件
* カンバーウェルの毒殺魔事件
* ウォーバートン大佐の狂気
* （オランダ領スマトラ会社にからんだ）モーペルテュイ男爵の大陰謀事件
* ダーリントンの替え玉事件
* ジェイムズ・フィリモア氏の失踪
* ダンダス家の別居事件（夫が「食事を終えるたびに入れ歯をはずして、妻に向かって放り出すようになった」）
* スマトラの大ネズミ（マティルダ・ブリッグス事件）
* グロヴナー・スクウェアの家具運搬車事件
* 頭がおかしくなったイザドラ・ペルサーノ（および現代の科学では知られていない驚くべき虫）
* 思い出すだけで胸が悪くなるメリデュー
* 一番魅力的な女（幼い子3人を毒殺した）
* ノンパレル・クラブのトランプ詐欺事件
* 奇妙な迫害を受けたジョン・ヴィンセント・ハーディン
* 政治家と灯台と鵜飼いにまつわる一件
* 忌まわしいアカ蛭と銀行家クロスビー惨殺事件
* 内反足のリコレッティとその憎むべき細君の事件
* アルミニウム製松葉杖の怪事件
* 二人のコプト人長老事件
* 鼻の頭におしろいがついていなかったマーゲイトの女
* 悪名高きカナリア調教師ウィルスン

物言いに加えて、こうも言っている。「人生なんてどれも惨めで無力なんじゃないか？……手を伸ばす。つかむ。最後に手に残るものは何か？　幻だよ。でなければ、幻よりもっと悪いもの――嘆きだ」。彼には結婚カウンセラーの道はなさそうである。

　ホームズのような鋭い知性の持ち主でも、相手の魅力のせいで判断が「ゆがんだ」り、「間違った」種類の女性に惹かれたりということがあるのだろうか。〈四つの署名〉における思いつきの発言を例に取ろう。「女性っていうのは全面的には信用できない――どんなりっぱな女性でも」。さらに面白いことに、こうも言っている。「実際、ぼくの知っているいちばん魅力的な女は、保険金目当てに幼い子を三人も毒殺して絞首刑になった」。いつもワトスンが上品で立派な人と一緒になっているのは確かだが、ホームズが上品でない人と一緒にならないとは、確信をもって言えるだろうか。

　〈ボヘミアの醜聞〉に登場したアイリーン・アドラーという女性は、ホームズの心を強くとらえることができたことで、抜きん出た存在である。「この地上にボンネットをかぶる女は無数にいるが、あれほど美しい女はいない」というこの女性は、血気盛んなアメリカ人のオペラ歌手で、ボヘミア王の恋人だった。ところがこの王はアドラーのことを「身分が釣り合わな」いと見なして、別の女性との結婚を発表するとともに、彼女が２人の関係を暴露するのではと恐れたのである。証拠となる写真を彼女から取り戻すためにホームズを雇ったのは王だったが、ホームズが共感したのはアドラーのほうだった。さらには、最終的にこの名探偵を出し抜いたのも彼女だ。彼女は美しくて狡猾で、独立心にあふれ、侮ると危険であり、ヨーロッパの王家のひとつの将来を脅かしたのである。ホームズは別のところで「失敗は四度ありましたよ――三度は男に、一度は女に出し抜かれました」と口にしているが、この女とはアドラーと見なして間違いないだろう。彼女こそ、ホームズが最も警戒していたと考えられるタイプの人物だったのである。それなのに、ホームズが「アイリーン・アドラーに対して、恋愛感情に似た気持ちを抱いているわけではない」とワトスンが見て取っている一方で、彼女はホームズにとって「つねに『あの女性(ひと)』である……ほかの女性全体もくすんでしまうほどの圧倒的存在」なのだった。話の最後で、ホームズは彼女の写真を手に入れている。感傷的なことを大いに嫌う人物にとって、これが大きな意思表示であるのは確かだ。そこで読者は疑問に思うのである。ホームズが関係を避けたのは、自分を惹きつける女性こそ、自分を打ちのめすことのできる人物であると推理したからなのかと。

　最後に、コナン・ドイルがこの主人公に対して、驚きの事実を考えていた可能性が残っている。〈バスカヴィル家の犬〉の中でワトスンは、「死を悼んで涙を流してくれる女さえひとりもいないほどの悪人など、いないのだろう」と触れている。「女性を愛したことが一度もない」ホームズは、自分のために涙を流してくれる人はいるのかと、疑問に思っていたのだろうか？

1923年のアレクサンドル・ボグスラフスキー社のタバコ・カードに描かれたアイリーン・アドラー。ホームズのことを正しく見定めたと言える女性である。

モリアーティ教授

　架空の最強の犯罪者モリアーティは、ホームズ自身が悪の道へ進んでいたらどうなっていたかを示してくれる存在だ。モリアーティが実際に登場するのは〈最後の事件〉と〈恐怖の谷〉の2話だけで、言及されているのもほかに5話しかない。にもかかわらず、この天才は不気味な存在感をつねに放っている。ホームズがこの「犯罪界のナポレオン」の追跡に取りつかれたようになったのと同様、モリアーティも読者の意識へと完璧なまでに入り込んだ結果、彼の気配がほぼすべての事件に垂れ込めている。読者の想像力の周辺に現れたり消えたりする、精霊のような存在なのである。

　ホームズはモリアーティのことを、「この大都会の悪事の半分と迷宮入り事件のほとんどの、黒幕」と見なしている。モリアーティがホームズに対してかくも魅力的な難敵となったのは、その膨大な知的能力のせいだ。ホームズは彼を「自分に勝るとも劣らない頭脳をもった敵」と呼んで、最大の賛辞を送っている。身体的には、かなり不気味な印象を与える人物だ。背は高く、がりがりにやせていて、額は青白くせり出し、灰色の目は落ちくぼんで、「前に突き出した顔を爬虫類のように奇妙なかっこうで絶えず左右にゆっくり揺らしている」と描写されている。

　モリアーティの優れた技量は、「ありとあらゆる悪事の首謀者。暗黒街を牛耳る頭脳」でありながらも、自身が犯罪に関わったというあらゆる疑惑から、長期間巧みに逃れていたことにある。ホームズが述べているように、「くまなくロンドン全体にのさばっているのに、あの男のことは世間ではまったく話題にのぼらない。だからこそ、あいつは犯罪史の頂点に立つ悪党になれた」のである。世間にとって彼は単に、「高名なもと数学教授、モリアーティ」なのだ（注目すべきことに、コナン・ドイルは学生のとき数学が嫌いだった。そのため、彼が作りだした残忍な人物が数学の分野の出身というのは必然とも言える）。一方でホームズは、この「天才で、哲学者で、理論家」をようやくとらえた。数えきれないほどの犯罪の筋をたどって、巣の中心にじっと潜んでいる「毒蜘蛛のような生き物」のモリアーティを突き止めたのである。

　名将軍と同じように、モリアーティも有能な補佐でまわりを固めていた。〈空き家の冒険〉のパーカー（「ユダヤ・ハープの名手で首絞め強盗」）のようにかなり平凡な者から、元軍人で、「わが東方帝国インドが生んだ、猛獣狩りの名人」である、「教授の参謀長」セバスチャン・モラン大佐まで、多岐にわたっている。

　断固として独身を貫いているモリアーティは特権階級の出で、わずか21歳のときに「二項定理についての論文」によりヨーロッパ中で認められた。これがきっかけで、英国の小さな大学のひとつで数学教授のポストを与えられている。彼はまた、『小惑星の力学』というかなり評価の高い著作も手がけた。一時は成功を収めたものの、詳細不明の「黒い噂」によって教授職

を辞することになり、ロンドンへ移ったのである。それを転機として、彼は犯罪行為に生涯を捧げるようになったのだった。

　ホームズにとっては、モリアーティの帝国を崩壊させることが最大の目標だった。ワトスンは〈最後の事件〉の中で、「モリアーティ教授を社会からきっぱりと追放できるのなら、喜んで自分の人生にピリオドを打ってもかまわない」とホームズが語っていたと記している。当然ながらホームズは、モリアーティのことを軽視する姿勢を崩さなかったが（たとえば、「モリアーティ教授」ではなく、「モリアーティ氏」と表現している）、その一方で、みずからの推理力にとって最大級の敵であることは認めていた。この2人の能力はほぼ均衡しているので、考えられるかぎり究極の方法により、ライヘンバッハの滝でお互いのことを消し去ってしまったのかと、しばらくのあいだは思われた。ありがたいことに名探偵は戻ってきてくれたが、それでもモリアーティはホームズの意識に入り込んでいた。「幻覚にとらわれるようなぼくでもないのに、滝の底から助けを求めるモリアーティの叫びが聞こえるような気までしてきた」と彼は口にしている。おそらく、「古今東西随一の陰謀家」は自分がかなわなかった相手の悪夢に現れて、最後までその記憶から消えないのだろう。

　シャーロッキアンたちは長きにわたり、モリアーティの実在のモデルについて、考えられる候補を挙げてきた。〈恐怖の谷〉でホームズは、モリアーティをジョナサン・ワイルドにたとえている。ワイルドは18世紀初頭のロンドンにいた人物で、「盗賊捕縛手」の集団を率いており、警察の代わりに数多くの罪人を裁いていた。このためワイルドは庶民の英雄的な存在だったが、実は彼の盗賊捕縛手も犯罪者の集まりだったのである。ワイルドの計略のひとつは、部下に盗ませたものを自分たちが取り返したと言い張るというものだった（さらには、その悪漢を逮捕した）。その後、その盗品を正当な持ち主に返して、充分な報酬を手にするのである。ロンドンにいた泥棒のほとんど全員が、彼の指揮下にあったとも言われている。役に立たなくなった仲間については、平気で絞首刑執行人のもとへと送り込んでいた（そして、この市民のつとめに対しても金銭的報酬を得ていたのである）。それでも、ついには真実が明らかになって1725年に絞首刑に処せられ、彼の名前は不正行為と偽善行為と同じ意味になったのだった。

　モリアーティのモデルとしてほかに考えられる人物に、アダム・ワースがいる。ホームズよりも前に、スコットランド・ヤードから「犯罪界のナポレオン」呼ばわりされた男だ。ワースは1844年にドイツに生まれたが、まだ幼いころに一家でアメリカへ移住した。彼は同地でこそ泥から本格的な泥棒になったのち、アメリカの司法制度から逃れるべく、ヨーロッパへ渡った。フランスと英国に暮らしながら泥棒や詐欺を働き、違法な賭博施設の経営もした。そのうちに犯罪社会の複雑な人脈網を築き上げて、無数の泥棒や押し込み強盗に利用したのである（暴力は用いな

右ページ：ジョン・バリモアがホームズを演じた、1922年制作の映画『シャーロック・ホームズ』（イギリス以外でのタイトルは『モリアーティ』）の不気味な広告。

ENGLAND, 1922 WILL DYSON

1876年にアダム・ワースによってボンド街の画廊から盗まれた、ゲインズボローによるデヴォンシャー公爵夫人の肖像画。

いという条件付きだった)。よく知られているように、彼は1876年にロンドンのアグニュー・アンド・サンズ画廊から、トマス・ゲインズボローによるデヴォンシャー公爵夫人の肖像画を盗んだ。コナン・ドイルはモリアーティがグルーズの『子羊を抱く少女』を所有しているとしたが、これはワースの所業に対する遠回しの言及だと、多くの評論家は見ている。ワースは長きにわたって2つの大陸の警察の鼻を明かしてきたが、1891年にブリュッセルで強盗に失敗して逮捕された。警察は彼の犯罪行為の範囲を証明することができなかったが、ワースはベルギーでの一件に対して7年の刑を受けた。そして模範囚で1901年に早期釈放になると、2万5000ドルという大金と引き換えにゲインズボローの絵をアグニュー画廊に返した。法と秩序の力をみごとに出し抜いたこの紳士的な大犯罪者は、翌年になってすぐに自由人として息を引き取っている。

　モリアーティのモデルとなったほかの数多くの候補の中でも、特に有力視されてきたのがローラン・ド・ヴィリエだ。彼は別名をジョージ・フェルディナンド・スプリングムール・フォン・ワイゼンフェルドといい、ドイツの特権階級に生まれた。ヴィクトリア朝時代の大半をロンドンに暮らし、法の手がまったく届かないところで、莫大な金額を不正に集めていた人物である。最後には、スコットランド・ヤードのスウィーニー警部による執拗な追跡によって逮捕された。警部は1904年の回顧録で、このときのことを振り返っている。

ホームズの強敵たち

ホームズのことを少ししか知らない人でも、モリアーティ教授の名前はおそらく耳にしているだろう。記憶に残る悪人はほかにも大勢いるが、悪事を働いた者全員が、この名探偵から怪物と思われているわけではない。ホームズと読者の両方から同情を買うような人物も、中にはいるのだ。一方で、いいところがまったくなく、ホームズの社会においても現代のこの世界においても、潜在的な恐怖という強力な暗号的役割を果たす者も存在する。

ホームズの強敵といえば、圧倒的な存在感を放つアイリーン・アドラーの名を挙げなければ始まらない。ただし彼女は悪意ある敵というより、好敵手に位置付けられるだろう。アドラー嬢について詳しくは、本書の「ホームズと失われた女性たち」の項をご覧いただきたい。ここでは、大胆にもホームズの命を計画的に狙った、正典に登場する悪者一味の中から、まずはセバスチャン・モランを紹介しよう（〈空き家の冒険〉に登場）。事実、彼は厚かましくも二度もホームズを殺そうとしたのだ。

モランはモリアーティ教授の右腕であるため、ホームズからも「ロンドン第二の危険人物」と見なされている。もとペルシャ公使であるサー・オーガスタス・モランの息子で、特権階級の出だ。イートン校およびオックスフォード大学に学び、軍隊で武勲を立てて、第二次アフガン戦役での1879年のチャラシャブの戦いでは殊勲者報告書に名を連ねている。

モランは射撃手としての優れた特性で特に知られていて、インドでは手負いの人食いトラを排水溝まで追いかけたという。ところが何がどうなったのか、軍隊を追い出されるとロンドンへ戻ってきて、モリアーティと手を組んだのだ。彼は外部の世界には、ロンドンのおしゃれな界隈に住み、高級クラブに所属する上品な人物に見せていた。だがその姿は幻であり、重い罪を犯す生活を隠していた。だからこそ、記憶に残る敵となっている。普通の社会秩序を代表するような人物に見せつつ、実際のところはそれを蝕もうとしているのである。ホームズの世界では、これは最も危険な部類の悪人に属する。モリアーティが「悪に手を染めたホームズ」の姿を表しているように、もしスタンフォードがホームズでなくモリアーティをワトスンに紹介していたら、モランはワトスンがなる可能性のあった人物の姿と考えられるかもしれない。

社会組織に対するこのような脅威は、〈高名な依頼人〉に詳述され

シドニー・パジェットが描いた、ホームズの仇敵モリアーティのこの有名な挿絵には、犯罪組織の親玉の「爬虫類のように奇妙な」様子が表されている。

バリー・モーザーによる、グリムズビー・ロイロット博士の挿絵。ホームズが相対した敵の中でも、悪魔のように恐ろしい人物のひとりだった。

ている、アデルバート・グルーナー男爵の犯罪にも同じように表れている。このオーストリアの貴族には反社会的傾向がありながら、端麗な容姿と「ロマンチックで謎めいた雰囲気」があったため、女性を引き寄せることができ、それから彼女たちをおぞましい運命に向き合わせたのだ。彼は「ネズミを追い詰めて、のどをゴロゴロいわせてありがたがっているネコみたい」だった。ホームズは彼のことを「敵ながらあっぱれ」と見なして、その犯罪の芸術性には感心したが、彼が自然の秩序に対して与えた脅威――「やや浅黒い」異国風によってのみ際立つ脅威――については嫌悪していた。

外国という「異質」に対するホームズの不信は、〈まだらの紐〉でも明らかだ。この話に登場するグリムズビー・ロイロット博士は英国の旧家の末裔ながら、インドに長くいたのちに怪物となってしまった。それでも彼の恐ろしい気性は、「熱帯」に長年いたせいではなさそうだ。誰でもいらだったりピリピリしたりするものだが、ロイロットの冷酷な残虐さは、正典ではほかに類を見ないだろう。彼の犯罪の被害者は、その家族たちだった。もしホームズが（さらにはコナン・ドイルが）広範な社会秩序を守ろうとするなら、（自分たちがその重要な一部であっても）基本単位である家族に対するこの攻撃は、圧倒的に最も恐ろしいものである。主たる被害者が、この名探偵の騎士道精神に訴えかけてきた、魅力的で無防備な若い女性だったのだから、なおさらだった。

ロイロット博士が救いようのないほど恐ろしい人物だとすると、〈ぶな屋敷〉のジェフロ・ルーカッスルはどうか。第一印象が多少は魅力的であるものの、ロイロット博士の後塵を拝しているわけではない。陰鬱な博士と同じく、ルーカッスルも私利私欲のために、自分の家族の一員に対して冷酷な計画を実行した。彼に関しては長所を見つけるのが難しいほどであり、みずからの非道な行いの末に病人となって、「寝たきり」となった運命については、読者からも語り手からも、同情は得られないのである。

だが、社会を蝕む最も悪質な人物となると、チャールズ・オーガスタス・ミルヴァートンということになるだろう。そのあまりに不快な恐喝王ぶりのせいで、事件名にその名がつくほどである

（これはめったにない栄誉だ）。「ぼくは、こういう仕事柄、人殺しの五十人以上は相手にしてきた」と、ホームズは述べている。「そのなかで最悪のやつだって、この男ほどけがらわしくはなかった」。肉付きがよく、「ちょっと見ただけでは、あのピクウィック氏を思わせる、いかにも人のよさそうな顔つき」と記述されているミルヴァートンは、「財産や地位のある人間にとって表沙汰になったら困る」、彼らの不利になるような私信を買い集めていたのである。そして巨額の金を要求するのだが、相手となるのは往々にして、自分の気持ちに多少率直になったにすぎない若い女性たちなのだった。ミルヴァートンは魂を傷めつけるだけでなく、私生活を攻撃したり、自分の利益のために（通常は女性の）性的な表現をあさったりして、社会機構をも蝕んだのである。上品な人たちはピアノの脚の曲線にも赤面してカバーをしたというような時代だったため、ホームズがミルヴァートンのことを嫌悪したのも当然なのだった。

　正典には多彩な悪人が数多く出てくるが、ここで述べたのは、モリアーティと並んで卑劣で無遠慮な者たちである。だが誰ひとりとして、普通の人が理解できないような力に突き動かされた、切り裂きジャックに匹敵するほどの者はいない。彼らはその代わりに、それぞれが冷酷で抜け目なく、自分自身のために卑劣な行為を実行している。そのため彼らは、標準的な社会秩序――ホームズが生涯と全精力を捧げて微妙なバランスを保とうとした秩序――に対する深刻な脅威を表しているのだ。

三人の学生

初出:イギリスは《ストランド》1904年6月号／アメリカは《コリアーズ》1904年9月24日号
時代設定:1895年

はっきりとは書かれていない大学町（おそらくオックスフォードかケンブリッジ）に滞在したホームズは、初期イギリスの勅許状に関する研究を邪魔されて、かなり腹を立てていた。彼に声をかけてきたのは、ヒルトン・ソームズというセント・ルーク・カレッジの講師で、地元であったちょっとしたトラブルに手を貸してほしいという。ソームズは、翌日のフォーテスキュー奨学金の試験に使う、ギリシャ語の試験用紙の準備をしていた。そして4時半に友人とお茶を飲みに行くため、鍵をかけた部屋の机の上に、試験の下書き（ツキュディデスの文書）を置いて出かけたのである。

ところが、彼が1時間ほどして戻ってきたところ、ドアに鍵が差し込んであって、試験用紙に手を触れた者がいることに気づいた。書類はきちんと積み重ねて置いてあったのに、部屋の3箇所に散らばっていた（驚いたことに、ホームズはその3箇所を正確に言い当てた）。ちょっとした悪事のせいで、大学の名声が危機にさらされたのである。

ドアの鍵の持ち主は、バニスターという信頼のおける用務員だった。彼はこの不正にいっさい関与していないと明言し、お茶を入れるかどうかを尋ねようとして、部屋に入ったのだと言う。彼は部屋に誰もいないのに気づいて引き下がったが、そのときに鍵をドアに差したままにしたに違いなかった。試験用紙に手が加えられていると聞くや、バニスターは気を失って、椅子に倒れ込んでしまう。一方ソームズは有益な発見をしており、それには折れた鉛筆の芯、鉛筆の削り屑、机の上にある長さ3センチほどの切り傷、おが屑が混じった、黒

オックスフォード最大の中庭トム・クワッドをもつ、クライストチャーチ・カレッジ。

い泥か粘土の塊といったものが含まれていた。

現場を調べたホームズは、不正を働いた者が誰であれ、ソームズの寝室に隠れていたという結論を出す。嫌疑はカレッジの建物に住む3人の学生にかけられた。そのうちのひとりのダウラット・ラースはソームズの部屋を訪れていたが、ソームズのほうは、試験用紙は見えるところには置いていなかったと請け合った。ただラースは、自分の部屋の中をそわそわと歩き回っている姿を見られていた。あとの2人の学生は、運動が得意で財政的に困っている、2階に住むギルクリストと、優秀ではあるがとっつきにくい、最上階に住むマイルズ・マクラレンだった。

ホームズは試験の日の朝6時に起きて、最後の捜査を行うと、この卑劣な犯罪の犯人の名を明かしたのであった。

金縁の鼻眼鏡

初出:イギリスは《ストランド》1904年7月号／アメリカは《コリアーズ》1904年10月29日号
時代設定:1894年

趣ある嵐の夜は、スコットランド・ヤードのスタンリー・ホプキンズ警部の登場によって妨げられた。彼は、ケント州チャタムに近いヨックスリー・オールド・プレイスで起きた謎めいた殺人事件の解決に、ホームズの助けを求めてきたのである。

その地所の持ち主は、年配で体の弱いコーラム教授という人物だが、彼の若き秘書ウイロビー・スミスが、封蠟用のナイフで刺殺されたのだった。だが捜査を進めたところ、スミスに敵はいなかった。唯一の手がかりは、彼を書斎で発見したメイドのスーザン・タールトンに対して、スミスが口にした最期の言葉だった。「先生、あの女です」と、彼は告げたのである。

ホプキンズから聴取を受けたメイドは、その日の状況について、さらに細かい点を伝えた。教授がベッドで寝ているあいだ、彼女がカーテンを掛けていたところ、書斎へ入っていくスミスの足音を耳にした。それから少しして、恐ろしい叫び声が聞こえてきた。落ち着きを取り戻した彼女が書斎へ駆けつけたところ、スミスが頸動脈を切られていたのである。彼の手には、金縁の鼻眼鏡が握られていた。

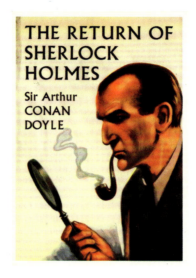

表紙が特徴的なジョン・マリー社版の『生還』。

現場を調べて満足できなかったホプキンズは、庭の小道を進む足跡を見つけるものの、不利な天候条件と、跡をごまかそうとする犯人のせいで、どちらの方向へ進んでいるのかも、靴の大きさもわからなかった。現場に行ったホームズはさらに細かい点に気づいた。特に注目したのが、ヤシで編んだマットが敷き詰めてある廊下であり、教授の書斎に荒らされた様子はないものの、物盗りが動機だと悟る。だが、すべての中で最も有用だったのが鼻眼鏡だった。ホームズはこの手がかりから、この殺人を犯したと見られる人物の外見を、完全に描いてみせた。

次にホームズは、エジプト煙草を延々と吸いながら、コーラムと話をした。コーラムは、殺人の状況についてはまったくわからないと口にし、秘書は自殺の可能性があると示唆した。事件以降、教授の食欲がとても旺盛になったと家政婦から聞いたホームズは、再度教授に会うことにして、犯人がまもなく明らかにされるのである。

スリー・クォーターの失踪

初出:イギリスは《ストランド》1904年8月号／アメリカは《コリアーズ》1904年11月26日号
時代設定:1896年

この話の冒頭で、ホームズはまたしてもふさぎ込んでいる。難事件がないことから、彼が徐々に断ち切ってきた麻薬癖がまた目を覚ますのではと、ワトスンは気にかけていた。そこに、シリル・オーヴァートンという助けが現れる。彼はケンブリッジ大学のラグビーチームのキャプテンで（ラグビーのために大学へ行っているタイプであることは明らかだった）、ホームズのところへ行くようにスコットランド・ヤードで言われたという。彼のチームの花形ウイングであるゴドフリー・ストーントンが、あろうことかオックスフォード大学との対抗戦前日に、姿を消してしまったというのだ。彼がいなければ、ケンブリッジの負けは目に見えていた。

みずから認めているように、ホームズ自身はこの楕円形のボールを使った球技に関する知識をまったく持ち合わせていなかったが、それでもこの件は引き受けることにした。前夜のストーントンは元気がないようで、最後に目撃されたのは、粗野な感じのひげづらの男と一緒にロンドンのベントリー・ホテルを出て行く姿だった。ホームズは彼のホテルの部屋で、この失踪した人物から送られた電報の一部を見つける。「私たちに力を貸してください、どうかお願いです」という、興味深い内容だった。

ストーントンの伯父で、裕福だがケチなマウント＝ジェイムズ卿が部屋に顔を出す。彼は甥の居場所については何も知らないと言い、捜査に金を出す気はないようだった。伯父に近づくためにストーントンが誘拐されたのではとホームズが推測すると、彼の態度にも変化が見えた。もう1つの説は、対抗戦に関する八百長である。ストーントンの友人のアームストロング博士が、何か解き明かしてくれるだろうか？

この事件に幕を下ろす役は、ビーグル犬とフォックスハウンドの交配種である、耳の垂れたポンピーに任された。

オックスフォードとケンブリッジの初めての対抗戦は1872年に行われた。ちなみに、この事件があった1896年に勝利を収めたのはオックスフォード。

アビィ屋敷

初出：イギリスは《ストランド》1904年9月号／アメリカは《コリアーズ》1904年12月31日号
時代設定：1897年

陰気な夜に包まれているベイカー街。ワトスンを起こしたホームズは、「獲物が飛び出したぞ！」という不朽のセリフを口にする。スタンリー・ホプキンズ警部がまたしてもこの探偵の力添えを求めており、今回はケント州マーシャムにあるアビィ屋敷に住む、サー・ユースタス・ブラックンストール殺しに関してだった。悪名高きランダル一家による残忍な強盗の際に殺されたようなのである。

ホームズは屋敷に着くと、サー・ユースタスの妻であるレディ・ブラックンストールに、前夜の様子について尋ねた。彼女は、1年半前に生まれ故郷のオーストラリアを離れて、その約半年後に結婚したことから話を始めた。ただ、この結婚は幸せなものではなかった。サー・ユースタスが大酒飲みで、暴力をふるいがちだったからである（彼女の愛犬に火をつけたことまであった）。

前夜の11時過ぎ、彼女は寝る前に家の見回りをした。すると3人組の男（ひとりはほかの2人より年上だった）が食堂に押し入ってきて、彼女をなぐって気を失わせたうえ、呼び鈴の紐で椅子に縛り付け、猿ぐつわをはめたという。そこにサー・ユースタスがリンボク製のステッキを手に現れたが、続く格闘の際に、火かき棒で殴られてしまった。レディ・ブラックンストールは意識が戻ったり失ったりを繰り返していたが、

アビィ屋敷の食堂の床に倒れて死んでいるサー・ユースタス・ブラックンストール。

侵入者たちが銀器を運び出す前にワインを飲んでいたことは覚えていた。

さらなる証拠は、ブラックンストールのメイドで住み込みのテリーサ・ライトによってもたらされた。彼女は夜の早い時間にこの一行を見かけていたが、彼らの意図には気づかなかったという。現場を調べたホームズには、いくつかの疑問が浮かんだ。引っ張ると使用人たちを警戒させることになりかねない呼び鈴の紐を、泥棒たちはなぜ使ったのか？　彼らがもっと多くのものを盗んでいかなかった理由は？　それに、ワイングラスのひとつにあった澱は、どういうことなのか？

ホームズは、ホプキンズがまもなくこの件に決着をつけると予期して、ロンドンへ向かった。ところが、ランダル一家に関する話が気になって、帰路の途中で屋敷に戻ることにする。現場をさらに調べた結果、また証拠が出てきて、ホームズはすぐさまレディ・ブラックンストールの過去につながる新たな容疑者のあとを追う。そして、法律の細かな点を無視して、自分なりの裁きを下すことにするのだった。

第二のしみ

初出：イギリスは《ストランド》1904年12月号／アメリカは《コリアーズ》1905年1月28日号
時代設定：1894年

　この話は、元々は「最後のシャーロック・ホームズ物語」として宣伝された。前にも聞いたことがある文言ではあるが……。
　ワトスンはこの事件について、ホームズの経歴で「最も重要な国際的事件」と述べている。というのも221Bに、首相のベリンジャー卿とヨーロッパ問題担当大臣のトリローニー・ホープが顔をそろえたからだ。事件は、ホワイトホール・テラスにあるホープの自宅寝室に置かれた、鍵のかかっている文書箱から書簡が盗まれたというものだった。この2人は細かい点を話すのを渋ったが、結局はホームズに、その書簡が6日前に外国の首脳から届いたもので、もし内容がもれれば破滅的な戦争になりかねないと明かした。手紙はホープが数時間家を空けたあいだに盗まれており、ほかの者は妻でさえもその存在を知らなかったという。
　ホームズはすぐさま、ロンドンのスパイ界から有望な容疑者を思いつく。ところが、主要な候補のひとりであるエドアルド・ルーカスが、前夜にホワイトホール近くの自宅で殺されたと、ワトスンから聞かされる。次にホームズが驚いたのは、美しいホープの妻がおびえた様子で訪ねてきたことだった。夫に知らせずにやって来たのだが、行方不明の封筒の中身をどうしても知りたいという（ホームズはこの情報は与えなかった）。
　じれるような数日が続いたのち、この謎の解明はルーカス殺しにかかっていると、ホームズは確信する。そこに突破口が開かれた。報道によると、ルーカス殺しに絡んで、フールネイ夫人という人物がパリ警察によって捕らえられたという。ルーカスは、アンリ・フールネイという名でも通っていたらしかった。
　もし手紙が消えたのなら、すでに影響が出ているはずと、ホームズは確信していた。そのため、まだどこかに隠されていると自信をもっていた。ホームズとワトスンはレストレードに呼ばれてルーカスが殺された現場へ行くが、そこでは不思議な発見があった。絨毯の血のしみが、その下の床板のしみの位置と合わないのである。ホームズはレストレード警部に、見張りの警官を取り調べるように言う。するとこの警官は、ある人物を家に入れたことを認めた。その訪問者が誰なのか、ホームズにはわかっていた。
　まもなく犯人を突き止め動機を理解したホームズは、芝居がかったお膳立てで手紙を正当な持ち主に戻す。分別は保たれ、戦争は回避されたのだ。

ある目的をもって通りを歩くホームズとワトスン。とりわけ上品に描かれている。

ホームズと私　　バート・クールズ

バート・クールズは多作のラジオ作家である。BBCとの関係は長く、『三十九階段』、『戦艦バウンティ号の叛乱』、『リーバス警部』シリーズ、『修道士カドフェル』シリーズといった多彩な作品の制作に携わってきた。1989年から1998年にかけては、コナン・ドイルによる正典をすべてラジオドラマ化するというBBCによる初の試みにおいて、脚本家たちの先頭に立った。このプロジェクトではクライヴ・メリスンがホームズを、マイケル・ウィリアムズがワトスンを演じた。その後の2つのスピンオフ作品では、アンドルー・サックスがワトスン役をつとめている。

ホームズものに惹かれたそもそものきっかけは、何だったのでしょうか？

　最初に私の想像力をかきたてたのが、原作が先だったのか、それとも1950年代後半から1960年代初めにかけてBBCでやっていた名高いラジオドラマだったのかは、今となっては思い出せない。カールトン・ホッブズとノーマン・シェリーが主演したものだ。どちらにも10歳ごろに出会ったが、それ以来私の記憶に鮮明に残っている。バットマンやスーパーマンといったものが大好きだった年頃の私が何よりも気に入ったのは、ホームズが頭のよさをいちばんの能力とする、スーパーヒーローみたいな存在だったところだ。不器用で太っていて、遊びもうまくない子供にとっては、とても興味深かった。自分はムキムキの体にはなれないし、銃弾よりも速くなれないし、かっこいい小道具もなければ洞窟に住むこともできない。でも、もしかしたら、頭を使えるようにはなれるんじゃないかと思ったんだ。

原作から電波へ移す際には、どのような困難に直面しましたか？

　ひとことで言うなら、どのラジオドラマを書くときにも直面する困難と同じだよ——面白く、手に汗握る内容で、音だけで話と登場人物を生き生きとしたものにしなければならない。何が起きているのかをはっきりさせるんだ。事細かな説明で聴取者の頭をいっぱいにしたりしないようにね。親密さと、最低限の方法で雰囲気を伝える力がある、ラジオという独特な小道具を利用するわけだ。さらには、広く愛されている原作に忠実でありつつ、現代の聴取者に新たな観点で伝えるという狙いもあった。

　この原則は、正典ではない作品にも当てはまる。コナン・ドイルがどういう理由であれ、取り組もうとしなかったか、できなかった分野の作品だ。たとえば私は、心霊主義を扱ったホームズ

バート・クールズのラジオドラマシリーズに出演した、クライヴ・メリスン。全60話ある正典の翻案すべてで名探偵を演じた唯一の俳優である。

作品も書いている。このテーマはドイルにとっては重要すぎて、軽く扱えなかったものだ。

聴取者がこうした話も気に入ってくれて、正典に対する私のやり方と好意的に比べてくれたのは、誇らしく思っている。*Further Adventures* のシリーズには、正典と同じように、うまくいった部分もあれば、それほどでもない部分もあったんだ。

ホームズが現代の人々のあいだでもいまだに人気がある理由は、何だと思いますか？

ホームズだけではなくて、ホームズとワトスンの2人だね。この2人の関係が、衰えることのない原作の人気の核にある。文学史上でも最高の友人関係のひとつであり、ちょっとした矛盾点や急いで書いた部分、短命の軽い読み物にしようというドイルの態度にもかかわらず、みごとに書かれている。それに、善人が全力を尽くして悪に打ち勝つという話は、いつまでもすたれないものだ。どの年代の人にも、ヒーローは必要なんだ。

正典でヴィクトリア朝後期を舞台にしたのは初期の話が多いけれど（全部の話の舞台がそうだと思っている人は多いだろうね）、とても力強い魅力がある。ガス灯に霧、心地よい暖炉、ベイカー街を軽やかに走る辻馬車、それに誰もがその場所を知りぬいて、喜んでそこに暮らしていたという社会的な確実性があるからだ。言うまでもなく実際のところは、大多数の人にとって厳しくつらい時代だった。原作はそのことを隠そうとしていないけれど、どういうわけか、ドイルが書く社会的リアリズムは、たとえばディケンズの場合とは違って、読者の心の中で目につくことはないんだよ。

歴史的にホームズとワトスンは、ラジオや舞台、映画ではかなり深みのない人物として描かれることが多かったですが、あなたの脚本では、2人とも完全に形作られています。正典を読んで、「肉付けをする」必要があると思いましたか？

正典ではこの2人は深みはあると思うけれど、彼らは長年のあいだにほこりやすすやニスが何層もたまった絵のようなものなんだ。ホームズとワトスンのことは、ドイルの原作を読むより、映画や舞台、テレビやラジオ、果ては広告で知る人が多くなっている。このBBCのプロジェクトの狙いのひとつも、ほこりを洗い流して、ドイルが作り上げたものを見せるということだった。

そうは言っても、特にワトスンについては、かなり強調する必要があるように感じた。原作のほとんどで、彼は読者に話を伝える語り手としてだけ存在している。読者は起きたことの大半を、彼の目や解釈を通して見るようになっているわけだ。直接の語りを多用するラジオドラマのかなり古臭い手法から脱却したいと考えていたが、そうするとワトスンは私たちが望む以上に脇へ追いやられてしまう危機にさらされる。だから、そうならないように努力したよ。

大衆文化のアイコンについては、「リアル」なものではなく、特異な性格が集まっただけと考える傾向があるようにも思う。私たちはホームズを単なる名探偵以上になるように、頑張ったんだ。

ホームズとワトスンの関係については、どのようにお考えですか?

　魅力的だけれど、簡単に言えば、この2人が合わさって、ひとりの機能する人間になっている。ワトスンが心臓で、ホームズが頭だ。持ちつ持たれつというところだね。

　ワトスンは多くの点で、ホームズとは正反対だ。ワトスンというのは、ヴィクトリア朝によくいた、究極の立派な紳士だよ。ただ、彼らを結びつけている主なもののひとつは、ホームズになりたいワトスンと、ワトスンを必要としているホームズだと、ある程度までは言える。ワトスンがいなければ、ホームズはおそらくみずから命を絶っていた。故意にせよ、そうでないにせよ。逆にホームズがいなければ、ワトスンは退屈死したことだろう。

　ワトスンが彼の存在そのままで、協力関係の重要な一部になっていることを、ホームズはわかっていると思う。ホームズにはもたらすことができないような知識や知性を、ワトスンがもたらしている話は多くある。つまり、ワトスンは対外的な顔なんだ。依頼人とのやり取りは、ホームズよりもワトスンがしているほうがはるかに多い。それに、ホームズほどの知識や洞察力を持ちあわせていないが、ワトスンは生まれつきとても知的で、洞察に満ちた人物。ホームズは皮肉や冷笑を示すこともある。でも、この点を実によくわかっていて、折にふれてそれを認めている。

　この2人を結びつけている大きなもののひとつが、ワトスンの文章だ――これ自体が、見過ごされたり無視されたりすることが多い、彼の性格の一面なんだ。科学や論理の行使についてワトスンがロマンチックにすぎるとホームズが批判する場面は、正典によく出てくるが、コミカルな味わいになることもあれば、まったく正反対になることもある。これが巧みな要素なんだ。正典という中心となる作り事の中で、ワトスンの文章がなければ、私たちは話自体をまったく知ることがなく、話に対するホームズの異議についても知ることがないんだから。いわばポストモダニストだよ、ドイルは。

　ホームズが求めているのは知的な研究で、ワトスンが求めているのは、ホームズの人間的な部分だ。221Bの居間に座って泣きながら事件の話をする依頼人の婦人を目にして、彼女のことを完全に抽象的な言葉で分析するのがホームズであり、ワトスンの場合は、彼女を見ると、助けを必要としている困った婦人が見える。婦人はこの2人の両方とも必要としており、それはドイルも同じで、さらに詩的に言うならば、私たちもそうなんだ。

最後になりますが、あなたにとって、ホームズの真髄とは?

　ホームズは、機能的に問題を抱えていて、すばらしくて、苦しんでいて、勇敢で、怖い存在だ。それから、孤独でもあるね。

ストランド・マガジン

シャーロック・ホームズが初登場を果たした〈緋色の研究〉は、1887年の《ビートンのクリスマス年刊誌》に掲載された。3年後の第2作〈四人の署名〉は、月刊誌《リピンコッツ》に掲載されている。それでも、コナン・ドイルの創作物にとって精神的なふるさとであり、名探偵の名声を確立した短篇にとってふさわしい場は、《ストランド》なのだ。

《ストランド》は1890年にジョージ・ニューンズが創刊し、第1号である1891年1月号はハーバート・グリーンハウ・スミスが編集を行った。同誌は約40年に及んだグリーンハウ・スミスによる抜け目ない采配のもと、周囲がうらやむほどの作家集団による、事実に基づいた記事、短篇、連載小説を中心に据えてきた。そのみごとなメンバーには、G・K・チェスタトン、アガサ・クリスティ、ウィンストン・チャーチル、グレアム・グリーン、ラドヤード・キプリング、W・サマセット・モーム、イーディス・ネズビット、ドロシー・L・セイヤーズ、ジョルジュ・シムノン、レフ・トルストイ、H・G・ウェルズ、P・G・ウッドハウスらがいた。グリーンハウ・スミスは、ヴィクトリア女王が我が子のために描いたイラストについても、複製する許可を女王から受けて、王室の承認印を得ることまでした。

一般大衆の読者層を狙い、一家の全員を惹きつけることを目標とした《ストランド》は、全ページにイラストを載せることを目指した。当初の価格は6ペンスという実に手頃なもので、当時の類似誌の相場のおよそ半額だ。最初の月の売上は30万部程度だったが、程なくして50万部に達した。

コナン・ドイルは、彼と同誌はお互いにとっていい関係を築けると、素早く見て取った。彼のエージェントであるA・P・ワットは、グリーンハウ・スミスに対してコナン・ドイルの短篇をすでに送っていた。「科学の声」という、地方における知的生活の上品なパロディで、1891年3月に発表された。だが野心あるこの作家は、繰り返し登場する人物で統一した、一話完結型のシリーズ作品に対して、巨大市場があると気づいた。すでにホームズの長篇でまずまずの成功を収めていたので、自分が作りだしたこの探偵は短篇という需要によく合っていると確信していたのだ。こうして《ストランド》の1891年7月号に〈ボヘミアの醜聞〉が掲載されると、またたく間にヒットした。ここから両者の関係が始まり、最後となる1927年4月号の〈ショスコム荘〉まで続いたのだった。

有名なシドニー・パジェットのイラストが添えられた、ホームズとワトスンによる冒険譚に対する大衆の渇望は、まるで底なしだった。1901年から1902年にかけて〈バスカヴィル家の犬〉が連

上:ストランド街から入ったところにある、コヴェント・ガーデンに近いバーリー街12番地に、《ストランド》の元々の社屋があった。

左ページ:《ストランド》1913年12月号。〈瀕死の探偵〉が掲載されている。このころコナン・ドイルは毎号書かず、散発的にホームズものを発表していた。

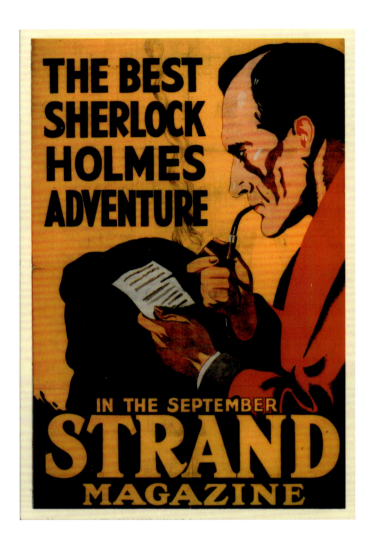

趣ある古い雑誌の販売促進用ポスター。

載されるころには、コナン・ドイルは1話につき600ポンド以上という、信じられないような大金を受け取っていた。グリーンハウ・スミスはこの人気作家に対して、コナン・ドイルが自分の探偵小説よりもかなり高く評価していた歴史小説を発表する場も与えていた。『ロドニー・ストーン』や『勇将ジェラールの冒険』といった話が、《ストランド》に掲載されたのである。

　グリーンハウ・スミスは結局、編集者の職を1930年に引き継いだ。そして第二次世界大戦が同誌に大打撃を与えたが、製造原価高と減少する読者数に何とか対処することができた。やがて1950年に、マクドナルド・ヘイスティングズが最後の編集者となり、廃刊となったのであった。

　1998年、同誌は装いも新たにアメリカはミシガン州で再登場を果たした。みずから「ミステリーと短篇の愛好家のための雑誌」と名乗り、既成および新進の犯罪小説作家とミステリー作家という強固な構成で、作品の発表を続けている。

シドニー・パジェット

　ホームズとワトスンを描いた挿絵画家のひとりにすぎないながらも、この探偵に対する一般大衆の認識に最も影響を与えたのが、シドニー・パジェットである。しばしば言われているように、ホームズを鹿撃ち帽とインヴァネス・コート姿にしたのは、コナン・ドイルではない。これはパジェットによる挿絵（最初は〈ボスコム谷の謎〉）に由来するイメージであり、それがより幅広い人々の意識に入り込んだのだ。現在ではおそらく世界の大部分の人にとって、ホームズといえばこの姿だろう。

　シドニー・エドワード・パジェットは1860年10月4日に生まれた。母親のマーサは才能ある音楽家で、父親のロバートはロンドン・クラーケンウェル区の聖ジェイムズ教会および聖ジョン教会の教区会書記として働いていた。シドニーは9人兄弟の5番目の子供だった。

　シドニーはヘザリー美術学校で学んだのち、1881年に王立美術学院に入学する。兄のヘンリーと弟のウォルターも同じ学校に進んだ。ここにいたシドニーの同級生で、建築を学んでいた

ホームズに鹿撃ち帽を与えたのはシドニー・パジェット。このイラストは〈名馬シルヴァー・ブレイズ〉のものだが、鹿撃ち帽が初めて登場したのは〈ボスコム谷の謎〉の挿絵だった。

アルフレッド・モリス・バトラーという学生が、ワトスンを描く際のイメージになったとよく言われている。シドニーの絵は同学院で18点が展示されたが、その半分は自画像だった。

ただ、彼の初期の仕事は、エジプトとスーダンにおける戦争を題材としたものがほとんどだった。その後、大西洋の両側に数多くある雑誌に挿絵を描いて、徐々に名を上げていく。彼の絵は《ストランド》のほかに、《イラストレイテッド・ロンドン・ニュース》、《ペルメル・マガジン》、《ザ・グラフィック》、《ピクトリアル・ワールド》、《ザ・スフィア》などに掲載された。ホームズのほかにも、アーサー・モリスンが生み出したもうひとりの探偵マーティン・ヒューイットの挿絵の筆頭担当者にもなっていた。

シドニーの弟のウォルター（『ロビンソン・クルーソー』の挿絵を担当するなど、この時点では兄弟の中で最も有名だった）をコナン・ドイルの話の挿絵担当にするというのが、《ストランド》の意向だった。ところが、書類が誤ってシドニーのもとへ送られたのである。コナン・ドイル自身は、シドニーの絵によって、自分が意図した以上にホームズが魅力的な人物になってしまったと感じたようだった。それでもそのうちに納得して、1902年の〈バスカヴィル家の犬〉の挿絵には、名指しでシドニーに依頼した。ウォルターに関しては、彼こそがシドニーの描くホームズのイメージになっていたと、長らく言われてきた。この件についてはパジェットの娘のウィニフレッドが認めているが、*Oxford Dictionary of National Biography*（オックスフォード英国人名辞典）のシドニーの項目には、この件をはっきりと否定する文言が載っている。

1893年、《ストランド》の仕事を引き受けたシドニーは、その直後にイーディス・ハウンズフィールドと結婚して、6人の子供に恵まれることになる。レスリーとジョンの息子2人に、ウィニフレッド、イーディス、イヴリン、ベリルの娘4人だ。一家はハートフォードシャーに暮らし、シドニーはケンジントンの仕事場はそのまま使用していた。何年もたってから、ウィニフレッドが昔のことを懐かしく思い出している。父親は雑誌の締切に間に合わせようと夜遅くまで働いていたが、気がつくとどこからともなく現れて、芝生の上で側転をやってみせて子供たちを楽しませると、また仕事に戻っていったというのだ。

シドニーは合計38本のホームズ物語に356点の挿絵を描いた。彼は長年にわたって胸を患っており、1908年1月28日に息を引き取ると、北ロンドンのイースト・フィンチリーにあるセント・マリルボーン墓地［現在のイースト・フィンチリー墓地］に埋葬された。

ホームズの挿絵画家として、シドニー・パジェットに肩を並べそうな人物となると、ほかにはフレデリック・ドー・スティールしかいないだろう。アメリカ人の彼は1903年の《コリアーズ・ウィークリー》で初めてこの探偵を描き、その後数十年にわたってさまざまな出版社に描いてきた。彼がホームズのモデルとして用いたのは、舞台でこの名探偵を演じて大いに名声を博した、俳優

のウィリアム・ジレットだった。それでも、大多数の人に最大級の影響を及ぼした画家と言えば、シドニー・パジェットである。《ストランド》において、かくもみごとに述べられた言葉がある。「彼が描いた有名な『シャーロック・ホームズ』の話の挿絵は、このすばらしい探偵の人気の一部であると言える」

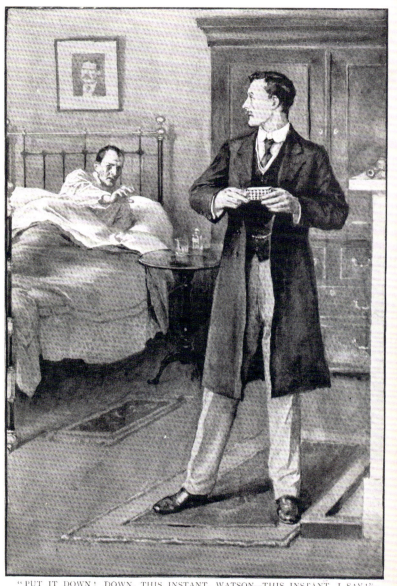

"PUT IT DOWN! DOWN, THIS INSTANT, WATSON—THIS INSTANT, I SAY!"
(See page 608.)

1913年、シドニーの弟ウォルターが《ストランド》に描いた〈瀕死の探偵〉の挿絵。ジョージ・ニューンズが彼を挿絵の担当として考えてから22年後のことである。

恐怖の谷

初出:イギリスは《ストランド》1914年9月号〜1915年5月号／アメリカは《フラディルフィア・プレス》ほか日曜誌の1914年9月20号〜11月22日号

時代設定:1888年

ホームズのもとに、モリアーティ教授の組織にいる情報提供者ポーロックから暗号化された手紙が届く。ホームズが『ホイッテカー年鑑』を使って手紙の暗号を解読したところ、危険にさらされているダグラスという人物の保護のために、サセックス州バールストンへ行くようにと促す内容だった。ところが、そこにスコットランド・ヤードのマクドナルド警部が現れ、まさにその日の朝にダグラスが惨殺されたという知らせを伝えたのである。

ジョン・ダグラスは愛想のいいアメリカ人で、英国人女性と結婚していた。死体を発見したのは、彼の屋敷を訪れていたセシル・ジェイムズ・バーカーという友人だ。ダグラスは頭部をショットガンで撃たれて殺されていた。結婚指輪が外されており、死体のそばには「V.V.341」と記されたメモがあった。ホームズは、彼の死に対して、バーカーもダグラス夫人も予想されるような反応を示さなかった点に注目した。

ホームズには、ほかにも捜査すべき一連の手がかりがあった。死体の腕の半ばあたりにある、焼印のような奇妙なしるしは何なのか？ それに、ダンベルが消えた謎はどう説明できるのか？ この事件の解決において主要な役割を担ったのは、ワトソンのこ

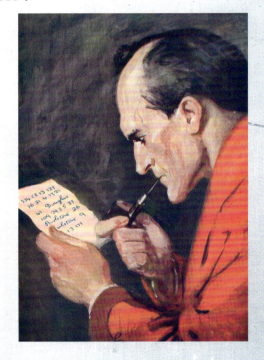

忘れられがちだが、この〈恐怖の谷〉の挿絵のように、フランク・ワイルズは《ストランド》に掲載された後期の作品で象徴となる挿絵をいくつも描いている。

1850年に探偵社を立ち上げたアラン・ピンカートンは、1861年にエイブラハム・リンカーン暗殺計画を防いだことで、世界的な名声を得た。

うもり傘だった。

〈緋色の研究〉や〈四つの署名〉と同じく、この犯罪の経緯を知るには、イギリスから出て大西洋を渡ることになる。鍵となるのは、ペンシルヴェニア州の炭鉱地帯にいるモリー・マグワイアーズ一家（アイルランドが起源の秘密結社メンバー）の行動と、有名なピンカートン探偵事務所だ。ホームズがストーリーの半ばで犯罪を解き明かすため、後半はアメリカにおける事の起こりに割かれている。

ホームズと政治

革命、戦争のきざし、近づく政権交代といったニュースにはことかかないが、そういった記事にホームズは目もくれない。

〈ブルース・パーティントン型設計書〉

コナン・ドイルは大義を重んじる人だった。下院議員になろうとしていたこともあるし、社会的地位を利用して、離婚法改革からボーア戦争における英国側の行為の弁護まで、ありとあらゆることに関して運動を行った。時には、重要性を強調する場として、ホームズ物語を用いることもあった。その最も顕著な例が〈最後の挨拶〉だ。この作品は第一次世界大戦が終結する前年に書かれており、あからさまな反独宣伝の内容になっている。また〈ブルース・パーティントン型設計書〉（1912年）は、急激に軍事化を進めるドイツ国家という脅威に対して関心を高めようとする初期の試みであり、さらにさかのぼった1893年の〈海軍条約文書〉には、危険性が増しているヨーロッパの各大国間の政治的関係に関する言外の意味が含まれている。また〈独身の貴族〉では、ホームズは柄にもなく「英国旗（ユニオン・ジャック）と星条旗とを四半分ずつ組み合わせた旗のもとに手を結んで、世界的な一大国家をつくりあげる」ことを望んで、あらゆるものをアメリカ風にという著者の熱望を、ぎこちなくも表明している。

ただし大部分においては、ホームズは表立って政治を口にする人間ではない。ただ、不動の原理と強い信念の持ち主なので、日々の行動にそれが現れているとは言える。たとえば彼は、階級でわけ隔てすることはまったくなかった。〈ボヘミアの醜聞〉では、かつての愛人であるアイリー

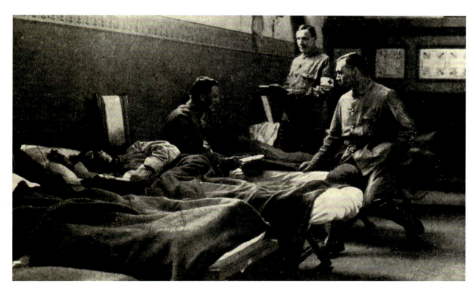

1900年のブルームフォンテーンにて、ボーア戦争で負傷したカナダ兵を治療するコナン・ドイル。

シャーロック・ホームズ 完全ナビ

ン・アドラーのことを語るボヘミア王をたしなめている。「『ぼくの見ましたところでも、この婦人と陛下では確かにつりあいがとれませんな』と冷ややかに」言っているのだ。上流階級に固有の美徳に対するホームズの疑念は、以下の発言からもより一層明らかとなる。「法の手の届かないところで、何かよからぬことをしていたのだろう。個人的に復讐されたとしても、ある程度はしかたないね」（〈恐喝王ミルヴァートン〉）。〈まだらの紐〉では、ホームズはある人間の死におけるみずからの関与には目をつぶり、こう正当化している。「こうしてみると、ぼくは彼の死に間接的な責任があるわけだが、良心の呵責に悩まされるとは思えんね」

　〈アビィ屋敷〉では、ホームズは英国の法廷を真似て、善意から行動したと信じる人物を自由の身にしている。ワトスンを陪審員に仕立てて——「陪審員にこれほどぴったりの人物はいないね」と言い——被告を無罪としたホームズは、「民の声は神の声なり」と言って、その人物を送り出すのだ。ホームズによるこの司法制度は、自分の行為を悔いている犯罪者にも機会を与えており、〈高名な依頼人〉のシンウェル・ジョンスンのような人物も、「危険な悪党」としての人生を捨てて、この名探偵の信頼のおける味方となっている。

　このように、ホームズは年の割には社会的にリベラルだと言えるだろう。個人に対しては多くの偏見を抱えていたかもしれないが、それは概してその人たちの出自の状況——年配か若者か、裕福か貧しいか、男か女か、尊敬の対象となるか厳しい叱責を向けられるか——に根ざしたものではない。それでも、国籍と人種に対するホームズの姿勢はかなり曖昧なので、当時の状況という範囲内で見る必要がある。みずからの社会の欠点を見つけることはよくできても（犯罪の裏側に深く関わった人物であれば驚くことではないが）、彼はやはり自尊心に満ちた英国人であるため、本音のところでは英国人こそいちばんだと思っているのだ。〈最後の挨拶〉でも、このように述べている。「結局のところ、あなたはあなたの国のためにベストを尽くし、ぼくはぼくの国のためにベストを尽くした。これ以上当然のことはないでしょう」

　この愛国心と結びつきやすいのが、「外国」では物事のやり方が異なっていて、それも大体があまりよくないやり方だという、はっきりとした感情である。〈緋色の研究〉には、ホームズなら反対するような、当時の社会背景に存在する外国嫌いの感覚がよく見て取れる。この話でワトスンは、《デイリー・テレグラフ》の意見を引用している。政府は「国内在住外国人の監視をいっそう強化すべし」というものだ。英国にいる多くの人にとって、外国とは大金を稼いでから帰国する場所なのである。登場人物が北米やオーストラリア、南アフリカ、インドでの実り多い生活から帰ってきたばかりという設定は、多くの話にある。ホームズが解決した犯罪の大多数は、こういった遠方にある無法状態の国に端を発しており、正典には人を不快な気分にさせる人種的固定観念がいくつか見られる。〈まだらの紐〉のグリムズビー・ロイロット博士の激しい気性は、「暑

左ページ：〈バスカヴィル家の犬〉で、「なかなかよくやってくれた」貧しい生まれのカートライトに、指示を与えるホームズ。

ホームズとワトスンの銃器コレクション

シャーロック・ホームズ 完全ナビ 署

左：1837年から1901年まで統治したヴィクトリア女王。彼女の治世は英国の黄金時代であり、統計上は街中が安全になってきていたが、国民は犯罪をますます恐れていた。

い地方に長いあいだ住んでいた」せいにされており、〈唇のねじれた男〉には不気味なインド人水夫が登場する。〈三人の学生〉に出てくるダウラット・ラースは、「インド人には多いですが、もの静かな、神秘的なところのある青年」だという。〈ソア橋の難問〉に登場するブラジル人の妻については、「生まれが熱帯なら、お人柄も熱帯ふうでした。太陽と情熱の落とし子です」という具合だ。〈ショスコム荘〉の借金を抱えたサー・ロバートは、「高利貸しに首根っこを押さえられ」ていると描写されている［「ジュー」はユダヤ人の意味］。

左ページ：ホームズとワトスンが正典で使用した銃器のコレクション。ラリー・ゴッサー画。ホームズは必要に迫られると、武力には武力で対抗することをいとわなかった。

〈四つの署名〉に登場するアンダマン諸島出身のトンガを描いたこの絵は、一種の人種的固定観念が20世紀初頭でもはっきり存在したことを示している。

ホームズ自身が評価を下したのは、このうちのわずかだが、こういったものが規則的に現れることは、現代の読者には衝撃的だ。とりわけ、100年以上前にはほとんど何も言われずに通用していた、深く染み付いた考えを示すには役立つものであるが、現在ではかなりショッキングである。本項は、それぞれの感情を正当化するものではなく、ある程度の歴史的背景をホームズにもたらすためのものだ。

ホームズは人種差別主義者ではないと、もっともらしく主張する評論家もいる。よく取り上げられるのが、〈黄色い顔〉においてホームズが白人女性とアフリカ系アメリカ人に生まれた子供に対して見せた、同情と尊敬だ。彼は批判的になる感情の爆発を避けていて、この話は人種間の協調という調子で終わっている。この時代に予想されるような人種的固定観念に目をつぶったとしても（「黒人の少女の顔が現われたのだ……少女の笑顔に白い歯がこぼれた」）、この子供と父親の民族性は乗り越えるべきのろいだという感覚はある。母親までもが、「いまの世の中では不利なことですが、たったひとりの子供は、わたしよりも父親の一族に似て生まれてきました」と嘆いているのだ。

他方でホームズは、ほかの人種に対してはそれほどの共感は見せていない。〈四つの署名〉に登場するアンダマン諸島出身のトンガの人種は、「最新」というホームズの地名辞典には「野蛮人」で、「生来、頭部が異様に大きく、ゆがんだような顔だちに、目は小さくて険しい」とあった。トンガが撃たれて死んでも、その死はほとんど注目されていない。さらに疑わしいのが、〈三破風館〉におけるスティーヴ・ディクシーに対する扱いである。「でかい黒人」で、「けんか腰でさえなかったら笑ってしまいそうな姿だった。派手すぎるグレーのチェックのスーツに、サーモン・ピンクのネクタイなのだ」。ホームズはかなり乏しい相手の知力につけ込んで、余裕で裏をかいたようである。ホームズから見てディクシーがただの犯罪者なら、これは公正な行為だったかもしれないが、ディクシーの人種に重きが置かれている点（その一部はワトスンの執筆時の偏りによる）が非常に不快なのである。

ウィステリア荘

初出:イギリスは《ストランド》1908年9月号〜10月号／アメリカは《コリアーズ》1908年8月15日号

時代設定:1895年

《ストランド》掲載時は「ジョン・スコット・エクルズ氏の異常な体験」と「サン・ペドロの虎」の2部に分けて発表された。ある程度の社会的身分をもつ独身のジョン・スコット・エクルズが、「信じられぬグロテスク」な件でホームズのもとを訪れる。だが彼が話を始めようとしたちょうどそのとき、スコットランド・ヤードのグレグスン警部とサリー州警察のベインズ警部が現れた。エシャー近辺のウィステリア荘の、アロイシャス・ガルシアの変死絡みで、エクルズを追ってきたという。

エクルズとガルシアは、メルヴィルという知り合いを通じて出会い、友人になっていた。ガルシアが数日の予定でエクルズをウィステリア荘へ招いたが、エクルズは着いて早々に奇妙な緊張感に気づく。ガルシアが気もそぞろで、夕食の席で使用人から手紙を渡されると、気分を暗くする一方だったのだ。

エクルズは11時ごろに部屋に下がった。その後ガルシアがやって来て、何か助けが必要で呼び鈴を鳴らしたかと尋ねたが、エクルズは鳴らしてはいなかった。ガルシアによると、今は1時ごろだという。エクルズはまた眠り続けたが、起きてみると、主人も使用人も姿がなかった。家賃の支払いを逃れるためのいたずらかと思い、エクルズは地元の不動産業者を訪ねてみたが、支払いはすべて済んでいた。スペイン大使館へ行ってみても、ガルシアという人物は知らないとのことだった。

ホームズはブードゥー教について、大英博物館の閲覧室で調べ物をしている。モンタギュー街のかつての下宿からすぐのところだ。

ベインズは(ホームズが珍しくも褒めていたが)、ガルシア宛ての手紙を回収していた。女性の手による「D」という署名があり、「われらが色は、緑と白」というよくわからない文言がある。物盗りの線は動機から消えたが、犯人は嫉妬した恋人だろうか？　それに、ガルシアが1時にエクルズのところに顔を出したのは、アリバイを作るためという仮説はどうだろう？

ホームズとワトスン、それにベインズは、ウィステリア荘へ向かう。そこでは巡査が、悪魔のような男が窓からのぞいていたと報告した。建物の中は妙なものだらけで、ミイラ化した生物、むごたらしい状態の鳥、血の入ったバケツ、焼かれた骨などがあった。

建物全体が何らかの悪事に絡んでいるとにらんだベインズは、数日後にガルシアの料理人を逮捕する(巡査が目撃した人物だ)。だが答えは別のところにあると、当然ながらホームズは確信していた。彼はヘンダースン家が所有する地元の家を訪れた。そこの使用人には、英国人の家庭教師(ガヴァネス)、色黒の肌の料理人、不満を抱えた庭師がいた。ホームズはすぐさま事態を突き止めたが、この犯罪の発端は実に風変わりなものだった。

ブルース・パーティントン型設計書

初出:イギリスは《ストランド》1908年12月号／アメリカは《コリアーズ》1908年12月12日号
時代設定:1895年

濃い霧が立ち込める木曜日。ホームズは資料ファイルへの相互参照索引付けと中世音楽の研究で、心を満たそうとしていた。そこに兄のマイクロフトが現れて、退屈を破る。彼は国政において、きわめて重要な役割を果たしているのだった。

ブルース・パーティントン型潜水艦の秘密の設計書のうち、3枚が月曜日から行方不明になっており、マイクロフトはそれを取り戻すためにホームズの助けを求めていた。書類の残りはアーサー・カドガン・ウェストという、ウリッジ国営兵器工場所属の若い職員の遺体から発見されたという。彼の死体が発見されたのは、地下鉄のオールドゲイト駅近くの線路上だった。不思議なことに、切符は見当たらなかった。彼の姿を最後に見たのは婚約者のミス・ウェストベリーで、何の説明もなく霧の中へ走り去ったという。2人は劇場に行く予定だった。

当然ながらウェストには、設計書を売りさばく目的で盗んだという嫌疑がかけられた。ただ、その謎には説明のつかない点がいくつもあった。これほど大それた犯罪を計画していたのなら、なぜ婚約者と会う約束をしていたのか？ それに、死んだ経緯は？ 傷と一致する血痕がないのはどういうわけなのか？

列車がオールドゲイト駅に近づいたところで、ドサッという音を乗客が耳にしたという証言を聞き、ホームズはポイントを含めて現場を調べた。そして想像力を巧みに飛躍させた彼は、この殺人は別の場所で行われたという結論を出す。設計書の管理責任者サー・ジェイムズ・ウォルターとの面会が予定されていたが、これはかなわなかった。彼の弟のウォルター大佐によると、サー・ジェイムズは今回の出来事を明らかに恥じて、死んだという。一方でミス・ウェストベリーとの面会は、かなり有益だった。婚約者が仕事絡みで悩んでいたというのである。

続いてホームズは、書類が盗まれたオフィスを訪れると、シドニー・ジョンスン主任と話をした。彼は月曜の夜に鍵をかけて書類をしまい、建物を出たのは自分が最後だと証言した。泥棒が設計書を手にするには、鍵が3つ必要だったという。その鍵をもっているのは、サー・ジェイムズだけだった。ホームズは窓のシャッターに興味を示す。

やがてヒューゴー・オーバーシュタインという人物が国外逃亡したというニュースが飛び込んできた。彼の家を捜索したところ、かなり有益な情報が手に入り、ホームズは裏切り者と殺人犯をまもなく捕らえるのだった。

〈ブルース・パーティントン型設計書〉が書かれたのは、英国海軍と成長著しいドイツ海軍のライバル関係が激しい時期だった。

悪魔の足

初出:イギリスは《ストランド》1910年12月号／アメリカは同国版《ストランド》1911年1月号〜2月号
時代設定:1897年

ふだんは名前が広まるのをいやがるホームズだが、今回は彼の頼みを受けてワトスンが事件を語っている。疲れ果てたホームズを、ワトスンがコーンウォールへの静養に連れ出したところから、話は始まる。

当然ながら、静養という望みはすぐに打ち砕かれる。地元の教区牧師ラウンドヘイと間借り人のモーティマー・トリジェニスが、ホームズのいる家に現れたのだ。モーティマーは前日の晩にトレダニック・ウォラスの村で、兄弟2人と妹の家でトランプをしていた。彼は10時ごろに家を辞したが、翌朝に緊急の呼び出しを受けて兄たちの家へ向かう医者に出くわす。家政婦のポーター夫人によると、3人はモーティマーが帰ったときと同じく、テーブルを囲んだ状態で座っていて、妹のブレンダは死んでいたという。男兄弟は正気をなくして、声をあげて笑ったり叫んだり歌ったりしていた。誰もがおびえた表情を浮かべていたという。その現場を目にして、ポーター夫人のみならず医者までもが腰を抜かしてしまった。強盗や騒ぎの兆候はまったく見られなかった。

モーティマーによると、よくある家族間の争いはずっと前に収まっており、昨夜はおかしなことは何もなかったが、ただ庭で何かわからないものが動いていたようだったという。家を訪れたホームズは、現場を調べた。ポーター夫人は、昨夜はおかしな物音など聞こえなかったと主張した。春なのに暖炉に火を入れた理由を聞くと、夜は寒くて空気が湿っていたためと、モーティマーが説明した。

ホームズは困惑した。何がこの一家をこんなに怖がらせたのか？　この恐怖の源が庭にいたことを示す足跡は、窓辺の花壇にはなかった。ホームズは、「悪魔による手出し」と

ホームズとワトスンが滞在したコテージから見渡せるマウンツ湾には、印象的なセント・マイケルズ・マウントがある。

いう考えを認めなかった。一家のいとこで名の知れた探検家でありライオン・ハンターのレオン・スターンデールが、事件を知ってアフリカ行きを取りやめ、村に戻ってきたという知らせが届いた。

スターンデールは、この事件に対するホームズの意見をぜひとも聞こうとした。ホームズがいつものように、自分の考えを詳しく語るのを拒むと、スターンデールはむっとした様子で出て行った。ホームズはそっと、彼のあとをつけた。翌朝、ラウンドヘイがやって来て、モーティマーがブレンダと同じような状態で、自室で死んでいるのが見つかったと告げる。一同でモーティマーの部屋へ行ったところ、窓が開いているにもかかわらず、ひどく息苦しかった。テーブルの上ではランプが燃えており、ホームズはそこから灰のサンプルを入手した。

みずからの結論を出したホームズは、ワトスンと自分自身を大いに危険にさらしながらも、その確認を始める。そしてやがて、一族の悲しい利害関係が明らかになる。

名探偵の遺産

ホームズとワトスンは「事実の束縛から解放される」
という資格を得た。　　　　　　　S・C・ロバーツ

ホームズは世界でも有数の息の長い「ブランド」になっている。写真は（左上から時計回りに）、ポスタム［コーヒーの代用ドリンク］、ブース・ジン、シュリッツ・ビールの広告に、バトラーズ社によるホームズ仕様のゴム製アヒル、そしてペンギンブックスの表紙がデザインされたマグカップだ。

シャーロック・ホームズは、世界のほぼどこであっても、すぐにそれと認識される珍しい人物のひとりだ。ミッキーマウス、マクドナルドのドナルド、ハリー・ポッター、その他ひと握りほどの者たちと並んで、ホームズのイメージは国境や年代、性別を大きく超越している。どんな人でも（もっと言うと、どんなものでも）、鹿撃ち帽をかぶせ、曲がったパイプを口にくわえさせ、手に拡大鏡をもたせると、その意味するところは世界のほとんどで理解されるのだ。

そのため、すぐにそれとわかるこの名探偵のイメージの多くが、コナン・ドイルによる話以外が

出所となって伝説化したのは、いささか皮肉である。鹿撃ち帽も曲がったパイプも正典の文章には出てこないし、ホームズによる最も有名なセリフとされる「初歩的なことだよ、ワトソン君」も、本人は口にしていないのだ。おそらくはこの点こそが、世界共通の真の文化的象徴である肝心な部分だろう。彼は世界中の所有物になったため、もはや作家ひとりのものではないのだ。

このような状態であるため、ホームズのイメージが宣伝に使われるのは当然である。予測がつくもの（パイプや煙草）から、まったく無作為のようなもの（潤滑油）まで、そしてそのどちらでもないものも、ほとんどすべてが対象となるのだ。広告についてはリストアップしたらきりがないが、ジンやウイスキー、タイプライター、ポテトチップス、車、産業機械、皺にならない下着、生命保険、カーペット専用洗剤があった。しかもこれは、ファン向けの記念品を除いてである。そういったものには、ペンやチョコレートから、ネクタイ、時計、ビールジョッキ、ゴム製のアヒルまで、ありとあらゆるものがあるだろう。一部の人にとっては、ホームズ・グッズの収集はごく真面目な行為なのである。2007年6月、1887年発行の《ビートンのクリスマス年刊誌》という稀覯本（ホームズが初登場したもの）が、15万6000ドルで競り落とされた。これより3年前には、ライヘンバッハの滝での決闘を描いたシドニー・パジェットによる有名な挿絵が、ニューヨークで20万ドル以上の値で売却されている。

時代を超越したホームズの持久力には、ほかの多くの作家も抗えず、彼らもこの架空の人物を自分なりに作りあげようと試みてきた。長篇のパスティーシュやパロディは400本を優に超え（短篇はさらに多くある）、その数がとどまることはない。場所や時代の設定はいろいろで、ホームズの年齢も少年から老人までさまざまである。目先を変える作家もいて、ワトソンやマイクロフト、ベイカー街不正規隊、モリアーティ、さらにはハドソン夫人まで、みなが主役になる機会を与えられた。みごとに書きこなす人もいれば、手を出さないほうがよかったという大家も多くいた。この流行が始まったのは、1887年に〈緋色の研究〉が発表されてまもないころからだ。たとえばR・C・レーマンは（カニン・トイルというペンネームで）《パンチ》に、「ピクロック・ホールズの冒険」を1893年から連載している。ほかの初期のパロディには、シアラック・ジョーンズやチャブロック・

ラリー・ゴッサーによるウィトルウィウス・ホームズ。レオナルド・ダ・ヴィンチが1487年にペンとインクで描いた、有名なウィトルウィウス的人体図を真似たもの。

ホームズなどという名前のものもあった。コナン・ドイルの実子エイドリアンも、ジョン・ディクスン・カーと組んで新たなホームズものに取り組んだ。以下に挙げたのは、この名探偵に「挑戦してみた」有名作家のリストのごく一部である。

- アイザック・アシモフ（アンソロジー Sherlock Holmes Through Time and Space を編集）
- J・M・バリー（「二人の共作者事件」　コナン・ドイルの旧友の手によるもので、ドイル自身もかなり楽しんだ）
- アンソニー・バージェス（Murder to Music）
- アガサ・クリスティ（「夫人失踪事件」で、主人公のトミーとタペンスはホームズとワトスンになりきろうとする）
- スティーヴン・フライ（The Adventure of the Laughing Jarvey）
- ニール・ゲイマン（「翠色の習作」）
- スティーヴン・キング（「ワトスン、事件を解決す」）
- A・A・ミルン（「シャーロックの危機」）
- マーク・トウェイン（「大はずれ探偵小説」）

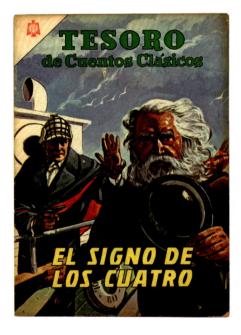

1965年にメキシコのノヴァロ社が発行した、コミックス版『四つの署名』。

ホームズが散文からコミックスに移ったのは当然の流れだったかもしれないが、この探偵とマンガ家たちの関係は、つねにうまくいったわけではなかった。新聞の連載マンガには長年出ていたが（絵はマイク・セコウスキーとフランク・ジャコイア）、これを除くと、ライバルたちがもつ強大な力の前で、頭角を現すのに苦労していた。DCコミックス社やマーヴェル社といったこの媒体の大手におけるキャリアは比較的短かったが、デル社やチャールストン社、クラシックス・イラストレイテッド社ではやや長い期間つとめた。この問題の一部は、ホームズのイメージが、パジェットらのイラストや数多くの映画の描写によってすでにしっかりと確立されていたため、奇をてらわずに新しいイメージを作りだすことが、マンガ家にはほとんどできなかったからである。それでも、コミックスでは息の長いキャリアを何とか築いて、先史時代や未来へ送られたり、人間から超自然のものやエイリアンまで、ありとあらゆる敵と戦わせられたりしている。多くのパロディの題材にもなっていて、オマージュ的な意味がこめられた名前を少し挙げるだけでも、ガーロック・ホームズ、ヘムロック・ショームズ、ハーロック・ショームズ［エルロック・ショルメ］、パドロック・ボーンズ、パドロック・ホームズ、シャーロック・ガック、シャーロック・ヘムロック、シャーロック・ロペスとい

う具合だ。出版社が利用し続けるため、ホームズは他人が主人公の話には今もゲスト出演したり、世界中の自身のコミックスに登場したりしている。

　ホームズは有名政治家（それに評論家）のあいだにも、多くのファンをもつ。たとえばアメリカ大統領のF・D・ルーズヴェルトは、A Baker Street Folio: 5 Letters about Sherlock Holmes という短篇を書いている。また、ヒトラーは〈バスカヴィル家の犬〉のドイツ版映画を掩蔽壕に保管していたと言われている。1973年には、ユーゴスラヴィアのチトー大統領がホームズについて、「このような本は子供の想像力や正義感を養うことができるだろう」と発言した。

　一方、それほど熱中しなかった人物には、スターリンがいる。「シャーロック・ホームズの冒険ものを読むことは……頑なに断った」と、1950年の《サンデー・タイムズ》に記事が出ている。ホームズは毛沢東からもあまり好かれなかったようで、1958年7月の《ニューヨーク・タイムズ》の見出しには、「中国　シャーロック・ホームズを英国のブルジョアの番人と非難」とある。故国でのホームズの政治活動は多少控えめだったが、それでも議会の討論に出る機会があった。1951年から1955年まで英国の財務大臣をつとめたラブ・バトラーが〈名馬シルヴァー・ブレイズ〉を引用して、選挙前のマニフェストの手抜かりについて野党を攻撃したのである。「まるでシャーロック・ホームズとワトスン博士ですよ。犬の行動の何が重要だったのか？　犬が鳴かなかったんです」

　また、熱心なシャーロキアンのため、シャーロック・ホームズ関連の団体が世界中で運営されている。最新の集計ではその数は400を超え、活発に活動している会員が1000人規模というものもある。当然ながらインターネットの世界にも進出しており、交流サイトを検索すると、2008年時点でフェイスブックでは500件以上ヒットした。ただ、1934年までは、ホームズファンはみずからの情熱を個人で追い求めるだけだった。それがこの年に、最も有名な2つの団体が設立されたのである。ひとつは「ベイカー・ストリート・イレギュラーズ」で、ニューヨークの文芸編集者クリストファー・モーリーにより設立された。続いてロンドンに「シャーロック・ホームズ協会」が誕生する。第二次世界大戦中は、その活動を不謹慎に思ったのか中断していたが、1951年の英国祭で新たな活気が吹き込まれた。

　セント・マリルボーン自治区は、この英国祭にどう貢献できるか、じっくりと検討した。スラム街の撤去を展示物のテーマに据えるという可能性もあったが、ホームズという、より魅力的なアイデアのほうが勝ったのだった（《タイムズ》の投書欄では激しい議論が巻き起こり、ワトスン博士やハドスン夫人本人からという投書もあった）。展示物はマリルボーン公立図書館で、記念品のコレクションを中心に構成された（これが現在は同館のシャーロック・ホームズ・コレクショ

ソヴィエト時代に発行された『緋色の研究』の表紙。スターリンなどからは懐疑的に見られていたが、ホームズものはよく読まれた。

右：1951年の英国祭で最も人気のある展示物のひとつとなった、ベイカー街221番地Bの「再現」の絵葉書。

ホームズには、国境の壁を超えて、文化的に響くものがある。
中：ハッサン・アリ訳のスワヒリ語版『バスカヴィル家の犬』。バタード・シリコン・ディスパッチ・ボックス社刊。

下：1996年に日本の講談社から出版された『名探偵ホームズ 赤毛組合』。訳者の日暮雅通もホームズ・マニアである。

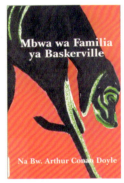

ンの基礎となっている）。ホームズの居間を再現した一時的な展示は、その後ロンドンのノーサンバーランド街にあるシャーロック・ホームズ・パブに移され、常設となった。この展示には5万4000人以上が訪れ、英国祭でもとを取った唯一の展示物と言われた。この成功に勇気を得て、「シャーロック・ホームズ協会」は「ロンドン・シャーロック・ホームズ協会」として生まれ変わり、それまで以上に大きく強固に再編成されたのである。

ほとんどのホームズの団体では、定例会や講演会、上映会が行われており、ホームズ関連の名所へも訪れている。非常に多くの団体が、情報や論評、研究成果に関する論文が満載の、よくできた評価の高い会報誌を出している。団体の数はアメリカが圧倒的に多いが、英国のほか日本、カナダ、オーストラリア、フランス、イタリア、ロシア、インド、ドイツにもかなりの数がある。下記のように正典での文言にちなんだ、創意に富んだ名称がつけられたものが多く、あなたも会員になれるかもしれない。

デトロイトのアマチュア乞食団（由来は〈オレンジの種五つ〉）

トロントの靴屋（〈バスカヴィル家の犬〉）

カナダのバスカヴィル家

プロヴィデンスの踊る人形たち

インディアナポリスの高名な依頼人

リヨンのホテル・デュロン（〈ライゲイトの大地主〉）

東京の根性のねじれた男たち(〈唇のねじれた男〉)

リスボンのノーラ・クレイナ号の難船者(〈入院患者〉)

レスターのプライアリ・スカラーズ(〈プライアリ・スクール〉)

アクロンのスキャンダラスなボヘミアンズ(〈ボヘミアの醜聞〉)

ロサンジェルスの17階段(〈ボヘミアの醜聞〉)

ボストンのまだらの紐

シドニー・パッセンジャーズ(〈グロリア・スコット号〉)

　これらの団体の活動を理解する鍵となるのは、「ゲームをする（ブレイキング・ザ・ゲーム）」という考えである。ゲームをするということは、信じる信じないという考えはさて置いてホームズを実在の人物として扱い、正典を彼に関する唯一の伝記的情報とするということを基本とする。ワトスンはこの物語の真の執筆者として扱われ、コナン・ドイルは単にワトスンの著作権代理人となるのである。この「ゲーム」は、1911年にオックスフォードのトリニティ・カレッジにあるグリフォン・クラブで、ロナルド・ノックスが行った影響力のある演説を起源とする。彼はこのゲームの美しさを、次のように要約している。「著者が偶然と見なしたものを、私たちは不可欠なものとして選び出すのだ」

　ホームズを実在の人物とする考えは、最初の短篇数本が発表されてからすぐに流行りだした。その後、ライヘンバッハの滝でホームズが命を落とすという話が《ストランド》に掲載されるや、取り乱した読者が黒い腕章をつけて、ロンドン内を歩き回ったという記録がある。《ストランド》の社屋の前では、暴動に近いようなことも起こったという。ロンドンの《セントジェイムズ・バジェット》1894年1月5日の記事が、この探偵を実在の人物として記事にした最初のものと見られている。そのセンセーショナルな内容は、ホームズの死に関与した容疑でワトスンが逮捕されたという噂に関するものだった。一生を費やして正典を分析しても、仮説を証明するという試みが無駄に終わる場合も多い。ホームズの両親はどうしたのか？　彼はどこの大学に通ったのか？　大空白時代には本当は何があったのか？　ワトスンに妻は何人いたのか？　ベイカー街221番地Bとは正確にはどこなのか？　数多くの研究家が、このいささか奇妙な真実の追求に熱心に取り組んできた。大物研究家としては、以下のような人たちがいる。D・マーティン・デイキン、ウィリアム・S・ベアリング＝グールド、デヴィッド・スチュワート・デイヴィス、オーウェン・ダドリー・エドワーズ、リチャード・ランスリン・グリーン、クリストファー・モーリー、

パーカー・ブラザーズ社制作のパーティ用ゲームの広告。1904年に《ハーパーズ・マガジン》に掲載されたホームズものをもとにしている。

ヴィンセント・スターレット、ジャック・トレイシー。門外漢には、ホームズ物語で「ゲームをする」というのは排他的で突飛な娯楽に思われるかもしれないが、これに身を投じようという人たちにとっては、生涯の喜びなのだ。それでも、このすべてを無益と見なして、物語を単純に文字どおり受け取ることこそ最大の楽しみと考える人たちもおり、彼らはファンダメンタリスト（原理主義者）として知られている。

文化的現象としてのホームズの地位をさらに示すものに、彼を記念した博物館、彫像、記念碑の数がある。この分野で比べると、彼が架空の創造物のどれをもしのぐのは確実だ。ロンドンでは、ベイカー街に博物館が、地下鉄のベイカー街駅前に彫像が、そして通りを少し行くとシャーロック・ホームズ・ホテルがある。さらに、ピカデリー・サーカスのクライテリオン・バー（ワトスンがスタンフォードと会った場所）には記念の銘板があり、セント・バーソロミュー病院にもホームズとワトスンの有名な最初の出会いを記念した銘板がある。スイスのマイリンゲンは、ライヘンバッハの滝にいちばん近い町であることから聖地巡りには重要な拠点であり、英国教会の前に博物館と彫像を建て、この探偵をたたえている。滝のそばにも、ホームズとモリアーティが争ったとされる岩棚に、以下の文章が刻まれた銘板がある。「1891年5月4日、この恐ろしい場所でシャーロック・ホームズはモリアーティ教授を打ち負かした」。ホームズを記念する彫像は、エディンバラ、モスクワ、日本の軽井沢にもある。

文学や映画、テレビ、さらにはファッションや音楽にまで（ライオンロックのCD『アン・インスティンクト・フォー・ディテクション』でも明らかなように）ホームズの名が幅広く出続けているというのは、驚くべきことだ。心のふるさとがヴィクトリア朝後期のロンドンのガス灯で照らされた汚れた通りにあるという、超然とした探偵にとっては、大したことである。

拝啓ホームズさま……

ホームズが事実と作り話の境界線を曖昧にしたという驚くような事態に関して、長年にわたって無数の手紙が彼に送られてきたこと以上に明白な証拠はないだろう。これは物語が《ストランド》にまだ掲載されていたころから始まり、現在まで続いているもので、驚くほど多くの社会集団から郵便物が送られてきている。子供たち、熱心なファン、専門家の助言を求める警察や弁護士、研究者、貴族の人たちなど、枚挙にいとまがないのだ。

初期のころは、ホームズ宛ての郵便物の大半はコナン・ドイルか、スコットランド・ヤードに届けられた（ヤードでは、レストレード警部宛てのものは取っておかれたと思われる）。中にはジョゼフ・ベル博士や、さらには俳優のウィリアム・ジレットの手に渡ったものまであった。ホームズ宛ての最初の郵便物は、1890年にフィラデルフィアの煙草屋から送られたもので、さまざまな灰

ジョン・ダブルデイ作の高さ9フィートになるホームズのブロンズ像。1999年に地下鉄ベイカー街駅前に設置された。

の種類を特定するホームズの研究論文を求める内容だったという。

　ベイカー街221番地B宛ての郵便物は、当初は配達される番地に該当する実際の住所がなかったが、1930年代になってそれが変わった。アビー・ナショナル住宅金融組合が新本社へ移転してきて、そのビルに与えられた郵便の番地が、ベイカー街の215～229番地だったのだ。ここにはホームズ宛ての郵便物がまたたく間に殺到したが、それらはコナン・ドイルの家族か、近くのマリルボーン図書館にあるホームズ・コレクションへと、きちんと送られた。そして1940年代末からは、この住宅金融組合がホームズ宛ての郵便物を専門に扱う秘書を置いた。各郵便物には、特別に印刷された便箋で返事が送られたのである。

　1990年になると、シャーロック・ホームズ博物館が通りのすぐ先のベイカー街237～241番地に開館した。するとこの博物館は、有名な221番地Bの住所の使用を申し込んで、ホームズ宛ての郵便物が届けられるのは当然自分たちのところだと主張した。その後10年間にわたり、住宅金融組合と博物館が郵便物の所有権をめぐって争ったが、2002年にアビー・ナショナルが本社を移転したことで、この争いも終わりを迎えた。アビー・ビルディングは商業ビルとしての営業を2005年に終えたため、それ以降ロイヤルメール［イギリス国有の郵便会社］は、221番地B宛てのものはすべて博物館に届けている。

　歴史的に見ると、こういった郵便物の出どころとしてトップに立っていたのはアメリカと日本だった。そうした書き手が例の「ゲームをして」いるだけなのか、それとも実際に自分たちのヒーローとやり取りしていると信じているのかという見極めは、決して簡単ではない。手紙の多くはかなり平凡な内容で、サインを求めるだけのものや、ホームズの仕事の進め方や個人的な事柄についての問い合わせなどだ。それでも、興味深いものもある。いなくなった私の友人はどうしたんでしょう？　ホームズさんは私の養蜂技術に興味はあるでしょうか？　祝祭の時期に、ホームズさんが引退しているコテージ用の家政婦を見つけるお手伝いをしましょうか？

　一方、現実の事件の捜査への援助を求めるものもあった。よくある詐欺行為から、陰惨な殺人事件や国家の一大事、ウォーターゲート事件やスウェーデンのオロフ・パルメ首相暗殺事件も含まれていた。1913年にはフェリックス・ド・ハルパートが、ポーランドのルベッキ公殺しを調べてほしいという手紙を、221番地B経由でコナン・ドイルに送っている。ルベッキを撃ち殺したとして罪に問われたリトアニアのヤン・デ・ビスピン男爵の無罪を証明するために、ドイルの力添えを望んだのだ。結果的には、ドイルはこの要請を断っている。

赤い輪団

初出:イギリスは《ストランド》1911年3月号～4月号／アメリカは同国版《ストランド》1911年4月号～5月号
時代設定:1902年

221Bにやって来たミセス・ウォレンという大家の女性は、かなり妙な下宿人に関する情報を求めていた。その下宿人はずっと姿を見せず、隠れているようだという。気のいい彼女もその夫も、この奇妙な状況に不安を覚えているのだった。

彼女が語るこの下宿人は、若く見えて、立派な身なりで、ひげづらの男だった。10日前に、ちゃんとした英語で（外国訛りはあった）、部屋のことで問い合わせてきたという。彼はみずから言い出した異様に高額の週5ポンドという家賃を払ったが、条件があった。部屋と鍵は自分専用で、完全なプライバシーを望むという。彼は初日の夜に出て行くと、真夜中過ぎまで戻らなかった。その日以来、ウォレン家の者も使用人の少女も彼の姿を見ていなかったが、部屋の中で歩き回る音は聞こえていた。

食事はドアの外に置かれた椅子の上に運ばれ、すべてのやり取りは鉛筆書きのメモで行われた。頼まれるものには、《デイリー・ガゼット》、マッチ、石鹸もあった。この下宿人には、来客も手紙も来ない。大家が持ち出した煙草の吸い殻から、この奇妙な人物は吸い方まで変わっていると、ホームズは推理した。

ミセス・ウォレンが帰ると、部屋を借りた人物と現在住んでいる人物は別人だろうと、ホームズは自分の推理を打ち明ける。彼はさらに、《デイリー・ガゼット》の私事広告欄がきわめて重大だとにらんだ。この事件は、ウォレン氏が誘拐されて辻馬車に放り込まれ、1時間後にハムステッド・ヒースに放り出されたことで、新たな緊迫感に包まれる。これを人違いだと考えたホームズは、ウォレン家へ向かった。そこで彼とワトスンは小部屋に入り込み、鏡を使って下宿人の姿をとらえようとする。下宿人の正体は驚くべきものだった。見張られていたことに対して、この下宿人が見せた明らかな恐怖は、ぎりぎりの状況にあることを示していた。

大詰めとなる夜に暗号を解いたホームズは、スコットランド・ヤードのグレグスンとピンカートン探偵社のアメリカ人探偵に出くわすと、ぞっとするような場面に飛び込んでいく。

にぎやかなニューヨークのブルックリン区が、赤い輪の謎を解く秘密を握っていた。

レディ・フランシス・カーファクスの失踪

初出:イギリスは《ストランド》1911年12月号／アメリカは《アメリカン》1911年12月号
時代設定:1901年

　忙しくてロンドンを離れられないホームズは、レディ・フランシス・カーファクスの失踪について調べさせるため、ワトスンを一等列車で大陸へ行かせた。彼女のかつての家庭教師(ガヴァネス)で、我慢強く手紙をやり取りしていたミス・ドブニーが、相談に来たからである。

　レディ・フランシスは悲劇的な人物だった。ラフトン伯爵の直系の一族でまだ生きているただひとりの子孫ながら、女性であることを理由に財産を相続できなかったのだ。それでも彼女には、宝石のみごとなコレクションがあった。「ふらふらと遊び回っている、友だちのいない」彼女から最後に連絡があったのは5週間前のことで、スイスのローザンヌにあるオテル・ナシオナルからだった。彼女はそこで高額の小切手を現金に換え、2週間ほどのちにはモンペリエでも換金し、50ポンドをメイドのマリー・ドゥビーヌに振り出していた。

　ワトスンがオテル・ナシオナルでつかんだのは、レディ・フランシスは数週間の滞在後あわてて出て行ったが、これには彼女を追い回す、背が高くて色の浅黒いひげづらの男が関係しているかもしれないということだった。理由は不明だが、ドゥビーヌも仕事を辞めていた。追跡を続けたワトスンは、バーデン[ドイツとスイス／両方の説あり]にたどり着く。レディ・フランシスはそこに2週間滞在していた。彼女はそこで、南アメリカからやって来た宣教師のシュレジンジャー夫妻と懇意になっていた。そして病弱な夫を看病する夫人を手助けして、3週間前に夫妻と一緒にロンドンへ向かった。彼女を追うひげづらの謎の男は、ワトスンより1週間早く着いていたこともわかった。

ワトスンの追跡劇はローザンヌから始まる。この地は、裕福な旅行者がヨーロッパをめぐる「大旅行」の行き先として、人気が高かった。

　次にワトスンはモンペリエに向かったが、シュレジンジャー博士の左耳の様子を問うホームズの妙な要求は、無視することにした。ワトスンはフランスでドゥビーヌを見つけ出すが、彼女が仕事を辞めたのは結婚のためで、50ポンドは結婚祝いだったという。その話の最中に、彼女が通りでひげづらの男を見かける。ワトスンはあとを追うが、格闘の末に形勢不利となり、妙に親しげなフランス人労働者に助け出されることになるのだった。

　ホームズの協力により、ひげづらの男はフィリップ・グリーンという人物と判明する。彼はレディ・フランシスとの結婚を望んでいた。そして舞台はロンドンに戻る。宣教師の左耳に関する知らせを受けたホームズは計画を立てたが、葬式が目前に迫っている。彼は遅すぎたのだろうか?

瀕死の探偵

初出:イギリスは《ストランド》1913年12月号／アメリカは《コリアーズ》1913年11月22日号
時代設定:1889年

　ワトスン博士の自宅を訪れたハドスン夫人が、重大な知らせを伝えた。ロザハイズの裏通りの事件に取り組んでいたホームズが、病気にかかって息も絶え絶えだというのだ。

　ワトスンは221Bに駆けつけるも、精神に異常をきたしたようなホームズに冷たくあしらわれる。ホームズは、自分がかかった病気はスマトラが起源で、致死性が高く伝染力が強いので部屋から出て行くようにと脅した。その一方、医者としてのワトスンの腕にも疑問を投げかけたうえ、力を振り絞って部屋に鍵をかけて彼を閉じ込め、ほかに助けを求めることを禁じた。そして、6時になったら部屋を出て、ホームズの選んだ医師を呼んできていいと言うのだった。

　時間をつぶそうとするワトスンがマントルピースの上にある白黒の象牙の箱を何の気なしに手に取ると、ホームズから珍しくも、自分の所持品に手を出さないようにと厳しく言われる。6時になると、ワトスンはガス灯を半分までつけることを許され、カルヴァートン・スミスという人物の住所を渡された。ホームズがかかった病気の権威として有名だという。ワトスンはスミスに、ホームズが錯乱状態にあり（事実、牡蠣のことをとりとめなく話していた）、死にかけていると納得させ、スミスより先に221Bに戻ってくることになっていた。ところが、

スミスがホームズをよく思っていないため、事態はスムーズに進まなかった。スミスは以前ホームズによって、甥の死に関わりがあるという嫌疑をかけられたというのである。

　ワトスンはスミスから、その日2度目となる冷たい対応をされたが、ホームズの死期が近いと知るや、スミスの態度も多少和らいだ。彼がホームズのもとを訪れることに同意したので、ワトスンは先に221Bに戻るべく、口実を作って立ち去る。部屋に戻ったワトスンは、2人きりだと思えばスミスの意見もより率直になるということで、ベッドの頭のほうに隠れるようホームズに言われる。こうして、恐ろしい診断と驚くべき新事実が明らかになる舞台が整ったのだった。

ホームズはチャールズ・ディケンズや当時の英国首相たちと同じく、高級レストランであるシンプスンズ・イン・ザ・ストランドの常連だった。

最後の挨拶

初出：イギリスは《ストランド》1917年9月号／アメリカは《コリアーズ》1917年9月22日号
時代設定：1914年

　三人称で書かれているこの話では、第一次世界大戦前夜に、サセックス州での隠遁生活（『養蜂実用ハンドブック』の執筆に取り組んでいた）を送っていたホームズが引っ張り出されることになる。相手はフォン・ボルクというドイツ人スパイで、モリアーティのように陰謀の中心で活躍している人物だ。彼は英国で4年間つつがなく仕事をしてきており、情報を大量に集める一方、上品なスポーツマンかつ好青年のふりをしていた。

　イングランド東部の海岸沿いにあるハリッジの自宅で、彼は相棒のフォン・ヘルリング男爵と一緒に英国人の性格をけなしていた。彼の仕事はほとんど終わっていて、残るは英国嫌いのアイルランド系アメリカ人スパイ、アルタモントとの最後の顔合わせだけだった。フォン・ボルクは英国海軍の暗号をドイツの手に渡す予定だったのである。

　フォン・ヘルリングが帰り、家政婦のマーサも下がったところで、アルタモントが運転手付きの車で現れた。彼は気難しい顧客で、ドイツの安全保障体制を疑うとともに、用済みになったスパイは消し去られるのではとないかと思っていた。アルタモントが包みを渡す前に金を要求する一方で、フォン・ボルクが先に中身の確認を求めたため、にらみ合いが続いた。

　相手のもつ情報が望みのものではないと疑うフォン・ボルクは、間違っていなかった。大盛り上がりの幕切れの場面で、ホームズとワトスンが最後にふたたび力を合わせたのだ。マーサにも賞賛の言葉がかけられた。もしかするとマーサとは（ホームズ研究家のヴィンセント・スターレットが茶目っ気たっぷりに提唱したように）、ハドスン夫人の別名なのだろうか？

　終わりの見えない戦争が始まって3年後に書かれたこの話は、「英国人を最後まで頑張らせる」というコナン・ドイルの願望が強調されている。読者をうならせるようなみごとな推理はなく、スパイ小説としても広く批判されてきた（フォン・ボルクの素性を秘密にして、彼に誤った情報を流し続けたほうが、理にかなっていただろう）。正典のほかの話とは大きく異なっているわけだが、この名探偵を盛大に見送る新たな短篇集の刊行を決定づけた作品として、読者はありがたく思うべきなのだろう。

この話には、正典中で唯一のシーン、つまり自動車に乗ったホームズの姿が記されている。乗っていたのはこの写真のようなフォードだ。

ホームズと私 キャサリン・クック

キャサリン・クックはロンドンのマリルボーン図書館にあるシャーロック・ホームズ・コレクションのキュレーターだ。高い評価を受けているホームズ研究者であり、ロンドン・シャーロック・ホームズ協会（SHSL）の主要メンバーになっている。

あなたの図書館のコレクションについて聞かせていただけますか？

1951年に政府が英国祭を開催したとき、マリルボーンはホームズの展示をすることになりました。初めは書籍や新聞、雑誌といった、図書館にいつもあるようなものを展示する予定でしたが、結局ホームズの居間も再現しようと決まったのです。展示が終了すると、書籍などはそのまま保管して、1970年代半ばまで、小規模なコレクションの状態でした。そのころ、当時の司書ケン・ハリスンが、このコレクションで何かやれないかと思いつき、ホームズに興味のあるヘザー・オーウェンというスタッフが1970年代から1982年まで担当したんです。それを私が引き継いで、以来続けています。ただのホームズ・コレクションではなくて、コナン・ドイルの著作全般を網羅しているので、ヴィクトリア朝後期やエドワード朝の社会がよく反映されていると言えます。

ホームズへの思いが始まったきっかけは何でしたか？

ダグラス・ウィルマー主演のホームズ映画を見たことですね。1965年の「悪魔の足」の回でした。兄が見たがっていた番組で、私も夢中になりました。急いで付け加えておきますが、私だって当時は若かったんですよ！ 好きなストーリーは〈美しき自転車乗り〉、〈悪魔の足〉、それにもちろん〈バスカヴィル家の犬〉ですね。ペンシルヴェニアの炭鉱地帯へ旅行してからは、〈恐怖の谷〉のことを以前よりよく理解できるようになりました。今は特に、物語の背景や由来に興味をもっています。話のきっかけになったものとも言えますね。

ホームズ人気が長いあいだ廃れない理由は、いくつもあると思います。どの話にも、純粋なユーモアと読者を楽しませる要素があることが、ひとつ。短い話を一気に読ませるもので、鉄道を利用する通勤客向けだったんです。当時は通勤が出かけることを意味していたんですから。それに、話にはつねに郷愁に満ちていますね。最初の話が発表されたのは1887年で、1920年代まで続きましたが、自動車は一度しか出てきていません。ホームズは電話もめったに使わない。地下鉄も出てきたのは一度だけ。いつだって、蒸気機関車に辻馬車に電報というわけで、まさに1880年代の世界なんです。ホームズの人気が盛り上がった1890年代には、すでに懐かしいものだったんですよ。

2005年にロンドン・シャーロック・ホームズ協会の旅行でスイスを訪れたときの衣装姿の、キャサリン・クック。

コナン・ドイルはホームズとワトスンに対して、かなりそっけない態度をとっていました。この2人に対するあなたの考えは？

時代とともにかなりよく形作られていったと思います。シリアスな作品を手がける本格的な作家と比べようとしたことはありませんね。シャーロック・ホームズの物語、特に後期の作品は、お金を手に入れ続けるためのつまらないものです。その意味では、あまり洗練されていません。それでも、ホームズとワトスンの関係には、たくさんのユーモアはありますね。

コナン・ドイルが本当に重要だと考えていたのは、歴史小説でした。彼はチャレンジャー教授ものの小説も4～5冊書いているけれど、それらには本人がかなり真面目な主張と思っていることが盛り込まれています。『失われた世界』の序文には、「半分おとなの子供か、半分こどもの大人が、ひとときを楽しめれば」という彼の望みが記されているけれど、シャーロック・ホームズについてそのように見ることはできていませんでしたね。それこそが、ホームズ物語が与えていることなのに。

SHSLに深く関わっていますが、その経緯と活動内容をお聞かせください。

1930年代初頭に存在した協会の活動期間は、数年間だけでした。ドロシー・L・セイヤーズも会員でしたが、国内問題のせいで中断し、戦争によって完全に息絶えました。でも例の展示に協力してくれた人たちのおかげで、1951年に復活できました。1980年代初めには、ジェレミー・ブレットのドラマの影響で、会員数はものすごく増えましたが、それも減ってきて、今では1000人から1200人というところかしら。子供がいない人が多いものの、お子さんがいる会員もいるし、その子たちが大きくなって、会に来てくれることもあります。ほかには、子育てを終えた人や学生さんもいますね。一時期はオックスフォード大学から熱心な人たちが来たこともあったけれど、卒業するとちゃんとした仕事やら家庭やら、結婚などをしてしまいました。

（ホームズで）「ゲームをする」ことが、この協会の重要な部分です。1980年代の初めからはホームズやドイルゆかりの地への旅行を定期的にするようになって、最初に訪れたのはポーツマスでした。コナン・ドイルが執筆を始めた場所ですが、彼の名が出ることは、当時はあまりありませんでした。最近は私たちも、彼がそこで執筆していたと認めていますけれどね。そうは言っても、コナン・ドイルの一族の誰かしらは、直接的に関わることがなくても、たいていはこの協会とつながっているんです。デイム・ジーン・コナン・ドイル［コナン・ドイルの娘］は非常に協力的だったし、甥の息子さんのチャールズ・フォーリーは年に一度の晩餐会に顔を出してくれています。

ただ、いつもそうだったわけではありません。ジーンの兄たちは、まったく協力的ではなかったと言われます。2人とも私が協会に加わる前に亡くなっていますが、特にエイドリアンはよく訴訟を起こしていたそうです。著作権を必死に守ろうとしていたらしくて。彼に対する姿勢をよく表しているイベントがありますよ。ベイカー・ストリート・イレギュラーズはかつて、その昔クロウバラでエイドリアンを噛んだ蛇に対して、毎年祝杯を挙げていたんです。

マザリンの宝石

初出:イギリスは《ストランド》1921年10月号／アメリカは《ハースツ・インターナショナル》1921年11月号
時代設定:1903年

ワトスンではなく、謎の第三者によって語られる話。ワトスンは明らかにかなり久しぶりに、ベイカー街のホームズを訪ねてきた。彼を出迎えたのは、ホームズの孤独と寂しさをわずかながらまぎらす役を果たしている、ビリーという若くて礼儀正しい給仕だった。ワトスンが訪れたのが夕方の7時だったにもかかわらず、ホームズは寝ていた。労務者や老婆など、さまざまな人物に扮する変装術を駆使して、かなりの活躍をしていたのは明らかだった。

ホームズは、きわめて貴重な王冠のダイヤモンドであるマザリンの宝石が盗まれた件で、総理大臣と内務大臣に会っていた。また、カントルミア卿とも顔を合わせたが、ホームズの推理力を怪しむ卿の様子は、かなり間抜けに見えたという。

221Bの窓辺には、ホームズにうり二つの人形が置かれていた。読書をしているような姿勢で、ドレッシング・ガウンを着ている。彼の命を狙おうとする者に向けて、おとりの役目を果たすものだ。ホームズは、宝石のありかについては確信がないものの、犯人の目星ははっきりついているとワトスンに言う。ちょうどそのとき、思いがけなくも、第一容疑者で暗殺未遂犯である人物がやって来た。スコットランド・ヤードに応援を頼むためワトスンを送り出したホームズは、強敵もしくはその子分、どちらからの攻撃もかわしながらマザリンの宝石のありかを突き止めようと、舞台を整える。この話は、巧妙ながらも信じがたい悪ふざけで終わっており、ホームズもいささか喜びすぎだ。

〈マザリンの宝石〉は、ホームズそっくりの人形が出てくることから、〈空き家の冒険〉を思い起こさせる。ただ実際には、この話はドイルが1921年に書いた舞台劇「王冠のダイヤモンド」に手を加えたものだ。ホームズは蓄音機(グラモフォン)を巧みに使っており、最新テクノロジーが役目を果たしていることもわかる。多くのファンにとって、この〈マザリンの宝石〉は傑作には程遠く、凝りすぎた類型的な作品のように感じられるだろう。

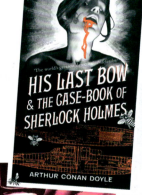

ペンギン社が2008年に出した「レッド・クラシック版」正典全集の表紙は、多くのストーリーに見られるゴシックホラー性を全面に出しているほか、1930〜40年代のバジル・ラスボーンの映画ポスターがモチーフにされている。

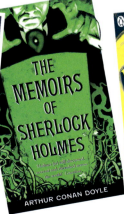

ソア橋の難問

初出:イギリスは《ストランド》1922年2月号～3月号／アメリカは《ハースツ・インターナショナル》1922年2月号～3月号
時代設定:1901年

　ワトスンはチャリング・クロスのコックス銀行に、今や伝説となったブリキの文書箱を保管しているが、その中に長いこと入れられたままの書類の中に、この話があると冒頭で語っている。ひと月ほど満足できないような事件ばかりで退屈していたホームズにこの一件を持ち込んだのは、「金鉱王」として知られる億万長者でアメリカの元上院議員、ニール・ギブスンだった。彼の妻マリーア——情熱的なブラジル人——が、ハンプシャー州ソア・プレイスの敷地内にあるソア橋で、頭部を撃たれたというのである。ギブスンが221Bに現れる前に、彼の地所の管理人であるマーロー・ベイツが来て、ギブスンは「どうしようもない悪党」で、その妻は「いちばんの犠牲者」だと訴えていた。

　ところがすべての証拠は、ギブスンの子供たちの家庭教師(ガヴァネス)であるグレイス・ダンバーが第一容疑者だと指していた。橋で会おうというダンバーからの手紙がマリーアの死体から見つかっただけでなく、発射されたばかりのピストルが、彼女の衣裳だんすから見つかったのだ。ギブスンはホームズに、彼女の無実の証明を望んでいた。ホームズはギブスンがダンバーに対して恋愛感情を抱いているとすぐさま見抜いたが、それでも事件を引き受けることにする。

　他人の目には決定的な証拠の山に見えるものでも、ホームズはその過剰さを疑問に思う。ダンバーは凶器を自分の衣裳だんすに隠すほど、本当に愚かなのだろうか？　橋で彼女と会うという申し合わせのメモを、なぜマリーアはもっている必要があったのか？　現場を徹底的に調べたホームズは、弾道に関する専門家としての才覚をみごとにあらわす。そしてワトスンは、みずからのリヴォルヴァーを提供して、ホームズがみごとに推理した仮説の正しさを証明するのである。

"Suddenly Holmes sprang from his chair. 'Come, Watson, come!' he said. 'With the help of the God of justice I will give you a case which will make England ring.'"

A・ギルバートによる《ストランド》掲載時の〈ソア橋の難問〉の挿絵。彼は〈最後の挨拶〉と〈マザリンの宝石〉でも挿絵を担当した。

這う男

初出:イギリスは《ストランド》1923年3月号／アメリカは《ハースツ・インターナショナル》1923年3月号
時代設定:1903年

ホームズ引退前の事件のひとつであるとともに、最も奇怪で、結果的にはかなり馬鹿げた内容になっている話のひとつ。221Bを訪れたのは、ケンフォード大学で尊敬を集めるプレスベリー教授の秘書で、教授の義理の息子になる予定のトレヴァー・ベネットだった。60代初めの教授は、同僚の娘であるアリス・モーフィーと婚約したが、この婚約以降、その行動がいささか突飛なものになってきたという。教授は2週間にわたって行方がわからなくなったが、ベネットの友人からの手紙により、プラハにいたことがわかった。

戻ってきた教授は、自分宛てに届く郵便物の開封を禁じるとともに、旅先から持ち帰った木箱を油断なく監視していた。教授の知的能力はまだちゃんとしていたが、秘密主義が強くなり、気分のむらが激しくなってきたという。

そしてある夜、ベネットは教授が這いつくばって廊下を歩いている姿を目撃する。彼が声をかけたところ、教授は怒ったように応え、去っていったという。この話をしている最中に、ベネットの婚約者であるイーディスが221Bに現れた。父親であるプレスベリー教授が、夜中に彼女の寝室の窓からのぞいていたというのだ。寝室は3階にあるし、適当な梯子もない。さらには、教授は明らかに常軌を逸していて、いつもは忠実

ボヘミアの街プラハを望む、フラッチャニ城の当時の様子。プレスベリー教授はこの地に2週間滞在していた。

なウルフハウンドから攻撃されることが増えていた。これが初めてではなかったが、ホームズは犬の態度が特に示唆に富むと感じていた。

教授宅を訪れるホームズとワトスン。ホームズは教授に呼ばれて来たと言い張ったが、それは教授が明らかに「不思議な夢の中にいる」ので、その流れに乗るだろうと計算してのことだった。ところが相手は、そのような約束はしていないと確信しており、2人に身の危険を感じさせるほど激怒した。それでもホームズはこの一件から、教授の精神状態について、有用な洞察を引き出していたのである。

イーディスの部屋の窓まで続く這うツタ、教授の「ふくれてごつごつ」している指関節、それに奇妙な郵便物の送り主に関するさらなる発見から、ホームズは必要な情報をすべて得るのだった。

ロバート・ルイス・スティーヴンスンの『ジキル博士とハイド氏』の影響を受けているのは明らかであり、人間と獣はそれほどかけ離れた存在ではないという、ダーウィン後の社会に見られた潜在意識の恐怖もほのめかされているようだ。

サセックスの吸血鬼

初出:イギリスは《ストランド》1924年1月号／アメリカは《ハーツツ・インターナショナル》1924年1月号
時代設定:1896年

ホームズは事務弁護士のモリスン・モリスン・アンド・ドッド商会から手紙を受け取る。依頼人のロバート・ファーガスンをホームズのもとへ行かせたというのだ。相談は吸血鬼についてで、ファーガスン本人からの手紙も届いた。彼は友人のために動いており、ワトスンとはラグビーをしていたころの知り合いなのだという。だが、ホームズは友人でなく本人の出来事だということを見破る。

翌日に現れたファーガスンは、妻に関するぞっとするような疑惑を説明した。コナン・ドイルがまたもや登場させた情熱的な南米人(今回はペルー出身)が、赤ん坊である息子の血を吸うところを、乳母のメイスン夫人に何度も見られているという。彼女はファーガスンにとって2度目の妻であり、最初の結婚でできた息子のジャックは15歳になっていたが、幼いころに障害を負っていた。思いやり深い性格にもかかわらず、ジャックはこの義理の母親から叩かれたという。

彼女は赤ん坊の血を吸ったあと金を渡すことで乳母に口止めしていたが、乳母は心配のあまり、自分が目にしたことをファーガスンに伝えたのだった。ファーガスンは当然ながら、そのような話を理解できなかったが、赤ん坊の首から血が出ていて、妻の口が血で真っ赤になっているのを自分の目で見るにおよび、信じるしかなかった。ファーガスン夫人は言い訳もできずに部屋に下がり、自分に長く仕えているペルー人メイドのドローレスとしか会おうとしなくなった。

ホームズは「この世ならぬものなんかにまでかまっていられるもんか」と言い、吸血鬼の仕業ということに対しては懐疑的だった。そして実際、サセックス州にあるファーガスンのチーズマン屋敷へ赴く前から、この奇怪な謎を解いていたのである。屋敷に着くとドローレスが、女主人はひどく医者を必要としていると告げた。これを受けてワトスンが診たところ、ファーガスン夫人はかなり苦しんでおり、悪魔がいて、何もかもめちゃくちゃだとわめいていた。

一方でホームズは、赤ん坊、ジャック、そして病気のスパニエル犬と顔を合わせるとともに、夫人が英国へもってきた武器のコレクションも調べた。ホームズの疑念はすべて裏付けられたが、ファーガスンに事態の説明をしたところ、相手の心はまったく予想できないかたちで砕かれたのであった。

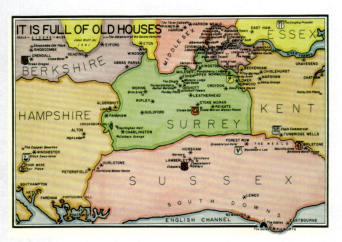

イングランド南部の州におけるホームズの行動を記したこの地図は、ベイカー・ストリート・イレギュラーズを26年間率いたジュリアン・ウルフが作ったもののひとつ。

ホームズと私 エドワード・ハードウィック

エドワード・ハードウィックは観客や視聴者からからとても愛された舞台俳優であり、映画俳優だった。わずか10歳のとき、映画 *A Guy Named Joe* でスペンサー・トレイシーと共演している。1986年からはグラナダ・テレビでワトスン博士役をデヴィッド・バークから引き継ぎ、ジェレミー・ブレットと8年間、28話にわたる出演で有名なコンビとなった。このインタビューは2008年に行われたもので、彼は2011年に永眠している。

ワトスン博士役を得た経緯はどのようなものだったのでしょうか?

私はアンナ・コールダー＝マーシャルと仕事をしていましたが、彼女の夫がデヴィッド・バークだったので、デヴィッドのことはもともと知っていました。彼はストラトフォードでロイヤル・シェイクスピア・カンパニーの公演に参加するチャンスを得ましたが、同じころ、ホームズ・シリーズの次のシーズンもオファされました。私がたまたまアンナと仕事をしていたので、彼が「エージェントに電話させて、聞いてみたほうがいいぞ」と言ってくれたんです。それがきっかけでしたね。

私が子供のころ、父親はハリウッドにいたので、父の親友であるナイジェル・ブルースと会ったことがありました。だから私は、はるか昔からワトスンと関係があったわけです。みんなと同じで、私も原作は読んでいたけれど、自分がその中の役を演じることになるなんて、まったく思いもしていなかった。ファンではありましたがね。話はすばらしいし、その中心にある2人の関係こそが、人々を惹きつけているのだと思います。いい犯罪小説の多くには、これと似たようなものがあるんじゃないかな。ワトスンはホームズにとって、いわば宣伝役のような存在なんですよ。

デヴィッド・バーク以外の役者の演技は参考にしましたか?

私の場合、特に固定観念はありません。原作は読んだし、映画館やテレビでやっていたら見るけれど、演じるとか、何かつながりを得ようと思って見たことは、一度もありませんね。

多くの人のイメージにあるのは、往年のラスボーンとナイジェル・ブルースの映画だと思います。でも忘れがちなのは、彼らの映画が作られたのが第二次世界大戦のあたりで、アメリカ市場向けだったことです。だから、非常に鋭いラスボーンと、温和で間抜けなワトスンという設定になっている。当時は意図的にそうしていたんですが、私たちのドラマのときは、もう時代が違っていた。それがこの登場人物たちのすばらしいところですよ。ある意味では、ハムレットのようなものです。世代ごとに、自分たちと重なり合うものが作られていくんだから。

ジェレミー・ブレットはドラマの制作にどのような影響を与えましたか?

私が加わったときには、すでに13話分を撮り終えていたから、私がいちばん下っ端でした。ジェ

1986年にワトスン役を引き受けたエドワード・ハードウィックは、合計28話に出演した。

レミーはこのドラマに対して、すでに非常に大きな足跡を残していたし。

　ジェレミーはよく読み込んだ全集を現場にもってきていてね。原作に実際にある会話を使う場面になると、正確に台本に入れなければならなかった。脚色者や作家にまかせて、その人なりの会話を書かせるのではなかったんです。できる限り正確に、コナン・ドイルに忠実にすべきだと、ジェレミーは強く望んでいました。彼はそれをずっと追い求めていたんです。

　このドラマに関わったのは、すばらしいチームでした。驚くほどよくリサーチしてくれて、使われたペンや鉛筆の1本まで、正確に当時のものにしようとしていました。楽しかったですね。役者として受けたサポートも桁外れでしたし。それに、自分が演じるように求められたことが、その登場人物に合っていると思われたことだったので、ものすごく自信になった。ああいったサポートがあるというのは、役者にとってもはものすごく大きいんですよ。

事情が違っていたら、正典をすべてドラマ化したかったですか？

　それは何とも言えないところだけれども、自分たちがやった以上のことはやれたと思いますね。デヴィッドの13話は最初期のもので、選り抜かれたものでした。最初は13話以上もやることになるとは、誰も思っていなかったから、いい話をまず選んだんです。正典をすべてやるというのは、ジェレミーの希望だったと思うけれど、彼は体調に問題を抱えていました。それに、ドラマ化に向かない話もあると思います。ワトスンの書き方のせいで、いくつかの話は難しくなっている。だから、原作とは違った感じで、彼の書いたものを描写しなきゃいけなくなるんです。

ホームズとワトスンの人気がいつまでも衰えない理由は何だと思いますか？

　それはきわめて難しい質問ですね。私もいまだに世界中から、あのドラマのことで変わった手紙をもらっていますよ。

　原作の息の長さについては……友情は間違いなくその要素のひとつですね。中央にいるのが、友情を育んでいる、まったく異なる2人なわけだから。ワトスンは医者だけれど、医者と探偵はある意味では共通点が多い。さまざまな手がかりを観察するとかね。キャラクターとして、ワトスンがホームズに魅了される理由は、私にもよくわかります。

　別の意味では、この2人はひとりの人間の2つの側面だとも言えます。それに彼らは、私たちの歴史の、ある時期を表している。ヴィクトリア朝とエドワード朝という、英国人に関する社会通念の大半が存在する時期のね。

これほどまでに有名なキャラクターとの関わりを、何かしら重荷に感じたりしたことはありましたか？

　それが、まったくないんですよ。ワトスンはホームズの親友だったし、私にとっても実にいい友人でいてくれた。俳優としてすばらしい50年を過ごさせてもらい、ワトスンがさらに華を添えてくれたんです。

演劇・映画・ラジオのホームズ

> ホームズが犯罪の専門家になったことにより、科学界は鋭敏な理論家を失い、同時に演劇界もまた、すぐれた俳優を失ったわけだ。　〈ボヘミアの醜聞〉

　歴史上、シャーロック・ホームズは最も多く映像化された架空の人物であり、そのテレビや映画作品は数百にのぼる。コナン・ドイルが生きていたら間違いなく驚いただろうが、本人は1890年代初頭に記者相手にこう述べている。「ホームズが戯曲に向いていないことは、よくわかっている。彼の理屈や推理は（それこそがこの人物の本質だが）、舞台では耐えられないほど退屈だろう」

　ホームズの名前が出た最初の舞台は、1893年のチャールズ・ブルックフィールドによる *Under the Clock* で、ロイヤル・コート劇場で上演された一幕ものである。これにチャールズ・ロジャー演出の *Sherlock Holmes* が続き、ジョン・ウェッブ主演で1894年5月にグラスゴーで上演された。

　商売上のチャンスを見逃すことのなかったコナン・ドイル自身も、1897年の秋までには戯曲の制作を真剣に検討していた。「つまらない作品でも儲かる」と考えていたはずのドイルは、五幕ものに取り組んだものの、ふさわしい出資者を見つけるのに苦労していた。この作品が最終的にやり手のブロードウェイ・プロデューサーであるチャールズ・フローマンの手に渡ると、彼はアメリカ人の俳優兼プロデューサー兼劇作家のウィリアム・ジレットによる脚色が適しているのではと勧めた。その後シャーロック・ホームズは、この人物を国際的なスターにすることになる。

　ジレットは恐れることなく、ドイルの脚本を自分流に変えていった。よく知られているように、彼はドイルに対し、ホームズと女性を恋愛させてもいいかと許諾を求めている。ドイルからの返事は、「結婚させようが殺そうが、好きなようにしてかまわない」というものだった。ドイルが発表した物語からいくつかの筋を組み込んで四幕となったこの劇は、いくつかの試験興行のあと1899年11月6日にニューヨークのギャリック劇場で初日を迎えると、評論家には不評でも観客からは爆発的な人気を得た。その後256公演が行われたのち、1901年にジレットがロンドンのライシアム劇場へ持ち込んで、さらに216回の公演を行っている。そのあまりの人気ぶりに、ストランド近くのテリーズ劇場では、*Sheerluck Jones (or Why D'Gillette Him Off?)* というパロディ劇がす

大ヒットとなった舞台でホームズを演じるウィリアム・ジレットを描いたイラスト。1901年の《イラストレイテッド・ロンドン・ニュース》に劇評とともに掲載された。

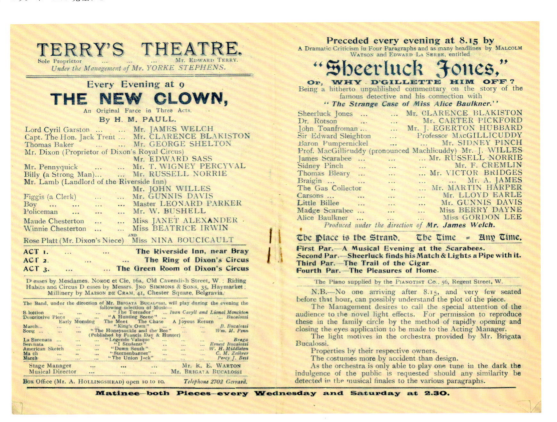

1901年のSheerluck Jonesは、ホームズのパロディとしては早いものだった。上演されたテリーズ劇場は、俳優兼興行主のテリー・エドワード・オコナーが1887年にミュージックホールの跡地に建てたものだ。

ぐさま打たれたほどだった。

　ジレットはこの探偵に対する一般の認識に、多大な影響を及ぼした。のちにフレデリック・ドー・スティールは、《コリアーズ》掲載のホームズ物語に、ジレットをモデルとした挿絵を描いている。ジレットは「なに、初歩的なことだよ、きみ」というセリフを書いているが、これを少し変えた「初歩的なことだよ、ワトスン君」を、のちに映画でクライヴ・ブルックが用いている。さらには、ホームズにキャラバッシュ製の曲がったパイプを初めてくわえさせたのも、ジレットだった。ドイルが作品に描いた種類のパイプでは、口にくわえた状態でセリフをきちんと言うことができなかったからだと言われる。オーブリー・ヴィンセント・ビアズリーは《スペクテイター》への寄稿で、ジレットの演技について、「声は甲高くなく、不気味で恐ろしいものうげな話し方であり、頭をのけぞらせて目を半ば閉じているさまは、目の前にある問題以外のことを考えているという印象を受ける」と記した。またコナン・ドイルは、ジレットの脚色について、「実にうまくやったと言わざるを得ないだろう」と述べ、「思いやりある優れた俳優の才能」に感動して、彼の演技を褒めている。ジレットはこの役を約1300回も演じたのち、ついに1932年にパイプと鹿撃ち帽に別れを

告げた。この劇は英語圏では広く上演され、英国では俳優 H・A・セインツベリーを有名にしたほか、給仕のビリーとして登場した若きチャーリー・チャップリンにもチャンスを与えている。ジレットはこの舞台を 1916 年に映画化したが、残念ながらそのフィルムは残っていない［このサイレント映画は 2014 年にフランス語版が発見され、修復ののち公開された］。

その後ホームズは、舞台において長きにわたりさまざまに演じられてきた。コナン・ドイルもみずからのヒーローの脚色を試みて、1910 年に『まだらの紐』を執筆した。これは前述のセインツベリーが主役となり、あまり訓練を受けていない蛇の扱いに問題があったものの、成功を収めた。ドイルの次の作品は『王冠のダイヤモンド――シャーロック・ホームズとの一夜』というもので、1921 年にロンドンのコロシアム劇場で短期間上演された。劇としては失敗だったが、ドイルはこれに手を加えて、短篇〈マザリンの宝石〉にしている。

対話劇であれ冗談半分のパロディであれ、はたまたバレエであれ、ホームズ

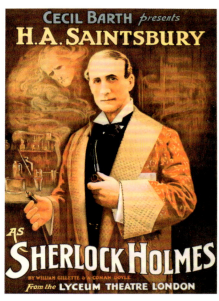

上：1869 年にロンドンで生まれた H・A・セインツベリーは、ホームズを 1400 回以上演じた。チャーリー・チャップリンは、若き俳優だった自分を支えてくれたセインツベリーに感謝の気持ちを表している。

左：ウィリアム・ジレットは当時の大スターだったが、20 世紀で最も有名な役者のひとりとなったのは、この舞台劇のポスターでは下の方に名前があるチャーリー（チャールズ）・チャップリンだった。

ものが舞台で演じられていないときのほうが珍しい。バレエ *The Great Detective* は 1953 年のサドラーズ・ウェルズ劇場での上演がかなり評判がよく、ミュージカルの *Baker Street* は 1960 年代にブロードウェイでヒットした。歌と踊りのある *Sherlock Holmes: The Musical* は 1988 年に上演されて、その後も何度かリバイバルが行われている。一方で、ロジャー・ルウェリンは一人芝居のホームズ（および正典に登場する面々）に磨きをかけており、世界中での公演数は 500 回に迫っていて、やめる気配はまったく見せていない。

ホームズが映画界に進出したのは 1900 年のことで、*Sherlock Holmes Baffled* という 1 分にも満たない珍奇なものだった。これは名探偵を称えるというよりも、すばらしい可能性を秘めた映画技術のお披露目であった。この 5 年後に、映画で初めてホームズを演じた役者という栄誉を、8 分間の映画 *Held for Ransom* でモーリス・コステロが手にすることになる。

なぜか英国が映画化に挑戦しようとしなかったため、初期のホームズ映画の大半はアメリカとイタリア、そしてよく知られているようにデンマークから生まれた。1908 年から 1910 年にかけて、デンマークのノルディスク・フィルム社が質の異なるホームズ映画を 13 本制作した。そのうちの 1 本、*Sherlock Holmes in the Great Murder Mystery* は、ホームズが恍惚状態に陥って、逃げたゴリラを犯人と特定するという話である。このシリーズではヴィゴ・ラルセンが立役者となり、脚本・監督・主演といくつもの役をこなした。彼はその後、ジャーマン・ヴァイタスコープ・スタジオに移ると、別のホームズものを手がけている。

英国初のホームズ映画は〈緋色の研究〉をもとにしたもので、ようやく 1914 年に登場する。サミュエルスン映画社の制作で、ホームズ役はジェイムズ・ブラギントンだった。彼は同社の従業員にすぎず、演技力に優れていたわけではなく、ホームズと身体的に似ていたために選ばれたのだった。同社は 1916 年の『恐怖の谷』にセインツベリーを使ったが、舞台で 1000 回以上演じた役ながら、映画はこの 1 本だけだった。ユニバーサル社も 1914 年に〈緋色の研究〉を映画化し、著名な映画監督ジョン・フォードの兄フランシス・フォードを主演させている。世界で初めてアフリカ系のホームズを演じたのはサム・ロビンスンで、1918 年のエボニー映画社による *A Black Sherlock Holmes* に出演した。

ヨークシャー生まれのエイル・ノーウッドは、ホームズを演じたことで正真正銘の映画スターになった最初の人物である。役を引き受けた 1920 年時点ですでに 60 歳に近く、舞台俳優として最も知られていた。その後の 3 年間に、彼は 20 分もののサイレント映画のシリーズに出演し、驚くことに合計 47 回もホームズを演じている。ノーウッドは変装がみごとで、このシリーズでは何度となく派手に披露している。コナン・ドイルは彼の熱心なファンであり、評論家も一般大衆も同様だった。彼が出た映画は、話の展開を説明する字幕があまりに長いという問題はあるが、

上：1921年にストール映画社が制作した『バスカヴィル家の犬』のスチル写真。初期の偉大な映画版名ホームズ役者となったエイル・ノーウッドが写っている。

現在でも充分に通用する。ノーウッドは1923年にはロンドンの舞台でもホームズを演じた。彼とホームズの関係は短く、晩年のものではあったが、結局はこれが彼のキャリアを決定づけたのだった。

ジョン・バリモアは彼の世代で最も優れた俳優と広く認められており、1922年にジレットの舞台劇の大部分をもとにした『シャーロック・ホームズ』という映画に主演している。ワトソン役はローランド・ヤングで、バリモアによるホームズは特に気高く見えたが、この関係は長続きしなかった。1929年に作られたホームズ映画初の「トーキー」作品は、パラマウント社が制作した3本のうちの1本で、クライヴ・ブルック主演のReturn of Sherlock Holmes[邦題『シャーロック・ホームズ』]だった。H・リーヴス=スミスが初めてワトソンとなり、名医を間抜けに演じた。1932年の『シャーロック・ホームズ』では、ワトソン役はレジナルド・オーウェンがつとめ、彼は翌年の『緋色の研究』では主役へとステップアップしている。彼のホームズは好ましくて印象的だったが、コナン・ドイルの話に出てくる探偵と身体的に似ていなかったのは不運だった。

レイモンド・マッシーとアソル・スチュアートは、1931年のThe Speckled Bandでホームズとワトソンを演じた。英国の会社によるホームズものの初のトーキー映画だったが、完全には満足のいくものでなく、犯罪と戦うこの2人組を1930年代に据えるという設定には問題があった。アーサー・ウォントナーは1931年の『眠れる枢機卿』でホームズ俳優としてデビューを果たす。これ

下：ジョン・バリモアは1922年公開のゴールドウィン・ピクチャーズ社による映画『シャーロック・ホームズ』（イギリスでのタイトルは『モリアーティ』）に主演した。話の筋の大半はジレットの舞台劇のもの。

右：1931年のThe Speckled Bandで、危険人物グリムズビー・ロイロット（リン・ハーディング）を出し抜く、優秀なホームズ（レイモンド・マッシー）。ハーディングはほかの2本の映画にもモリアーティ教授役で、出ている。

下：1937年にドイツのUFAスタジオ社が制作したThe Man Who Was Sherlock Holmesでは、ホームズ役はハンス・アルバース、ワトスン役はハインツ・リューマンで、話の筋は「非正典」だった。

は彼がその後の7年間で5本作ったうちの1本だった。彼はパジェットによる《ストランド》の挿絵に似ていたことで役にすぐさま人気を博し、批評家の称賛を得た。長期的な名声を手にすると確実視されていたが、そこにバジル・ラスボーンが登場したため、彼は無残にもほとんど忘れられてしまう。ウォントナーのワトスン役はイアン・フレミングがつとめ（ジェイムズ・ボンドの生みの親とは無関係）、ワトスンをさらに道化者の領域へと近づけた。一方、英国の偉大な象徴がナチス・ドイツの心をとらえた点は、注目に値する。同国では1930年代に数本の映画が制作され、現在でも評価の高いThe Man Who Was Sherlock Holmesや、軽い喜劇調の1939年の作品Der Hund von Baskerville（アドルフ・ヒトラーのお気に入り）といったものがあった。

1939年に20世紀フォックス社が、バジル・ラスボーンをホームズに、ナイジェル・ブルースをワトスンに据えて、『バスカヴィル家の犬』を制作する。これは今でも——多くの人にとって——名探偵とその相棒の定義となる、記念碑的な映画シリーズの幕開けだった。この映画はコナン・ドイルの原作に忠実であり、ホームズを未来へ送らず、本来の時代に据えた最初のものだった。簡潔な脚本に満足したラスボーンは、この人物を

練り直していった。南アフリカ生まれのラスボーンは英国のパブリック・スクールで学んだのち、第一次世界大戦に従軍して武勲を立てている。舞台俳優として大いに評価されてから、一連のサイレント映画で成功を収めたが、彼の力量が最も映えたのはトーキーだった。彼より前にホームズを演じた者たちが、いきなり正しくないように見えてしまったのである。骨張った顔の外見、素朴な発声、ホームズに横柄さと人間性を与えた才能により、ラスボーンはホームズを書物から浮かび上がらせて、生命を吹き込んだのだった。

ラスボーンによるホームズが大いに称賛されたのに対し、ブルースの演技は深みを欠いたものとして長らく嘲笑の的となった。ただ、ブルースはコナン・ドイルが作りだしたとおりにはワトスンを演じなかったものの、世の中に笑えるものがほとんどなかった時期に、この映画シリーズをみごとに喜劇風に変化させたことは間違いない。重要なのは、それまでの映画では脱線部分の大半にいた端役のワトスンを、必須の要素へと高めた点にある。これは明らかに、「ラスボーンとブルースの映画」だったのだ。

フォックスは『バスカヴィル家の犬』に続いて制作した『シャーロック・ホームズの冒険』でも同じく成功を収めて、評判もよかったが、早まったことにこの2作でシリーズを終える道を選んだ。ここで手綱を取ったのがユニバーサル社で、舞台を現代に移して、コナン・ドイルの原作をほとんど用いないことにしたのである。このシリーズは第二次世界大戦中に大量生産されて、かなり下手くそなプロパガンダ用の道具として使われたものも多かった。それでも、ラスボーンとブルー

『シャーロック・ホームズと恐怖の声』において、イヴリン・アンカース演じるキティを挟んで立つ、ホームズ役のバジル・ラスボーン（左）とワトスン役のナイジェル・ブルース（右）。1942年公開のこの作品は、ユニバーサル・ピクチャーズ社制作によるラスボーンのホームズ映画としては最初のものだった。

ラスボーンが初めてホームズを演じた1939年の『バスカヴィル家の犬』は、すぐに大ヒットとなった。原作を映画用に翻案したものとしては、おそらく最も評価が高い。

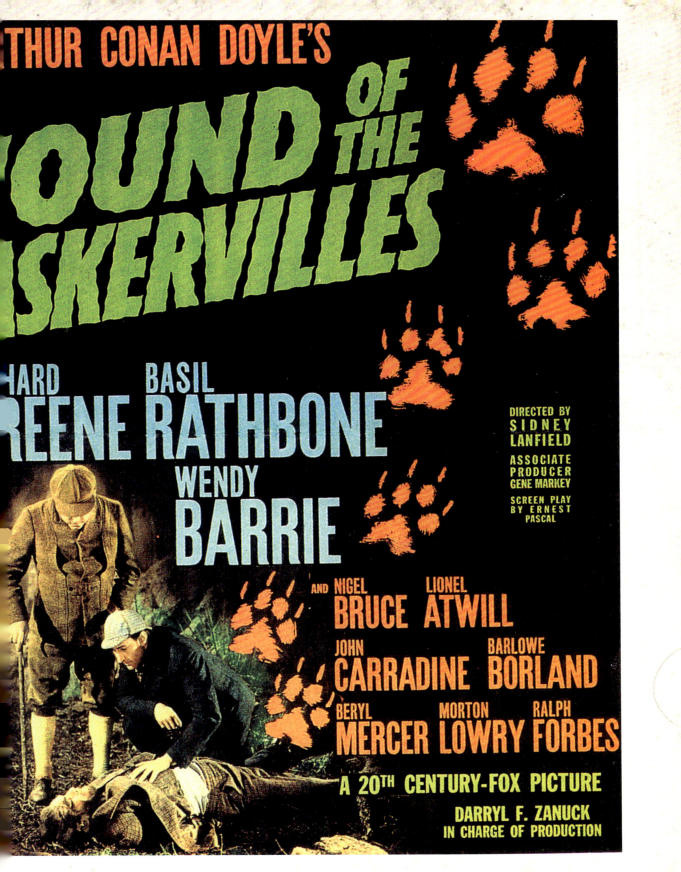

スは見応えがあり、ユニバーサルは『シャーロック・ホームズ危機一髪』、『蜘蛛女』、『緋色の爪』、『死の真珠』などの良作も制作している。

ラスボーンは、コナン・ドイル本人や彼の前後にいた大勢の人たちと同様、ホームズものが自分のプロとしての運命に深く関わってくるにつれ、ホームズが好きではなくなっていくことに気づいた。そしてついにはホームズのことを、「寂しさも愛情も悲しみも知らない人物」と評するようになる——みずからの力量を示したい俳優としては、マイナスと言えるだろう。ホームズに関わりすぎてほかの扉が閉じられてしまうことを恐れたラスボーンは、ブルースが残念がるなか、1946年にこのシリーズを降りることを決断した。だが時すでに遅く、ラスボーンは自分を覆う鹿撃ち帽の形をした影から逃れることはできなかった。事実、ふたたびホームズに誘惑されたかのように、彼は舞台やテレビ、ラジオで散発的に同じ役を演じ続けたが、いつまでも人々の記憶に残り、懐かしがられたのは映画でのイメージだった。

1950年代になると、カールトン・ホブズがラジオで優れたホームズ俳優としての地位を確立した。BBCによるシリーズに主演して、1969年まで続けたのである。ワトスン役はノーマン・シェリーだった。ちなみに、ホッブズ自身もワトスンを演じたことがある。1940年代のラジオ・シリーズで、そのときのホームズ役はアーサー・ウォントナーだった。決して完全な組み合わせではないが最も光るスターが出たホームズとワトスンによるラジオ番組が、アメリカのABCと組んだBBCによるものだった。この作品では、ジョン・ギールグッドがホームズを、ラルフ・リチャードソンがワトスンを演じた。有名な話だが、モリアーティ役はオーソン・ウェルズである。彼は1938年にアメリカのラジオの単発番組で、ホームズを演じたことがあった。

1954年のBBCによるラジオドラマ収録場面。ホームズ役のサー・ジョン・ギールグッド（左）、ワトスン役のサー・ラルフ・リチャードソン（右）、そしてモリアーティ役のオーソン・ウェルズ（中央）。

英語によるホームズ物語のラジオ劇は750以上あると見られている。その中で、1989年から1998年まで放送されたBBCのシリーズの質に近づいたものは、ほとんどない。脚本は主にバート・クールズが担当し、クライヴ・メリスンによるホームズとマイケル・ウィリアムズによるワトスンでスタートした。残念ながら2001年にウィリアムズは亡くなったが、ワトスン役はアンドルー・サックスがみごとにつとめた。このシリーズは正典の全話を取り上げたのみならず、わずかに言及されているほかの事件に基づいた新たな話も、時間をかけて作っている。一連の作品として、すばらしいテレビや映画のように想像力がかきたてられるも

のなのだ。

　アメリカ・テレビ界の上層部は、ホームズをテレビに持ち込むべく、1937年にルイス・ヘクターを主役に据えたが、反応はさっぱりだった。1950年代初頭のBBCによる試みも、似たような運命に見舞われた。一方で、1953年にアメリカのテレビでロナルド・ハワードがこの役を引き受けると、ようやくテレビ版のホームズは一人前になったのだった。ハワード・マリオン＝クロフォードが信頼のおける相棒をつとめたこの作品は、2年間で39話を撮影し、予算もプロダクションバリューも低いながら、視聴者を楽しませたのである。

　BBCも1964年にふたたび動きだした。50分の話を13本制作し、先のハワードのシリーズとは違って、正典に立ち返ったのだ。ホームズ役のダグラス・ウィルマーとワトソン役のナイジェル・ストックの組み合わせは絶妙で、それぞれの役の人間性が光っていた。ウィルマーがホームズの影の部分を暗に示したのに対して、ストックはワトソンの道化者のイメージをみごとに崩していった。残念なことに、BBCが寄せ集めの監督や脚本家を使ったため、質には差が生じていた。ウィルマー自身が書き直しに参加して、いい脚本に仕上げようとしたほどだったが、第一シーズンが終わるころには、同じことを繰り返す熱意が彼にはほとんどなかったのである。

　だが視聴率がよかったため、BBCはこのシリーズをやめようとしなかった。彼らはストックに降板しないよう説得し、ウィルマーの代わりにピーター・クッシングに依頼する。クッシングは1959年にハマー社が制作した『バスカヴィル家の犬』（ホームズもので初のカラー作品）に出演して、アンドレ・モレル演じるワトソン相手にすばらしい演技を披露していた。当時の反応は小さかったが、現在では優れた翻案のひとつと見られている作品だ。1968年に制作されたBBCの番組においてもクッシングの仕事ぶりは悪くなかったが、彼もウィルマーと同じような多くの困難に遭遇していた。彼がふたたびホームズを演じることになるのは1980年代半ばになってからで、The Masks of Death において、ジョン・ミルズ演じるワトスンに対して、かなり年老いた姿を披露している。同じように、前述のハマーの映画でサー・ヘンリーを演じたクリストファー・リーも、1992年の『新シャーロック・ホームズ／ヴィクトリア瀑布の冒険』では、ワトソン役のパトリック・マクニー相手に、歳を重ねたホームズを演じた。

　1960～70年代のホームズ映画には、ホラーの要素を取り

上：名優レスリー・ハワードの息子、ロナルド・ハワードが出演したギルド・フィルム社制作の30分間のテレビシリーズは、大成功を収めた。

下：当初は不安視されたが、1959年の『バスカヴィル家の犬』で初めて組んだピーター・クッシングとアンドレ・モレルによるホームズとワトソンの協力関係は、実にみごとだった。

暮　シャーロック・ホームズ 完全ナビ

右：マイクロフト役のロバート・モーリー（中央）とワトスン役のドナルド・ヒューストンとともに *A Study in Terror* に出演したジョン・ネヴィルは、切り裂きジャックと相対した数人のホームズ役のひとりである。

下：『シャーロック・ホームズの冒険』でホームズを演じたロバート・スティーヴンスは、撮影中は苦しい毎日に耐えていた。彼はその数年後に、ホームズ役を受けないよう、ジェレミー・ブレットにアドバイスしている。

入れたものがいくつかあった。1965年の *A Study in Terror* の制作の裏には、推進役としてコナン・ドイル遺産財団の存在があり、ホームズを切り裂きジャックと闘わせるという、ハマー・スタジオ社の影響を明らかに受けたものとなっていた。ジョン・ネヴィルはうまく陰影のついたホームズを演じたが、ワトスン役のドナルド・ヒューストンはやや平板だった。さらに観客を怖がらせたのが1979年の『名探偵ホームズ　黒馬車の影』で、これにもホームズの強敵として切り裂きジャックが出ている。クリストファー・プラマーがホームズをみごとに演じ（ジェレミー・ブレットが称賛していた）、ジェイムズ・メイスンのワトスンもよかった。

1970年代には、ホームズの性格を深く探ろうとする動きもあった。この年代は、ビリー・ワイルダー監督による画期的な『シャーロック・ホームズの冒険』で幕を開けたが、主役のロバート・スティーヴンスによる、もろさを感じさせる演技が注目された。この映画はスティーヴンスにとって厳しいもので、ワイルダーとの関係はいいときでさえ緊迫したものだった。スティーヴンスとマギー・スミスとの結婚生活も悪化していたため、彼はあるときの撮影でウイスキーと一緒に睡眠薬を大量に飲んで、病院へ担ぎ込まれてしまう。ホームズとワトスン（演じたのはコリン・ブレイクリー）の肉体関係が暗に示されたことは、当然ながらファンの激しい怒りを招いたが、この映画に描かれていたのは概して優しい2人の男性の姿だった。その後1974年に公開されたのが『シャーロック・ホームズの素敵な挑戦』で、原作のニコラス・メイヤーによる大ヒット小説では、ホームズの薬物依存が（文字どおり）フロイト流に分析されていた。この映画の出演者は豪華で、

ホームズ役はニコル・ウィリアムソン、ワトスン役はイギリス英語の発音がひどかったロバート・デュヴァル、モリアーティ役はローレンス・オリヴィエで、アラン・アーキンは控えめなフロイトを、ヴァネッサ・レッドグレーヴはアイリーン・アドラーをヒントにした人物を演じている。これほどまでの崩壊状態のホームズは初めてだったが、本作は彼を単に鹿撃ち帽とパイプの人物以上に見せるという道を切り開いたのだった。

1978年、ピーター・クックがホームズを再創造してユダヤ系のドジな間抜けにする一方で、ダドリー・ムーアは精神に異常があるウェールズ人としてワトスンを演じた。彼らによる『バスカヴィル家の犬』には、英国出身の優れた喜劇俳優が顔をそろえた。だがその結果は、うんざりするものだった。ケネス・ウィリアムズが自身の日記に簡潔に記しているが、脚本は「クズのごった煮」状態だったという。もしこの映画がどん底であるなら、ホームズの喜劇化に失敗した長い歴史を受け継いでいることになるが、ホームズは世界最高の喜劇人たちの心を刺激しては、最悪の作品を作らせていたようだ。バスター・キートン、ローレル・アンド・ハーディ、マルクス兄弟、スリー・ストゥージス（三ばか大将）、アボット・アンド・コステロといった人たちはみな、ユーモアを解き放とうとしながらも、成功の程度には差があったのである。

コメディではないが、1976年の『シャーロック・ホームズ・イン・ニューヨーク』には、意図しない笑いがいくつかあった。おふざけのロジャー・ムーア演じるホームズと、ワトスン博士らしいことはほとんど何もしていないパトリック・マクニーが出演した作品である。一方、ジョン・クリーズとアーサー・ロウは、1977年の *The Strange Case of the End of Civilization as We Know It* で犯罪と戦うこの2人組をからかい、多少は体面を保った。1988年の『迷探偵シャーロック・ホームズ　最後の冒険』は、ホームズの喜劇面にもっとうまく取り組んでいる。マイケル・ケインは名探偵を演じるよう雇われた俳優で、この名探偵を裏で操る頭脳役のベン・キングズレー演じるワトスンの創作物なのだ。広く好まれた作品ではなく、やや不自然な部分もあるが、設定としては期待できるものがあった。

1980年代は、英国の名優のひとりであるイアン・リチャードソンがホームズを演じて、幕を開けた。リチャードソンは背は高くないかもしれないが、身体的にはこの役によく合っていたし、あらゆる役で正確さとカリスマ性を見せる俳優だった。だが彼が主演した2作品（『四つの署名』と『バスカヴィル家の犬』）は全体的に迫力が欠けていて、アメリカの市場が望んだ「鹿撃ち帽と曲がったパイプ」の雰囲気が足を引っぱったようである。決定的な打撃となったのが、グラナダ・テレビが原作の著作権が切れたことを利用して、全作をドラマ化するというニュースだった。もし状況が違っていて、リチャードソンがその一流のキャリアをこの役に捧げる道を選んでいれば、彼が偉大なホームズになっていた可能性は充分にあっただろう。結局彼は2000年代初頭に

スチュワート・グレンジャーには主演作はいくつもあるが、ホームズを演じた1972年のテレビ映画『バスカヴィル家の犬』では、一般的なイメージとかけ離れてしまった。

ジェレミー・ブレットはコナン・ドイルの原作とシドニー・パジェットの挿絵を詳細に研究したことで、世代を超えてホームズを決定づける演技を構築することができた。

　BBCのドラマ・シリーズ『コナン・ドイルの事件簿』で、ジョゼフ・ベル博士を演じることになる。犯罪を解くベルの有能な助手が彼の教え子アーサー・コナン・ドイルである。アイデアは興味深く、リチャードソンもはつらつした演技を披露しており、結局はホームズ役より満足のいくものとなっていた。一方でソ連では、ワシーリー・リワーノフが1979年から1986年まで、かなり評判を集めたホームズ映画のシリーズに出演しており、ホームズは鉄のカーテンをも超えると証明されたのである。

　英国では、ワイントローブの計画を奪ったかたちのグラナダ・テレビによるドラマ・シリーズが多くの人にとってホームズの決定版となった。すばらしい演技、（大部分は）忠実で確かな脚本、そしてホームズの時代の英国を呼び起こす卓越したものが備わっていたからだ。1984年から1994年までに41話が放送されたが、当然ながらいいものもあれば悪いものもあった。本来の

50分という構成は原作によく合っていたが、数回のスペシャル版では倍の長さへと引き伸ばされてしまった。同様に、制作の責任がマイケル・コックスとジューン・ウィンダム=デイヴィスのあいだでたびたび行き来する一方、テレビ局の気まぐれによって当初の潤沢だった予算はやがて削られていった。たとえば、「レディー・フランシスの失踪」の舞台であるスイスは、安上がりな湖水地方に替えられたのである。

　そうは言っても、いいものは悪いものを余裕で凌駕する。中でも最高と言えるのが、ジェレミー・ブレットおよびワトソンを演じた2人の役者の演技だ。ブレットはイートン校で学んでおり、その話し方は幼少期の言語障害を克服するための訓練で優れたものになっていた。さっそうとした魅力的な風貌に恵まれた彼は、テレビでは1960年代からおなじみの顔だった。1980年には*The Crucifer of Blood*という舞台で、チャールトン・ヘストン演じるホームズ相手に、ワトソン役をつとめている。だがブレットこそ、ホームズを演じるために生まれてきた俳優だった。不機嫌な状態から有頂天の喜びへと途切れなく移り変わり、さらにまたもとに戻るという、彼がマスターした演技は、ほかの誰もかなわないのである。彼の演技は神経質なエネルギー、もろさ、力強さ、ユーモアに満ちている。《ストランド》に掲載されたホームズを忠実に真似るという意欲は強く、シドニー・パジェットの有名な挿絵を正確に再現するべく、特定の場面の構成には多大な努力を注いだのだった。

　最初の13話でワトソンを演じたのはデヴィッド・バークで、彼のおかげでこの人物は再定義された。愚かで単純なホームズの引き立て役という医師ではなくなり、すっかり円熟した、忠実だが頑強で洞察に満ちた、愉快な友人になっているのだ。バークが降板すると、その穴を埋めるのは難しいように思われた。ところが、バークからの個人的な推薦で加わったエドワード・ハードウィックにより、展開に弱さのある話においても、性格描写に厚みが出たのだった。この2人により、ワトソンを長らく抑えつけていたナイジェル・ブルースの亡霊は静められた。

　ブレット、バーク、ハードウィックを支えたのが、みごとな配役によるレギュラー陣である。ハドソン夫人役のロザリー・ウィリアムズ、レストレード役のコリン・ジェヴォンズ、マイクロフト・ホームズ役のチャールズ・グレイ（彼は『シャーロック・ホームズの素敵な挑戦』で、すでにこの役を演じていた）、モリアーティ役のエリック・ポーターなどだ。これほどまでのプロダクションバリューの高さから、英国演劇界のトップはこぞって出演を希望した。

　よく知られた話だが、ブレットはシリーズの大半でかなり体調が悪かった。双極性障害を患っており（この点が、ホームズ自身の激しい気分のむらに対する彼の理解に至ったのは間違いない）、1985年に妻を亡くしてからは鬱状態に陥っていた。深刻な心臓の不具合もあったため、身体と精神の両方の病気に対して処方された薬の組み合わせによる相互作用も多かった。はっきりわかる副作用に——ブレットは特にいやがっていたが——腫脹があった。そのせいで、特

にシリーズ後半では、彼が理想としていたホームズ像からかけ離れた姿になってしまったのである。

　時が進むにつれて、ブレットはホームズを演じる責任感に埋もれているかのように見えてきた。かつて映画『シャーロック・ホームズの冒険』で苦しい毎日を過ごした友人ロバート・スティーヴンスは、この役を引き受けないようにとブレットに助言したことがあった。1995年9月に心不全で亡くなる直前、ブレットはホームズ役について、ハムレットやマクベスよりも、人生で最も難しい役だと述べた。「私にとってホームズは、得体の知れないものとなったんだ」と口にしている。「何もかもがあまりに危険なものになってね」。それでも、最高と言える画期的な作品群が残ったのだった。

　1980〜90年代には、多彩なテレビ・シリーズが増え、ホームズはゲスト出演を重ねるようになった。『新スター・トレック』から Muppets や『私立探偵マグナム』に至るまで、あらゆるものに顔を出したのである。この探偵をもっと子供にアピールしようとする番組もあった。1982年には、グラナダ・テレビが Young Sherlock というまずまずのシリーズを手がけ、その翌年には日曜日のティータイムに The Baker Street Boys が放送されて、ベイカー不正規隊も出演している。そして1985年にはスティーヴン・スピルバーグが『ヤング・シャーロック　ピラミッドの謎』を制作し、ニコラス・ロウが10代の優れたホームズを演じた。「非正典」の話であり、ホームズとワトスンは学生のときに出会うという内容だったが、脚本家たちは原作をきちんと読んでいて、計算されたジョークが数多く散りばめられていた。ハリウッド映画らしい驚きの展開や、『E.T.』から丸々持ち込まれた自転車の場面などがあるものの、全体的に楽しめる作品ではある。

　意外ではないだろうが、グラナダ・テレビのドラマをきっかけに、ほかの俳優たちもホームズ役を自分のものにしようと努力していた。1990年にはエドワード・ウッドワードとジョン・ヒラーマンが組んで、Hands of a Murderer でホームズとワトスンを演じたが、2人の相性はよくなく、ウッドワードはこの役をうまく演じるというよりも乱暴者のようだった。翌年には、ヒットしたポール・ジョヴァンニの舞台劇 The Crucifer of Blood の映画版で、チャールトン・ヘストンがホームズを演じた。さらに2000年代初頭には、マット・フリューワーがカナダの映画シリーズでホームズ役を引き継いだ。これは成功には程遠く、フリューワーによってかつて作りだされたマックス・ヘッドルーム［テレビのCGキャラクター］とホームズを切り離して見ることが、視聴者には難しかった。

　2002年の『ヤング・シャーロック・ホームズ　対決！モリアーティ教授』では――20代の若手俳優にこのようなチャンスが与えられることは珍しいが――ジェイムズ・ダーシーとロジャー・モーリッジが主役となった。共演者は魅力的なガブリエル・アンウォーに、マイクロフトを演じたリチャード・E・グラントだ。グラントは同じ2002年のBBC版『シャーロック・ホームズ　バスカヴィル家の犬』では、ステイプルトンとして出演している。この作品ではリチャード・ロクスバーグがホームズをつとめていて、最初のほうには迫力あるウイットに富んだ描写を示唆する場面も

あったが、進展することなく話は過ぎていった。また、イアン・ハートが、気難しく怒っているという珍しいワトスンを演じている（彼は2004年の『シャーロック・ホームズ　淑女殺人事件』でもワトスンを演じた）。ロクスバーグの役はあまり褒められることがなかったため、彼は同じ役を演じる気にならず、ホームズ役はルパート・エヴェレットの手に渡った。彼の演技はまずまずだったが、元々この役をやるには本質的に華奢すぎた。リチャード・E・グラントが脇役から主役へとまだ格上げにならない点に関しては、多くの人が疑問に思っていることだろう。

そして、21世紀の最初の10年間が終わろうというところで、実に驚くべき、なおかつ予想外のことが起きた。シャーロック・ホームズが急にクールな存在となったのである。ハリウッド映画のシリーズに加えて、2つの新作テレビドラマ（イギリスとアメリカから1本ずつ）により、名探偵が新たな世代の人たちへと紹介された。

最初に市場に出たのが、2009年のガイ・リッチー監督による映画『シャーロック・ホームズ』で、ロバート・ダウニー・Jrがホームズを、ジュード・ロウがワトスンを、それぞれ演じた。暴力的で下品なドラマという、これまでのガイ・リッチー作品をよく知っている人たちのあいだでは、当初は警鐘が鳴り響いた。ところが蓋を開けてみると、これまでの彼のキャリアでいちばん商業的に成功した作品となっただけでなく、彼にとって最もみごとな芸術的偉業となったのである。

主役がロバート・ダウニー・Jrというのは、驚き以外の何ものでもなかった。以前チャーリー・チャップリンを演じており、訛りに関してはまったく心配なかったものの、ここまで完璧にホームズになりきれると予想できた者はいなかっただろう。だが、それほど驚くべきことでもないのかもしれない。なぜなら、「ホームズというのは気まぐれで、ちょっとおかしなところがある——これは自分のことだと言ってもいいね」と本人が述べているからだ。ジュード・ロウもワトスンとしては実にみごとで、無視されがちなこの人のいい医師を掘り下げるとともに、容易に作り出せたであろう「間抜けな相棒」の部分はうまく避けている。ジェレミー・ブレットを相手に演じた若きジュード・ロウの姿を覚えている少数の人たちも、このようなことが待ち受けていたとは予測できなかったに違いない。

称賛すべきところはほかにもある。アクションシーンで巧みに使われたスローモーション以外にも、巧妙な内的独白、そして随所に散りばめられた本物の喜劇だ（この映画はコメディ部門で数々の賞にノミネートされた）。ガイ・リッチーも1890年代のロンドンをみごとに再現しているが、配役にも触れておくべきだろう。元気なアイリーン・アドラー役のレイチェル・マクアダムス、聡明なメアリ・モースタン役のケリー・ライリー、レストレード役として最も記憶に残る演技のひとつを見せたエディ・マーサン、そして恐ろしげなヘンリー・ブラックウッド卿を演じたマーク・ストロングという、

ジャレッド・ハリス演じるジェイムズ・モリアーティ教授を見下ろす、ホームズ役のロバート・ダウニー・Jr。ガイ・リッチー監督による2011年の映画『シャーロック・ホームズ シャドウ ゲーム』より（2009年の『シャーロック・ホームズ』の続編）。

ワトスン役のジュード・ロウ（左）とホームズ役のロバート・ダウニー・Jr（右）は、これまでに2本のガイ・リッチー監督作品に出ている。犯罪と戦う史上最高のこの2人組にも、お茶の時間は必要なようだ。

すばらしい共演陣だ。

もちろん、欠点はある。この脚本家にしてはジェイムズ・ボンド風すぎる、やや大げさなプロットに、ロンドンについての地理的間違いだ。だが全体的には、ホームズがハリウッドに戻ってきた快作だった。2年後には、主役のキャストがそのまま『シャーロック・ホームズ シャドウ ゲーム』が続いた。同作が1作目よりもよくなっているかどうかは、評論家の意見が割れている。ただ、驚きの要素は当然ながら減っているものの、話自体は力強くなっていると言えるだろう。とにかく、ビジネスとしては申し分なく、シリーズ第3作の話も消えていない。

ガイ・リッチーによる最初の映画のすぐあとに登場したのが、BBCによるテレビドラマ・シリーズ『SHERLOCK／シャーロック』である。この作品で企画者のマーク・ゲイティスとスティーヴン・モファットの2人は、見逃せない特異なテレビ番組を考案した（ゲイティスの場合は出演もした）という評判を得たが、これこそまさに驚きだった。ジェレミー・ブレットのホームズが、コナン・ドイルが作りだした人物の再現に関して決定版だとすると、『SHERLOCK／シャーロック』は彼を作り直したことに関して無比のものなのである。

この作品では、ラスボーンの映画によって本格的に始まった伝統に従いつつも、舞台は現在へと移されている。脚本家たちは恐れることなく、誰もが知る登場人物をいいように扱っている。

例を挙げるなら、このドラマのシャーロックはパイプをくゆらさずニコチンパッチを貼り、現代的な技術を駆使している点がある。だがゲイティスが指摘しているように、コナン・ドイルによるホームズも当時は最先端だった科学を利用していたのだ。さらに『SHERLOCK／シャーロック』の場合、脚本家は大胆な発想をしつつも、これまでの遺産に対しつねに敬意を表している。原作を明らかに知り尽くしているのだ。そして、機知に富んだ言及が各話に詰め込まれている。タイトルからして、そうだろう。「ピンク色の研究」、「ベルグレービアの醜聞」、「空の霊柩車」。制作サイドに非難が向けられるとするなら、原作へのオマージュがストーリー展開の妨げになっている場面がたびたびある点だろう。

ただし、脚本が巧妙でも、並外れた演技が伴わなければ、無意味である。主役を演じるベネディクト・カンバーバッチは、評判の若手俳優としてこの役を受けるや、またたく間に世界的な大スターとなった。不機嫌に塞ぎ込んでいるかと思うと、次の瞬間には病的なエネルギーに満ちているというように、セクシーな変人のシンボルとなったのである。一方でマーティン・フリーマンは（時代を象徴するコメディ *The Office* の愛すべきティム役でも知られる）、英国人が大好きな普通の人物として、みずからの地位を固めている。彼によるワトソンの描写——心に問題を抱えたアフガン戦争の退役軍人で、ホームズに激しく腹を立てると同時に惹きつけられる人物——は、まさに完璧だ。

この２人以外にも、みごとな演技をする面々がそろっている。マイクロフト・ホームズ役のマーク・ゲイティス（コナン・ドイルの手では羽ばたくことのなかった人物に、ふさわしい生命を吹き込んだ）、多彩な過去をもつ（夫はフロリダ州で処刑されたという！）慎み深いハドスン夫人役のユーナ・スタッブス、記憶にある中で最も心をとらえたモリアーティ役のアンドリュー・スコット、それに、愉快な持ち味のグレッグ・レストレード警部役、ルパート・グレイヴスだ。

その結果は、まさに驚きのものとなった。このドラマはとてつもない数の視聴者を集め、放送権は世界中に売れた。とりわけ、一般大衆の想像力をとらえた結果、ホームズの世界を探ろうという人たちが初めて大勢出てきたのである。第三シーズンが始まるときには、前のシーズンの最後で死んだように見えたシャーロックがいかにして生き延びたのかという意見が、ネットの「井戸端会議」で繰り広げられただけでなく、時事番組でも取り上

BBCによる『SHERLOCK／シャーロック』はホームズを21世紀へと持ち込んだが、そのルーツは決して忘れていない。この写真のシャーロックとジョンは、ベイカー街のいささか混沌とした部屋にいる。

シャーロック役のベネディクト・カンバーバッチ（左）とジョン役のマーティン・フリーマン（右）。この２人が名探偵に光を当てた結果、コナン・ドイルが生み出した偉大な英雄に新世代のファンが引き寄せられた。

げられるほどだった。

　続いて登場したのが、アメリカ発の『エレメンタリー　ホームズ＆ワトソン in NY』だ。ロバート・ドハティが企画したこのドラマシリーズは、2012年後半からCBSテレビでスタートした。この番組が制作されるという一報は、世界中にいる昔からのホームズファンにショックを与え、驚かせることを狙ったかのようだった。BBC版と同じく、時代は現在だが、さらには舞台までもがロンドンを飛び出して、なんとニューヨークになっているのである。しかもジョン・ワトスン博士はジョーン・ワトスン博士へと変えられて、魅惑的なルーシー・リューが演じた。そして正典にさらにひねりが加えられて、ルーシー・リュー演じるワトスンはホームズの父親に雇われて、ジョニー・リー・ミラー演じる薬物のリハビリ明けのシャーロックの付添人になっているのだ（モリアーティ、アイリーン・アドラー、ハドスン夫人についても、それぞれ興味深い脚色が加えられている）。

　正典純粋主義者に対しては、さらに追い打ちがかけられた――『エレメンタリー　ホームズ＆ワトソン in NY』はかなり上質なミステリードラマだと判明したのである。ジョニー・リー・ミラーとルーシー・リューは明らかに相性がよく、粋な主役コンビになっていた。見ているうちに、ワトスンが女性であることさえ忘れて、ホームズを自然と引き立てているとわかるだろう。『SHERLOCK／シャーロック』の派手さはないかもしれないが、このドラマには巧妙な展開が多く、アメリカの探偵ドラマのすばらしい伝統が注ぎ込まれており、『SHERLOCK／シャーロック』に欠けているとされる暗さと気骨が見られるのだ。本項を執筆している2014年時点ですでに42話まで放送されたが［アメリカでは2016年3月上旬に第87話を放送予定］、不本意ながら楽しんでいる少数派も含めて、間違いなく視聴者を喜ばせている。

　もう宣言してもいい――シャーロック・ホームズは実在するのだ。

三人のガリデブ

初出:イギリスは《ストランド》1925年1月号／アメリカは《コリアーズ》1924年10月25日号
時代設定:1902年

　この題名は、正典中でも興味をそそるもののひとつだろう。ネイサン・ガリデブという人物が、ホームズに依頼の手紙を送ってきた。ジョン・ガリデブ氏という人物から申し渡された、実に独特な用件に関してである。この件に探偵が絡んだと知ったそのジョン・ガリデブはかなり腹を立てていたが、それでも221Bに来て話をするうち、ホームズを利用することができるかもしれないと考えたのだった。

　ロンドン在住のアメリカ人、ジョン・ガリデブの話では、アメリカのカンザス州でアレグザンダー・ハミルトン・ガリデブという名の不動産王が亡くなり、遊び心のある遺言を残したのだという。自分の姓が珍しいことを意識していて、ガリデブという姓の男性を3人探しだすことができたら、3分割した自分の財産を分け合うようにというものだ。ジョンが見つけ出したガリデブが、ロンドン在住でホームズに依頼してきたネイサンだった。ところが、ガリデブをもうひとり探しだすことはできなかった。すぐにホームズは、何かがおかしいと感じる。推理力をフル活用しなくても、このような風変わりな話では、すべては見たとおりでないとわかっていたのだ。

　ところがその後、バーミンガムにいる代理人からハワード・ガリデブなる農業機器製作者がいるという知らせを受け取った、とジョンが言ってきて、この件はいきなり終わりを迎えたかに見えた。自分のような流れ者のアメリカ人よりも自国の人間のほうが受けがいいと確信するジョンは、全員のためにイングランド中部へ行くようネイサンを説得する。ところが、ネイサンが留守にしたロンドンでは、事態は急展開を迎えていた。ワトスン博士が銃弾を受けて負傷すると（彼は何でも痛がる傾向にある）、ホームズはこの相棒に対して、深い懸念を愛情を込めて声をかけるのだった。

　この話の中で、理由は示されないもののホームズがナイトの爵位を辞退したということがわかる。一方コナン・ドイル自身は、この事件があったと思われるころ、仕方なくこの爵位を受けていた。さらには、ホームズが電話を使用する場面が初めて描かれており、紛れもなく「20世紀」という感覚がある。

ホームズが調べたスコットランド・ヤードの犯罪者写真台帳とは、お尋ね者の顔写真を集めたもので、考案者は有名なアメリカの探偵、アラン・ピンカートンだとされている。

高名な依頼人

初出：イギリスは《ストランド》1925年2月号～3月号／アメリカは《コリアーズ》1924年11月8日号
時代設定：1902年

　謎がないながらもホームズの力量が真に試される話である。今回ホームズに連絡してきたのは、サー・ジェイムズ・デマリー。名を隠した第三者（題名の〈高名な依頼人〉）の代理をつとめている人物だった。真の悪人である（ホームズは殺人犯だと疑っている）グルーナー男爵に結婚を申し込まれたヴァイオレット・ド・メルヴィル嬢を、救ってほしいというのである。

　ホームズは依頼人の秘密主義を嫌ったものの、上流の出で大陸から来た危険な女たらしと相まみえるというチャンスには抵抗できなかった。ホームズは男爵に直接会って、婚約を解消したほうが賢明だと説得するが、失敗。逆に身の危険をほのめかされる。そこで婚約者に道理を説くことにした彼は、キティ・ウィンターという女性を連れて行った。彼女は男爵の残酷さを直接知る人物で、同じような運命にある人物を救い出すつもりだった。ところがヴァイオレットはかなり思慮に欠け、男爵への愛に目がくらんで真実が見えず、まったく理解を示さなかった。

　個人的な事柄に首を突っ込むのをやめなければ対抗手段に出るという男爵の言葉は、口先だけのものではなかった。ホームズが暴漢に襲われて重傷だと報じる新聞を見て、ワトスンはひどく取り乱す。それでも、敵を打ち負かすという強い気持ちに動かされて、ホームズはワトスンに中国陶器の歴史を習得させる。ところが、ホームズが解決法を検討しているあいだ、キティ・ウィンターは自分なりの結末を考えついていたのだった。

馬が引く二輪辻馬車（ハンサム・キャブ）は、1830年代に使われ始めると、シャーロック・ホームズの時代のロンドンにおいて、色あせない象徴のひとつとなった。だが1920年代には、ほぼ見られなくなった。

三破風館
<small>はふ</small>

初出:イギリスは《ストランド》1926年10月号／アメリカは《リバティ》1926年9月18日号
時代設定:1902年

バーニー・ストックデールという人物に雇われた、あまり賢くないスティーヴ・ディクシーという悪漢が221Bに乗り込んできた。彼は「ハロウのこと」に首を突っ込まないようにと警告するが、ホームズは、ホウボーン・バーの前でパーキンスという人物が死んだ件にディクシーが絡んでいるのを知っていると明かして、逆に不意打ちを食らわせる。

この邪魔が入る前に、ホームズはハロウ・ウィールドの三破風館のメアリ・メイベリーから手紙を受け取っていた。つまり、ストックデールが何かしら関わっているに違いないと知っていたのである。ホームズがハロウ・ウィールドに赴いたところ、メイベリー夫人の息子でローマ大使館員のダグラスが肺炎で最近亡くなったことがわかった。彼の生きる喜びは、失恋による暗い皮肉に取って代わられ、死に至ったのだった。

メイベリー夫人は1年以上にわたり、三破風館で静かな生活を送っていた。そこに最近、この家を買いたいと、ある男性から申し出があったという。ただ、似たような物件はほかにも売りに出ているのだった。価格を提示してほしいと言われて、夫人は500ポンド上乗せした、かなりの高額を口にする。それでも相手の男性は、家財をすべて含めるという条件で承諾した。そうなると法的には家から何ひとつ持ち出せないことになるため、夫人は二の足を踏んで、この取引から手

「小説の登場人物」シリーズとして、ジョン・プレイヤー・アンド・サンズ社の1933年のシルク・シガレット・カードに描かれたホームズ。

を引いたのだった。

ホームズは、メイドのスーザンが自分たちの会話を盗み聞きしている現場をつかむ。彼女は自分がストックデールと組んでいて、彼はある裕福な女性に雇われているのだと明かした。その女性が家そのものでなく、家の中にあるものに興味をもっていると気づいたホームズは、最近戻されたダグラスの所持品が鍵を握っているに違いないと考える。

ホームズは家を出ると、社交界の噂好きなラングデール・パイクに話を聞いた。三破風館が泥棒に入られたと聞いて翌日に戻ったところ、泥棒はダグラスの荷物から原稿を盗んだことがわかった。母親は泥棒たちを阻止しようとして、クロロフォルムを嗅がされながらも、その原稿の1ページをつかんでいた。調べたところ、扇情的な小説の最後の部分とわかったが、おかしなことに、話の途中で三人称が一人称になっていた。これが"事件の裏に女あり"の典型的な例だと気づいたホームズは、まもなくして犯人を突き止めるとともに、不当に扱われたメイベリー夫人のために多額の賠償金をせしめたのである。

この話では黒人のスティーヴ・ディクシーを見下すようなかたちで描いており、人種差別の問題として議論されている。

白面の兵士

初出:イギリスは《ストランド》1926年11月号／アメリカは《リバティ》1926年10月16日号
時代設定:1903年

　正典の中でもかなり珍しい作品で、ホームズが語り手となった2作のうちのひとつ。ホームズは自分の伝記作家であるワトスンの不在を嘆いており、大げさに描く彼の資質がむしろ話にかなりの味わいをもたらしていると、ついに認めている。〈白面の兵士〉は、犯罪行為のないミステリーというコレクションがあれば、それに加えることができるだろう。

　話はジェイムズ・ドッドという、ボーア戦争から復員してきたばかりの立派な男が、ホームズのところへ依頼人として来るところから始まる。ゴドフリー・エムズワースという人物を探すのに手を貸してほしいというのだ。彼はドッドのかつての仲間で、南アフリカを出て以降、連絡が取れなくなっていた。

　エムズワースが病気にでもなったかと心配したドッドは、どうしているかと家族に尋ねたのだが、彼の両親（特に大佐である父親）から曖昧で不親切な対応を受けたため、疑念に火がついたのだった。そして、ベドフォード州にあるエムズワース家に滞在した折、夜遅くに窓からのぞきこむ旧友の幽霊のような姿を目にしたと確信していた。彼がさらに調べようとしたため、大佐によって屋敷から放り出されるはめになったという。

　ホームズと、その友人であり尊敬を集める専門家のサー・ジェイムズ・ソーンダースは、ドッドを連れてベドフォード州まで戻った。執事のラルフがもつ手袋の匂いをさっと嗅いだホームズは、事件は解けたと確信する。彼から単語がひとつだけ書かれた紙を渡された大佐は、ホームズの仮説が正しいとしぶしぶ認めた。悲劇で終わりそうな話は、みごとな展開で丸く収まることになる。

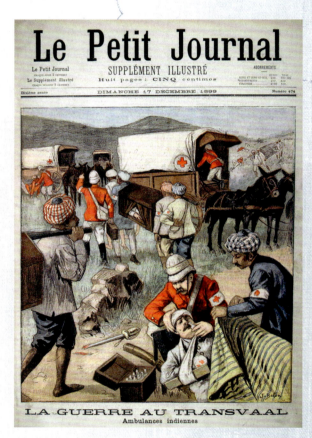

1899年に発行された、パリの新聞《ル・プティ・ジュルナル》。ボーア戦争の前線における恐怖の実態の一部を読者に伝えている。

ホームズと私 マーク・ゲイティス

　俳優、作家、プロデューサーであるマーク・ゲイティスが有名になったのは1990年代後半のことで、不気味なコメディ集団"ザ・リーグ・オブ・ジェントルメン"の一員としてだった。彼は舞台、映画、ラジオにさまざまな役で幅広く出演を重ね、2005年には『ドクター・フー』の制作に加わって子供のときの夢をかなえた。2010年にBBCで放送が始まった『SHERLOCK／シャーロック』は、ベネディクト・カンバーバッチとマーティン・フリーマン主演の大ヒットドラマで、ゲイティスがスティーヴン・モファットと共同で企画した作品だ。ゲイティスはシャーロックの兄のマイクロフトとして、出演もしている。

あなたの人生にホームズが現れたのはいつごろでしたか？
　実はそのことをつい最近考えていてね。義理の姉妹が僕の母校の小学校で働きはじめて、子供たちに何か話をしてほしいって頼まれたんだ。楽しい体験だったけど、昔と同じ教室に戻るなんて、とても奇妙だった。そのときに急に思い出したんだよ。自分が描いたシャーロック・ホームズの絵が教室の壁に飾られたことをね。題は「名探偵」だった。7歳ぐらいだったと思うよ。ちょうどラスボーン主演の『バスカヴィル家の犬』を観たところだったから。僕が初めて観たホームズ映画だった。

　『シャーロック・ホームズの冒険』（ビリー・ワイルダー監督による1970年の映画）を初めて観たときのことは、鮮明に覚えている。すぐに気に入ったし、今でもいちばん好きなホームズ映画なんだ。それからは、ホームズものは何でもむさぼるように見ていった。中でもよく覚えているのが、クリストファー・プラマーとの Silver Blaze（1977年）と、ジョン・クリーズの The Strange Case of the End of Civilization as We Know It（同じく1977年）だ。本当に、寝ても覚めてもというぐらいに夢中になったよ。ただ、実は原作は読んでいなくて、風疹にかかって学校を休んだときに、ようやく『冒険』を読み始めた。エリック・アンブラーの序文がついているもので、今でももっている。そこに

マーク・ゲイティスは、コナン・ドイルがシャーロックの兄として簡単に描いたマイクロフトを、かなり洗練された人物にしている。

は「私は、今回初めて『冒険』を読むのであればいいと思う」[パシフィカ刊『シャーロック・ホームズの冒険 全集1』の巻末エッセイ]と書かれていたんだけど、自分がまさにそうだったから、もうドキドキしたね。それから少しして、全集を買ったんだ。全部読んだと言えたらカッコいいっていう考えに取りつかれていたから、夏休みのあいだに読破した。ただただ、すべてが気に入ったよ。登場人物も雰囲気も、奇妙な話も面白さもすべてね。それからジェレミー・ブレットのドラマが始まったんだけれど、僕はちょうど、原作に忠実であることがとても重要だと思うような年だった。どういうわけか、ホームズ役はナイジェル・ヘイヴァース[『炎のランナー』や『太陽の帝国』の英俳優]だと思い込んでいたから、「まだらの紐」の予告で、あの空色のぴったり合った帽子をかぶったブレットが振り返った瞬間、「すごい！ わくわくする！」って思ったものさ。だから、すべての組み合わせで、生涯続いて熱中していることになるね。

特に好きな話はありますか？

〈赤毛組合〉、〈青いガーネット〉、〈黄色い顔〉――いや、たくさんありすぎる。でも、特に好きなのが〈ブルース・パーティントン型設計書〉だ。まさに最高のストーリーだよ。ペンギン版の全集にあるクリストファー・モーリーのまえがきには、後期の話は質が落ちると書かれてある。でも〈ブルース・パーティントン型設計書〉については、「ふたたび明かりが差した」ようなことを言っているんだ。まさにそのとおりなんだよ。僕は、ちょっとはっきりしないような話が好きでね。ホームズが失敗するような話さ。たいていのホームズファンと同様、一部を読み返したりするけれど、僕が今でも『冒険』が好きな理由は、最初に読んだからというだけじゃなくて、すばらしいアイデアが次々と出てくるからだ。すべてが考え抜かれているんだよ。ドイルは天才だったと言っても、言い過ぎではないね。短篇作家としては、もしかすると一番かもしれない。驚くほど表現が簡潔だし、巧みで面白くて、スリリングなんだ。しかも、ドイルは仕事が早かった！ 笑えるような設定ミスがそれほどないなんて、驚きのひとことだよ。

ホームズは、『SHERLOCK／シャーロック』以前のあなたのお仕事に影響を与えましたか？

そうだね。時代物をパスティーシュにする腕前が自分に多少はあることは、ずっと誇りに思ってきた。特にヴィクトリア朝だね。僕はディケンズが大好きなんだよ。道徳の規範はジョン・パートウィー[英俳優、『ドクター・フー』の三代目ドクター]から学んだけど、冒険心はホームズから学んだ。『リーグ・オブ・ジェントルマン 奇人同盟！ クリスマススペシャル』にあるヴィクトリア朝のチネリーの話は、言うまでもなくドイルそのもので、サキも多少は入っているかな。

『SHERLOCK／シャーロック』のノベライズには反対してきた。ドイルに立ち返ることが肝要だからね。ただ、パスティーシュはぜひともやってみたい。いつの日にか。必要なのは、僕に権限を与えてくれる雑誌だよ！ 《コリアーズ》が今でもあったら……それとも、新しい《ストランド》か……かなりひるむことになるだろうけど、やってみたいね。

『ホームズ物語』を現代に設定するという考えは、最初からあったものですか?

　スティーヴン・モファットとの付き合いは20年になるんだけど、『ドクター・フー』[2005年からの新シリーズのこと]の最初のシーズンを一緒にやっていたときに、ウェールズのカーディフへの往復がいつも同じ列車でね。今にして思えば、まるでパジェットのあの有名なイラストのようだったよ！ ホームズの話はよくしていたんだが、お互いを探り合うような濃い会話をして、2人ともラスボーンとブルースの映画がいちばん好きだということがわかった。しかも、僕たちが本当に好きなのは、すべてが現代風にされた、異端とされるものだったんだよ。

　スティーヴンと話しているときに気づいたのは、ワトスン博士はアフガン戦争で負傷して帰国したけれど、今もまだ基本的に変わっていない、勝者なき戦争をやっている——と考えると面白いということだった。その後お互いに顔を見合わせると、こう言ったものだ。「誰かがやらなくちゃ」。それから4年間話し合ったよ。でも今となっては滑稽に思えるけど、僕たちはそのあいだ何もしなかったんだ。それがついに、スティーヴンが奥さんのスー・ヴァーチューに話したところ、「何でやってないのよ?」って言われてね。僕らがテレビで何も仕事をしていないような言いぶりだったよ！

　そして僕たちは、テレビ業界史上で最も簡単なプレゼンを体験した。あんな幸運は、僕のキャリアには二度と訪れないだろうね。BBCウェールズのドラマ部門で当時トップだった、ジュリー・ガードナーに会いに行った。椅子に座ったら、彼女が口を開いた。「現代版のシャーロック・ホームズ？　いいわよ」。それだけだったんだよ！

　もちろん、番組を作っていく実際のプロセスのほうが、もう少し大変だった。ドラマをやり始めてから唯一受けた抗議が、シャーロックがあまり"感じのよくない"キャラクターだというものだった。これに対して僕らが言えたのは、「じゃあ、『Dr. HOUSE —ドクター・ハウス—』はどうなんだい?」だったよ[文学的系譜の項参照]。みんながあの作品を好きなのは、主人公がろくでなしだからさ。もしあれがなかったら、僕たちのやり方でやらせてもらうには、かなりの説得が必要だったかもしれない。

　最初の興奮のあとは、お互いにアイデアが次々と出てきた。当然、主役の2人はベイカー街の部屋に住んでいるけど、今ならカップルと思われることだろう。それも面白いだろうけどね。ホームズものとして正当ではないが、2人は「シャーロック」「ジョン」と呼び合わなければいけない。「ホームズ」と「ワトスン」だと、21世紀では馬鹿げて聞こえるから。これは多少の慣れの問題だった。やがて、少し難しくなってきた。この世界のどこに、シャーロックは収まるのか？　彼のどこが特別なのか？　いろいろな事実の関連付けができるところだ。石膏の型取りやDNA採取はもう警察が日常的にやっているが、そんなことはどうでもいい。人のシャツのカラーを見て、「奥さんが今朝出て行ったとはね」と言えるのは、彼だけなんだから。まるで手品だよ。だから、おかしな強制をしない限り、彼は特別な存在になるんだ。まさに超絶な能力。子供のころにホー

ムズの本を読んだら、「自分にもできるかも」って思うものさ。それこそが、馬鹿らしいぐらいに単純なことを彼に説明されたときに感じる、スリルなんだよ。

配役はスムーズにいきましたか？

　僕たちが考えていたのは、ベネディクトだけだった。彼のことは一緒に映画をやっていたときに少し知っていて、公開された『つぐない』という映画を、ちょうどスティーヴンとスーが観たところでね。まさに完璧という感じだったよ。実は彼が母親にこの役をすることになったと話したら、「おまえの鼻は小さな団子鼻だから、できないわよ」って言われたそうだ。でも、彼には角張ったところも、頬骨も、バイロン風のルックスもある。それにもちろん、人としてすばらしいし。

　ワトスン役を見つけるほうが、少しバタバタしたね。先にシャーロック役が決まったわけだから、相性のよさという問題があった。ただ、それとわかったときにはわかるものなんだよ。実はマーティンの最初のオーディションは、まったくうまくいかなくてね。財布を盗まれたとかで、いわば平常心ではなかったんだ。でも出直したいと言ってきて、そのあとはあっさりとやり遂げたよ。スティーヴンは僕にこうささやいた。「これで決まりだ」って。彼らはすぐに馬が合ったから、ベネディクトのやる気もたちまち上がった。

　最初からジョン・ワトスンには、何かじっくりと考えこむような要素を与えようと思っていた。『SHERLOCK／シャーロック』は主役が2人いる番組だからね。ナイジェル・ブルースのことは大好きだけれど、正典のみごとな要素のひとつは、ワトスンに愚かな点はないということなんだ。彼は名医なんだよ。それにレストレードもスコットランド・ヤードでは一番だ。でも、どちらもシャーロック・ホームズじゃない。そこがポイントだね。馬鹿に囲まれていたら、ホームズも馬鹿になってしまう。でも、彼のまわりにいるのは馬鹿じゃない。知的水準は同じではないかもしれないが、彼らは善良で聡明で、頼りになる人たちなんだ。ワトスン自身、進行中のストーリーにちゃんと関わるということが、僕たちにはとても重要だった。きちんとした展開が必要なんだ。

では、あなたがマイクロフトになるというのは、当初からのアイデアだったのですか？

　これもおかしな話でね。もともとは1時間の話を6本書く予定だったのが、指示が来たときには、90分の話を3本ということになっていたんだ。多くの内容を組み込める、もっと大きな話を考え直さなければならなくなった。そこで、マイクロフトを登場させるというアイデアが出てきた。視聴者にモリアーティだと思わせるようにね。そうしたら、これがうまくいったんだよ！

　僕はモー・モーラムのドラマ（ジュリー・ウォルターズ主演の2010年の『モー・モーラム ～不可能を可能にした女～』）のピーター・マンデルスン役のオーディションを受けていた。それを受けて帰ってくると、スティーヴン・モファットとスティーヴ・トンプスン（本作の脚本家のひとり）と打ち合わせをした。このマンデルスンがマイクロフトにどれだけ似ているかってことを話したら、ト

ンプスンが、「じゃあ、君が演じるべきだよ」と言ったんだ。これには僕はもちろん、「そんなこと無理だって……」と答えたよ。リチャード三世のように、僕だって何回かは断ったんだ。

　僕の演技は、ワイルダー監督の『シャーロック・ホームズの冒険』でみごとにマイクロフトを演じた、クリストファー・リーの演技の影響を受けている。あの映画は、もしドイルがマイクロフトの絡む3本目の話を書いていたらどんなものにしてほしいかという内容を形にしたものなんだ。ホームズ兄弟がとげとげしい関係にあるから、だらけて太っている慈愛に満ちたマイクロフトよりも、よっぽど興味深い内容になっている。彼自身が英国政府だというヒントが、随所にある。ワイルダーと脚本家のダイアモンドは、マイクロフトをさらに陰険な人物に見せた。とても面白い話でありながら、もっともらしくもある。マイクロフトは体制側なんだけど、実際にはやや悪意ある方法で、陰で操っている。これは現在の情勢と響き合うものがあるよ。

『SHERLOCK／シャーロック』の驚異的な反響には驚きましたか？

　大いにね。とても誇りに思っていたし、人気が出ることを望んでいたけれど、こんなことになってびっくりしているんだ。とてもうれしいけれど、まだたったの9話しか作っていないんだからね。本当に驚くべきことさ。つい先日もブラジルへ宣伝に行ったら、その反響たるやすさまじかった。ロシアでも中国でも韓国でも……世界中でね。

　言うまでもなく、ベネディクト演じるシャーロックがセックスシンボルになったことがひとつの理由だ。面白いことに、正典のシャーロック・ホームズもそうだった。パジェットのイラストが本来の意図よりもハンサムに描かれていて、あのイラストがメイドたちの心を動かすのに大きな役割を果たしたと見られる事実は、避けられないだろう。それも理由の一部さ。でも、僕がいちばん誇りに思っているのは、シャーロック・ホームズの話を知っている人たちが、僕たちのドラマが愛情から生まれたものだとわかってくれていることなんだよ。シニカルな感情がまったくないんだ。いつまでも存在し続けるキャラクターだという考えから生まれた話であり、ヴィクトリア朝の衣装は——ただの衣装でしかない。シャーロックは機械化に反対した人間じゃなかった。彼は当時の制約に抵抗していた。だからワクワクするものになっているんだよ。今なら彼はどうするだろうかというアイデアだ。

現代化に対する怒りのようなものに出くわしたことはありますか？

　それが、ほとんどないんだ。うまくいくのかという不信感は、最初はあった。今でも、こう言ってくる人にはよく会うよ。「現代版のシャーロック・ホームズをやるって聞いたときは、好きになれないって思っていたんですけど」ってね。でも、誰もがすぐに納得してくれた。ただ予告の段階で《インディペンデント》に出た評論には、ガス灯とシルクハットがなければシャーロック・ホームズとは言えないと、ひどく横柄に書かれていた。その評論家は抗議の意味で、家に帰ったらバジル・ラスボーン版の映画を見るつもりだと書いていた。僕は思ったね。「そうかい、あの14本の映画

から選べるのは、2本までだな」とね。だって、彼の映画でヴィクトリア朝が舞台のものは、たった2本しかないんだから！　でも、番組が放送されると、記事を撤回するという声明がその新聞から出されたんだ。とても珍しいことだよ。

　不思議なのは、同好の士の集まりというものは保守的で内向きだと思われがちだけど、ホームズのファンは信じられないぐらいに何でも受け入れてくれるということだ。ホームズものがあれだけたくさんあるから、もうほかのものに手が回らないのかもしれない。ただ、さっきも言ったように、自分でいちばん誇りに思っているのは、自分たちが大好きだと思っていることをみんなもわかってくれていて、原作を読むときと同じように、細かいところまで楽しんでくれていることだ。

　2005年ごろ、国会議事堂内の一室で行われたロンドン・シャーロック・ホームズ協会のディナーでスティーヴン・フライがスピーチをしたとき、僕をゲストとして連れて行ってくれてね。その次の年は僕がスピーチするように頼まれたんだけど、僕の話す内容は、スティーヴン・モファットと僕による『SHERLOCK／シャーロック』のアイデアがほとんどだった。そのころはすでに打合せを進めていたからね。すると誰もが、すばらしいアイデアだと言ってくれた。それで希望がもてたんだよ。

『SHERLOCK／シャーロック』には寿命があるように考えているのでしょうか？　それとも、続けられるだけ続けると？

　ぜひとも続けていきたいね。もっとやっていくつもりだけど、撮影の日程が立てづらいんだ。でも、間違いなく続けたいと思っている。この前ベネディクトに会ったら、60歳になってもやっていたいと言っていた。歳を重ねていくシャーロックとジョンの姿を目にするというアイデアは、とても興味深い。これまでのほとんどの翻案は、知り合って長い月日がたった2人がベイカー街にいるところから始まっている。でも僕たちは、友情が始まるところからスタートしたから、これまで触れられていない正典の領域が広大にあるわけだ。「ピンク色の研究」に入れた、解剖室で死体を叩く場面もそうだよ。子供のころ読んだときは、ものすごくぎょっとしたものさ。最初から始められるというチャンスを得ると、あのときの興奮が戻ってくるよ。「この人はいったい何をするんだろう？」とね。スティーヴンとはいつも言っているんだ。ワトスン博士に起こることは、基本的に『不思議の国のアリス』のウサギの巣穴に落ちていくことだとね。ごく普通だった彼の世界が、あの男に会うや、急にものの見え方が変わるんだから。何もかもが違ったものになるんだよ。

　早い段階で気づいた点のひとつに、簡単な展開だけというわけにはいかない、ということがある。90分枠というのは基本的には映画だから、それなりの規模と、より大きな金が必要となる。だから、シャーロックとジョンとメアリによる楽しい冒険ものを3話というのは、もうできないんだ。これは脅威を感じることだけど、すばらしくもある。特別な時間なんだと、みんなで意識できるからね。終わったときには、誇りを胸にして振り返ることができることを望んでいるよ。

ライオンのたてがみ

初出:イギリスは《ストランド》1926年12月号／アメリカは《リバティ》1926年11月27日号
時代設定:1907年

サセックス州の海岸地方へ隠退したホームズ自身が語る話。ある朝、崖の上を散歩していたホームズは、友人でザ・ゲイブルズ校の校長ハロルド・スタックハーストに出くわす。するとそこに、同じ学校の科学教師フィッツロイ・マクファースンが現れた。彼はひどい痛みに苦しんでいて、ズボンと上着しか身につけておらず、2人の前で倒れるや、「ライオンのたてがみ」という言葉をつぶやいて、息を引き取ってしまう。彼の体には、見た目のひどい赤いみみず腫れがいくつもあった。

続いて、別の教員が姿を見せた。数学教師のイアン・マードックで、この襲撃については何も見ていないという。ほかにその場にいたのは、よそ者数人だけで、遠く離れすぎており、マクファースンに危害を加えることはできなかった。あとは海に出ている漁師ぐらいである。疑惑の目はマードックに向けられた。短気な人物で、マクファースンの飼い犬を窓に叩きつけたこともあったが、ここ最近は仲がよかったという。マクファースンには秘密の婚約者がいて、地元の実業家夫妻の娘のモード・ベラミーだということが、あとからわかった。

マクファースンが泳ぐ予定だった海水だまりを調べた結果、彼が水に入っていなかったことがわかる。ホームズとスタックハーストはモードに質問するつもりだったが、彼女の家へ行ったところ、すでにマードックが来ていた。スタックハーストが説明を求めるも、マードックが協力を拒んだため、彼はその場で解雇される。ベラミー家の男性陣はモードの恋の戯れを知ったばかりで、総じて不満だった。マードックがかつてはモードをめぐる恋のライバルだったとわかり、彼に対する疑念はさらに強まっていく。

その後、マクファースンが飼っていた犬も、主人とまったく同じ場所で、似たような陰惨な死を迎えているのが見つかった。地元警察のバードル警部はマードックを逮捕しようとしていたが、ホームズはそこまで確信をもっていなかった。マクファースンの最期の言葉に、何か手がかりがあるのでは? この場にワトスンがいてくれたら、もう少し早く真実をつかむ手助けをしてくれたのかもしれなかった。

当時の最先端の水着を身につけたエドワード朝時代の男性。慎み深さを保つヴィクトリア朝の装いからは、大きくかけ離れていた。

隠居した画材屋

初出：イギリスは《ストランド》1927年1月号／アメリカは《リバティ》1926年12月18日号
時代設定：1898年

　ジョサイア・アンバリーは、かつて絵画用材料を製造したが、61歳で引退した。その彼が、自分より20歳年下の妻がいなくなったので、見つけ出してほしいとホームズに依頼してきた。彼の話では、妻は地元の医者と一緒にルイシャムの家を出て行ったばかりか、自分の老後の蓄えも持ち去ったという。しかも、アンバリーがこの医者と親しくなったのは、チェスの相手が必要という自身の欲求を満たすためだけだった。

　これはホームズが最初に言ったように、単純な「よくある話」で、「友人の裏切りに、妻の移り気」の問題なのだろうか？　ルイシャムへと行かされたワトスンは、そこで荒れ果てたアンバリーの家を目にする。それでもアンバリーは、新たにペンキは塗っているようだった。彼にはまた、妻が失踪した夜の鉄壁のアリバイと思われるものもあった。彼はワトスンに、劇場の座席のチケットの半券を見せたのである。

　そこへ、エセックス州の教区牧師から221Bに手紙が届く。その牧師は、この謎に関する鍵を握っているというのだ。当初は気乗りしなかったアンバリーとワトスンだったが、調べに行くことにする。ところが、本当の答えはルイシャムにあった。ホームズがこの画材屋とペンキの謎を考察していたのである。ただ当然ながら、すべての手柄を手にしたのは、スコットランド・ヤードのマキノン警部だった。

ホームズ物語の流れを面白おかしく、やや品なく描いた漫画。1910年の《パンチ》掲載。

　この話には、ホームズの職業上のライバルが出てくる。バーカーという私立探偵で、失踪した若い医者の家族に雇われたのだった。

ヴェールの下宿人

初出:イギリスは《ストランド》1927年2月号／アメリカは《リバティ》1927年1月22日号
時代設定:1896年

ワトスンは話の冒頭、この機会を利用して「政治家と灯台と鵜飼い」にまつわる書類を奪おうとする連中に対し、近づかないよう警告している。彼は続けて、ヴェールの下宿人の話こそ、ホームズが発揮する推理力以上に、人間の悲しさが詰まった例だと説明している。

話は、サウス・ブリクストンに住むメリロー夫人という、ふくよかな女家主の訪問で幕を開ける。彼女は下宿人のロンダー夫人のことを気にかけていた。その女性はいつも顔を隠していて、身の上は不明だった。あるとき、メリロー夫人が彼女の顔をちらっと見たところ、目を覆いたくなるほどだったという。彼女がやつれ果てて見え、夜中に泣いているのを耳にしたこの大家は、心配を募らせた。泣き叫ぶ彼女の言葉に、「人殺し!」や「この血に飢えたけだもの!」といったものがあったからである。

メリロー夫人に強く言われたロンダー夫人は、死ぬ前に自分自身についてホームズに語ると同意する。そしてメリロー夫人に、自分が(猛獣つかいの)ロンダーの妻であることと、アッバス・パーヴァという名を、ホームズに伝えるよう告げた。彼女が予想したとおり、ホームズはこの伝言を理解した。バークシャーにある小村のアッバス・パーヴァでの出来事が関係していたのである。ロンダーはやり手の見世物師で(評判で

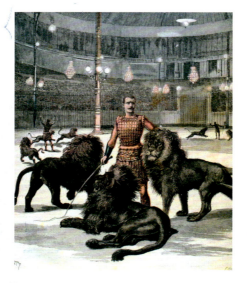

アンリ・メイエが1891年に描いたライオン使い。命知らずの曲芸師は、巡業サーカスやお祭りで根強い人気があった。

はかなりの酒飲みで)、彼か妻のどちらかが北アフリカのライオンの檻の中に入るというパフォーマンスをよく行っていた。ところがある夜、ライオンがこの2人に襲いかかったらしいのである。ロンダーは頭のうしろがぐしゃぐしゃにつぶされ、頭皮がえぐられて死に、ロンダー夫人はライオンに乗っかられ、顔をずたずたに引き裂かれたのだった。怪力男のレオナルドとピエロのグリッグズが何とかライオンを引き離して、檻へ戻した。部屋へ連れて行かれる際に、ロンダー夫人は「卑怯者!」と声を上げたのだ。

検死裁判の評決は事故死だったが、奇妙な点も見受けられた。ライオンが急に襲いかかった理由は? なぜライオンは外へ逃げようとしなかったのか? それに、ロンダーがすでに死んでいるのに、恐ろしげな男のわめき声が聞こえたのはどういうことなのだろう? ホームズとワトスンは、ロンダー夫人に会いに行った。彼女が明かしたのは、幸せに程遠かった結婚生活と、サーカス小屋で繰り広げられた不倫と裏切り行為だった。さらなる死が起こるのを防ぐべく、ホームズは手を尽くすのだった。

ショスコム荘

初出:イギリスは《ストランド》1927年4月号／アメリカは《リバティ》1927年3月5日号
時代設定:1902年

ホームズは、バークシャーのショスコム荘厩舎の調教師、ジョン・メイスンが持ち込んだ事件に関心を向ける。同厩舎の人気馬ショスコム・プリンス号は、ダービーで本命視されていた。厩舎の持ち主はレディ・ビアトリス・フォールダーで、かつては夫のサー・ジェイムズが所有していた。もし彼女が亡くなれば、権利は夫の兄弟に戻されるという。彼女は兄のサー・ロバート・ノーバートンと一緒に地所で暮らしていたが、兄は優秀な騎手という評判がある一方で、金の問題を抱えた危険人物でもあった。彼がニューマーケットで金貸しを殺しかけた一件を、ワトスンが覚えていた。そして今は、頭がおかしくなってしまったと、メイスンに思われているのである。

睡眠不足で目つきがおかしくなったサー・ロバートは厩舎に入り浸っていると、メイスンが話す。レディ・ビアトリスとは大げんかをしたようで、彼女はお気に入りのショスコム・プリンス号に見向きもしなくなり、サー・ロバートは彼女がかわいがっていたスパニエル犬を地元の宿屋の主人にあげてしまった。兄妹は一緒に過ごすこともなく、彼女は酒を飲むようになった。サー・ロバートは、夜になると納骨堂にこもって、そこで謎の男と会っているところを見られていた。メイスンと執事のスティーヴンスは、その納骨堂にミイラ化した古い死体があり、家の暖房炉の下に黒焦げの骨のかけらがあるのを見つける。サー・ロバートと妹のメイドであるキャリー・エヴァンズが交際しているらしいことから、事態はさらに込み入ってくる。

ホームズとワトスンは調べを進めることにして、熱心な釣り人を装ってバークシャーまでやって来た。滞在した宿屋は例のスパニエル犬がいるところで、2人はその犬をショスコム荘への散歩に連れ出す。犬はそこで、元の飼い主の馬車に夢中になって駆け寄ったものの、おびえたように引き下がった。馬車の中から聞こえた、御者に先を急ぐように言う声は、予期せぬものだった。

その後ホームズとワトスンが、納骨堂から古びた人骨がなくなっているのに気づいたところで、サー・ロバートに邪魔される。何があったのか、だいたいわかっているとホームズに言われたサー・ロバートは、残りの説明を始めるのだった。

にぎやかなベイカー街を歩くホームズとワトスン。デンマーク人挿絵画家ニス・イェスン画。

訳者あとがき

　本書は2009年に刊行されたホームズ物語（正典）総合ガイド、*The Sherlock Holmes Companion: An Elementary Guide* の、改訂新版（2014年刊）を訳したものである。正典全60篇のあらすじと出版データ、主要登場人物およびコナン・ドイルの人物紹介、ホームズ／ワトスン俳優と作家へのインタビューという、3つの要素を交互に織り込んだ構成になっているのが、おわかりと思う。新版ではホームズ自身に関するコラムが増え、正典の映像化作品に関するコラムにも大幅な加筆がされたほか、巻頭の年表およびマーク・ゲイティスへのインタビューが新たに加えられた。

　60篇全部のあらすじを収録したガイドは、これまでのレファレンス本やネット上の資料ページにも見られる。だが、すでに古典となり、あまたの解説書で結末を明かされているホームズ物語ゆえに"ネタばらし"を許すか、あるいは結末のかなり手前でぼかしてしまうかという点においては、さまざまだ。本書ではホームズが結論に向かって的を絞るあたりで止めているわけであり、その是非の判断は読者におまかせしたい。

　一方、コラムの部では、著者ダニエル・スミスが正典を注意深く読み込み、これまでのホームズ研究書にきちんと目を通したうえで書いていることがわかる。これについては著名ホームズ研究者のクリス・レドモンドも書評で評価しており、本書はホームズ物語の入門者だけでなく、ベテラン愛好家（あえてシャーロッキアンとは言わない）にも読み応えのあるものになっていると言えよう。その点は映像化作品についても同様で、映画やテレビにおけるホームズを語るコラムだけでなく、ダグラス・ウィルマーやデヴィッド・バーク、マーク・ゲイティスなどへのインタビューが加わったことで、さらに楽しい本になっている。なお、俳優の人名については、複数のカタカナ表記がある場合、できるだけ実際の発音に近いほうを採用している。

　当然ながら、150点を超えるイラストや写真――当時の挿絵や書影、絵画から現在の建物、人物、映像作品もろもろ――もまた、本書の魅力となっている。前述のレドモンドも見たことのない作品があるというし、デンマークの現代画家ニス・イェスンによる『緋色の研究』の挿絵も、貴重なものである。ちなみに、「名探偵の遺産」の項に拙訳書の書影が登場するが、これは著者が独自に見つけて私に掲載許可を求めてきたものであることを、附記しておきたい。

　著者ダニエル・スミスはこれまで20冊以上の本を書いてきたノンフィクション作家で、ホームズ関係では "How to Think Like" シリーズの一冊、*How to think like Sherlock* という本でも知られている。ホームズをネタにしたハウツー書にはいいかげんなものが多いが、それらとは一線を画した好著だ。

　最後にひとつ。正典からの引用はすべて、光文社文庫版ホームズ全集の訳文を使っているが、著者スミスの文章の流れに合わせて多少アレンジした箇所もあることを、お断りしておきたい。

2016年8月

著者紹介
ダニエル・スミス（Daniel Smith）
英サットン・ロンドン特別区のウォリントン生まれ。ノンフィクション作家およびフリーの編集者。シャーロック・ホームズ、スティーヴ・ジョブズ、セレンディピティ、第二次世界大戦中のキャンペーンに関する本のほか、"How to Think Like ..." や地政学の *The Statesman's Yearbook* といったシリーズにも執筆している。*100 Places You Will Never Visit* は8カ国語に翻訳された。著書はほかに、*How to think like Sherlock*、*100 Things They Don't Want You to Know*、*The Book of Money*、*50 Strategies that Changed History* など。ロンドン東部在住。

訳者紹介
日暮雅通（ひぐらし・まさみち）
千葉市生まれ。青山学院大学卒。英米文芸およびノンフィクションの翻訳家。日本推理作家協会、日本シャーロック・ホームズ・クラブ、ベイカー・ストリート・イレギュラーズ、ロンドン・シャーロック・ホームズ協会の会員。著者に『シャーロッキアン翻訳家最初の挨拶』（原書房）、訳書に『超精神回路』（国書刊行会）、『新訳シャーロック・ホームズ全集』（光文社文庫）、『写真で見るヴィクトリア朝ロンドンとシャーロック・ホームズ』（原書房）ほか多数。

翻訳協力：中川　泉

シャーロック・ホームズ 完全ナビ
2016年9月10日　初版第1刷発行

著者.........**ダニエル・スミス**
訳者.........**日暮雅通**
発行者......**佐藤今朝夫**
発行所......**株式会社国書刊行会**
　　　　〒174-0056　東京都板橋区志村1-13-15
　　　　電話 03-5970-7421　ファックス 03-5970-7427
　　　　http://www.kokusho.co.jp

装幀......**梅田綾子**

組版......**株式会社シーフォース**

ISBN 978-4-336-06056-3
落丁本・乱丁本はお取替えいたします。